「予感がするんだ。
全てが台無しになる予感が」

「……クウロ、大丈夫？」

彷(まよ)いのキュネー

クウロと行動を共にする造人(ホムンクルス)。
鳥の翼が生えており、
小鳥のように飛行する。

戒心(かいしん)のクウロ

過去に地上最大の諜報ギルド
“黒曜の瞳”に所属していた小人(レプラコーン)。
天眼と呼ばれる逸脱の感覚を有していたが、
その才能を失いつつある。

——究極の天眼。全ては過去の話だ。
意識の外の観測を、この小さな造人(ホムンクルス)に任せなければならないほどに衰えている。
もはや確信を持つこともできぬ漠然とした脅威の予感を、それでも信じるしかない。

「魔剣を渡すまで……お前の全身を刻む」
おぞましきトロア
魔剣を持つ者のもとに現れる
血塗られた怪談の死神。
星馳(ほしは)せアルスに殺されたという噂だったが――？

「すごい！
たくさんの、けんだ！
はははははは！」
窮知の箱の
メステルエクシル
魔王自称者、軸のキヤズナが生み出した奇跡の子。
無限に再生し、蘇るたびに自身の死因を克服する。

「何者からも、私が黄都を守ります」

勇者を決定する、史上最大の王城試合。

それが真に歴史の大局を動かす戦いであるのならば、単なる強者同士の決闘にはなり得ない。

世界すら動かす謀略の修羅達が、深く静かに根を張りつつある――。

絶対なるロスクレイ
正統な剣術、詞術を極めた
黄都最強の英雄。

黄都二十九官、第二将を務める。

異修羅 II

殺界微塵嵐

珪素

ILLUSTRATION
クレタ

あらすじ
STORY

地平の全てを恐怖させた世界の敵、“本物の魔王”を何者かが倒した。
その勇者は、未だ、その名も実在も知れぬままである。
“本物の魔王”による恐怖は、唐突な終わりを迎えた。

しかし、魔王の時代が生み出した英雄はこの世界に残り続けている。

全生命共通の敵である魔王がいなくなった今、
単独で世界を変えうるほどの力をもつ彼らが欲望のままに動きだし、
さらなる戦乱の時代を呼び込んでしまうかもしれない。

人族を統一し、唯一の王国となった黄都にとって、
彼らの存在は潜在的な脅威と化していた。
英雄は、もはや滅びをもたらす修羅である。

新たな時代を平和なものにするためには、
次世代の脅威となるものを排除し、
民の希望の導となる“本物の勇者”を決める必要があった。

そこで、黄都の政治を執り行う黄都二十九官らは、
この地平から種族を問わず、頂点の能力を極めた修羅達を集め、
勝ち進んだ一名が“本物の勇者”となる上覧試合の開催を
計るのだった——。

勢力図
POWER RELATIONSHIPS

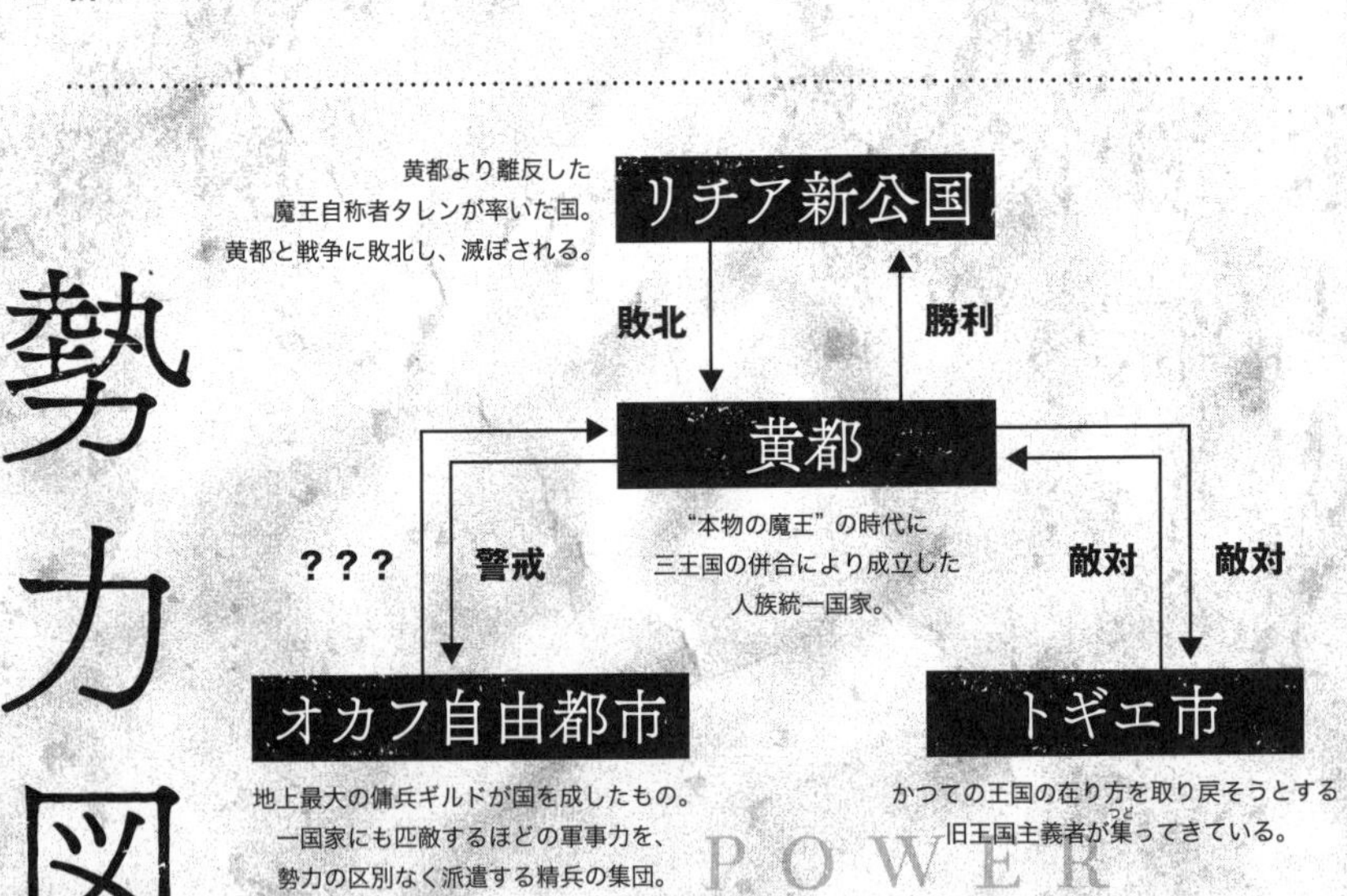

用語説明

GLOSSARY

◈詞術(しじゅつ)

①発言者の種族や言語体系を問わず、言葉に込められた意思が聞き手へと伝わる現象。
②また、その現象を用いて対象に"頼む"ことにより自然現象を歪曲する術の総称。
いわゆる魔法のようなもの。力術、熱術、工術、生術の四系統が中心となっているが
例外となる系統の使い手もいる。作用させるには対象に慣れ親しんでいる必要があるが、
実力のある詞術使いだとある程度カバーすることができる。

力術(りきじゅつ)

方向性を持った力や速さ、いわゆる
運動量を対象に与える術。

工術(こうじゅつ)

対象の形を変える術。

熱術(ねつじゅつ)

熱量、電荷、光といった、方向性を
持たないエネルギーを対象に与える術。

生術(せいじゅつ)

対象の性質を変える術。

◈客人(まろうど)

常識から大きく逸脱した能力を持っているがために、"彼方"と呼ばれる異世界から
転移させられてきた存在。客人は詞術を使うことができない。

◈魔剣(まけん)・魔具(まぐ)

強力な能力を宿した剣や道具。客人と同様に強力な力を宿すがために、
異世界より転移させられてきた器物もある。

◈黄都二十九官(こうとにじゅうきゅうかん)

黄都の政治を執り行うトップ。卿が文官で、将が武官。
二十九官内での年功や数字による上下関係はない。

◈魔王自称者(まおうじしょうしゃ)

三王国の"正なる王"ではない"魔なる王"たちの総称。王を自称せずとも大きな力をもち
黄都を脅かす行動をとるものを、黄都が魔王自称者と認定し討伐対象とする場合もある。

◈六合上覧(りくごうじょうらん)

"本物の勇者"を決めるトーナメント。一対一の戦いで最後まで勝ち進んだものが
"本物の勇者"であることになる。出場には黄都二十九官のうち一名の擁立が必要となる。

CONTENTS

三節　嵐の目

四節　殺界微塵嵐

ISHURA

AUTHOR: KEISO
ILLUSTRATION: KURETA

三節

嵐の目

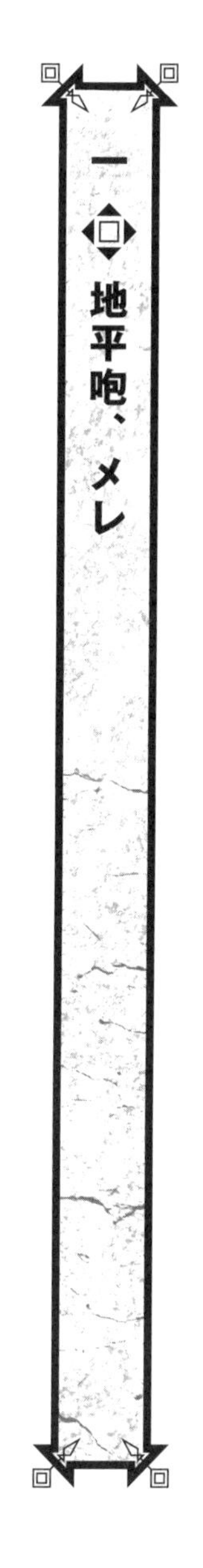

一◇地平咆、メレ

　空はよく晴れていて、草木はいつも以上に色づいて見えた。

　サイン水郷の外れ、低地の広大な河と豊かな田園を見下ろす小高い丘には〝針の森〟と呼ばれる一帯があるが、その名の由来は、幼いミロヤが教えられずとも分かるほど明白である。

　遠くから見れば、木の一本すらない荒れ果てた丘に、無数の鉄の針が突き立っているかのように見えるのだ。

　さらにこうして丘を登って近づけば、その針の正体も分かる。無数の針の一本一本は、ミロヤが毎年の奉納祭で見ているものと同じ太い鋼鉄の柱だ。

　その鉄の樹海から突き出ている踵（かかと）を彼は蹴った。

「オラッ、起きろ！　もう昼過ぎてるんだぞ！」

　——踵である。寝転んだ足裏だけでも、ミロヤの身長の三倍にもなる。

「うるッせぇなあ……またお前かよー、クソガキ……」

「お前は穀潰しだろ！　ゴロゴロしやがって」

　鉄に覆われた不毛の丘の上には、遥（はる）か昔からたった一個体の生物しか生息していない。巨人（ギガント）だ。

村の誰もが知るその一人の名を、地平咆(ちへいほう)メレといった。

「うあーあ、よっこら……しょっと」

周囲に突き刺さる柱の一本を摑(つか)んで、その存在は大儀そうに上体を起こす。毎年大人が十二人がかりでようやく運ぶ鉄柱が物干し竿(ざお)のようにたわんで、ギシギシと音を立てた。

大きな男である。とても大きい。

草木を工術(こうじゅつ)で編んだ簡素な衣装だけを纏(まと)っていて、その頭頂は、彼が胡座(あぐら)をかいた姿勢であっても、ミロヤが殆(ほとん)ど真上まで見上げなければ見ることができない。

古くから生きる巨人(ギガント)の中でもメレはさらに特別なのだと、ミロヤは村長から聞いたことがある。人間(ミニア)がそうであるように巨人(ギガント)の中にも抜きん出て背の高い者がいて、メレの身長は中央の単位で、確か20ｍだか30ｍにもなるのだとか。

「なんだなんだ、また親父(おやじ)さんと喧嘩(けんか)したとかじゃねえだろうな」

「違うって！　弓！　弓あるだろメレ！」

「おー、あれか？　どこやったかな」

「あんなにデカいのになくすのかよ！　ほら、あっちに転がってんじゃん！」

ミロヤは忙(せわ)しなくそれを見つけた。もっともそれは、サイン水郷の外の者は誰一人として弓であるとは認識しない物体であろう。

材質不明の、黒く長大な構造物であった。林立する鉄柱の隙間に、まるで地形の一部のように横たわっている。

「こいつの弦をちょっとでも動かせたら、村一番の力持ちだってプークが言ってた。マジなの？」

「なんだそりゃ、バカだな！　お前ごときが一番力持ちになっても意味ねーだろ。俺のが千倍は力持ちなんだからよ」

「メレがどうかなんて知らねーよ！　プークが絶対できないってバカにすっからさ、俺、確かめてやんの！」

「面倒くせえなあ」

巨人（ギガント）はずぼらに寝転がって、放り出されていた巨弓を指先で引き寄せた。弓はまばらな草や土を巻き込んで、ガリガリと地面を抉（えぐ）った。

ミロヤは呆（あき）れてため息をつく。ミロヤの姉よりだらしがない。これで本当に村の守護神なのだろうか。

「ほい、地面に挟まって死ぬなよ。お前ら激弱なんだから」

「うるせっ」

悪態をつきながら、固く撚（よ）られた金属の弦を押し込もうとしてみる。

巨人（ギガント）の身長ほどもある長い弦の真ん中を必死で押し、さらにはミロヤの体重全てで動かそうとしても、それは周りに立ち並ぶ柱と何も変わらない、一本の鉄の棒のようである。

〝針の森〟に現れた猪（いのしし）がただ置かれているだけの黒弓に激突して死んだという伝説も、もしかしたら作り話ではないのかもしれない。その時も弓は地面からまったく動かなかったのだそうだ。

「あー、うー、くそあああァァーッ！　……はぁ」

「ガハハハ！　やめとけやめとけ。その年から腰壊しちまうぞ」

「お……俺、水樽だって一人で持ち上げたことあるんだぜ！　こんなのできる奴いんのかよ！」

「いるじゃねーか俺が」

「そうじゃなくってさあ」

　メレは再び、面倒そうに荒れ地に寝返りを打つ。

　この巨人が素早く動いたところを、ミロヤは一度たりとも見たことがなかった。

「そうだそうだ、弓じゃねーけどよ。何十年だか前に、村のバカな若者連中が集まってよ、俺のアレを持ち上げられるか、試そうとしたことあったなあ」

「アレって何さ」

「決まってんじゃねーかチンコだよ」

「はあ～!?」

　ミロヤは思わず巨人の股間を見る。確かに、腰蓑の下は丸出しではあろうが。

「な……何人で持ち上がったのさ!?」

「五人までは無理だったなあ。で、こりゃもう本気でやらなきゃなんねえってことで、六人だ。全員、選りすぐりの力自慢よ」

「なんでそんなバカやる大人が六人もいるんだよ！」

「親父や爺ちゃんに聞いてみろ。男どもなんていつになってもバカなもんよ。でも、持ち上がったかどうかがちょっと分かんなくてな……」

「ちょ……ちょっと待てよ、気になるじゃん！」

そもそもこの話の向きで、当の本人がどういう結果になったか分からないということがあるのか。

メレは少し気まずそうに腹を掻いた。

「いや本当に分かんねーのよ。六人がかりで触られると、俺のほうもこう、ムズムズきちまってな……持ち上がったは持ち上がったんだが……」

「ぶはっ、マジかよ!?」

「ガハハハハハハハハハハ！　そいつらも驚いてたぜ！『お前ソッチの趣味だったのか!?』ってよ！」

――メレの語る話は、いつも村人との、呆れ返るような思い出話ばかりだ。

例えばメレのくしゃみで吹き飛んだ距離を競う危険な遊びが子供達の間で流行ったことがあるだとか。

村長の父親が若い頃、肩に乗せて女達の浴場を覗かせてやったはいいが、目立ちすぎて制裁を受けたとか。

とある娘の結婚式で歌った時はあまりの酷さに歌うことを永遠に禁止されて、それは今でも村の条文にあるとか。

老人から子供まで……サイン水郷に暮らす全員が、長きを生きる大巨人との思い出を持っている。

まるで地に根を張ったような弓の重さを、ミロヤもずっと先まで覚えているだろうか。

「でもさメレ、図体デカい割に、戦わないじゃん。弓なんて使えんの？」

「そんなの気にすんな。矢なんて射たないに越したことはねーんだよ。知ってたか？」

「はあ～？　射たない方がいいってんなら、元々弓矢がこの世にあるわけないじゃん！　やっぱ射ったことねーんだろ、それ」

「口の減らねえガキだなあ」

事実、ミロヤの言う通りであった。

彼の並外れた巨体や剛力のことは村人なら誰もが語っている。

けれどその力を振るって勇猛に戦い敵を退けた話は、その中に一つも含まれていない。

メレは紛れもなくこの村の英雄ではあったが、武勇を知られぬ英雄でもある。

「これでも心配してるんだぜ？　黄都にはあのロスクレイだっているしさ……おぞましきトロアなんてあんなの、もう怪談に出てくる奴じゃん！　メレじゃ絶対勝てねーもん！」

「バカ言ってんじゃねーよ！　俺は最強だっつーの。本気出したらもう、すっげーぞ？　ビックリするからなお前」

「はあ～!?　いつもゴロゴロしてるだけだろ！　ロスクレイの方が絶対強えし！」

黄都の王城試合に彼らの守護神が赴くという話には、ミロヤも少なからず心を躍らせている。

彼らとずっとともにあったサイン水郷最大の存在は、本当にこの大地で最強なのだろうか。

けれど彼と同様の候補者達――例えば黄都第二将、絶対なるロスクレイの名声などは、一つの村に留まるものではない。人間の子であれば誰もが憧れる大英雄である。ミロヤもその一人だ。

「そこはお世辞でも俺が勝つって言えや。ちっとは感謝とかねえのかよ。黄都の報奨金、すっげえぞ？　雷で焼けちまったクトイの家だって、あとは西の水車だって新しくできんだろ」

「あー、確かにあっちの水車はもうボロボロだ」

「お前の爺ちゃんの代から修理して使ってるしな。あとなんだ？　そうだ、ポアニのお産の費用だ。もう三人目だからなあ。ミゼムラの畑耕すのに、黄都の機械も買ってやりゃあいい」

「ミゼムラはいいよ、あんな変人ジジイ」

「ガハハハハハ！　どうせ俺が優勝したらもっとデカい金入ってくんだろ！　村の仲間同士でケチケチしてどうすんだ！」

「……やっぱこんな事言ってるような奴、絶対勝てねーよ！」

メレはいつも、楽観的に笑っている。

学業や畑仕事の悩みも、世の悲劇も、その巨体に比べれば小さく見えてしまうのだろうか。

だからいつも、用がなくても、村人達は〝針の森〟を訪れるのかもしれなかった。

ミロヤはもう一度弓の弦を押してみる。びくともしない。

「やっぱ悔しいなあ……！　なあ、せいぜいこの弓折られるんじゃねーぞ！　負けて戻ってくる頃には、次こそ弓ごと持ち上げてやっからな」

「生意気言いやがるな。でもあれだ、今日はもう帰っとけ」

不意に、メレは体を起こした。青い空の遠くを見ているようであった。

それはミロヤの目には何の変哲もない、よく晴れた空にしか見えなかったが。

「雨が降るぞ」

「あー、そうなの？　まだ晴れてるけど」

「いや。大分降る。雲の様子で分かるんだよ」

「ふーん、じゃあまた明日な」

ミロヤは小走りに家路を下っていく。

並外れた巨体を持つメレに風雨を防ぐ家屋はない。その必要もなかった。

サイン水郷を見下ろす〝針の森〟が、ずっと昔から彼の住む家である。

「さーて、今夜辺りか……」

他の誰も、地平線の果てに浮かんだ雲の形を見ることもできないだろう。

メレは、黒弓を手に取った。

また今年も、サイン水郷の滅びの日がやってくる。

◆

ざあざあ、ではなく、バリバリ、という音が相応しかった。

雨音はまるで地震で、暗く荒れ狂う空が大地を丸ごと押し流そうとしているかのようである。暴風が隣の山からの木々を飛ばしてくる。そのいくつかは相当な速度でメレの肌に激突しているが、彼には何の痛痒もない。

闇夜の嵐の只中(ただなか)、規格外の大巨人は両の脚で立ち上がっていた。

天を衝(つ)く巨大な影に浮かぶ、恐るべき二つの眼光。

吹き荒れる暴雨の凄(すさ)まじさも相まって、メレを知らず目の当たりにする者にとっては、破滅の光景そのもののようにも思えたことであろう。

「……もう少しで、来るか」

メレの唸(うな)りは、誰に向けた呼びかけでもない。

この凪にも倒れることのない――深く突き刺された〝針の森〟の柱の一本を、彼は引き抜いた。

年に二度のみ、それは奉納される。

土地の近辺で採掘される良質の鉄鉱を融(と)かし、毎年村で最も工術(こうじゅつ)に優れた一人が、美しい直線の柱へと整形する。そして錆(さび)が浮かぬよう、鍛冶の処理を施す。その一本一本にサイン水郷の村人達の精魂が込められた、この村の最大の工芸品でもあった。

彼の宝だ。


ただ一つの心の故郷を、メレはいつも見下ろしている。

人々が生を送る家々の灯(あか)りが、終焉(しゅうえん)を告げる豪雨に震えている。

豊かな水と鉱石資源、動植物を育てる土壌に恵まれた、平和な村。

二百五十年前、彼の知る物寂しい時代には、存在していなかった村だ。

「……」

――目を閉じ、集中する。

竜のように荒れ狂う川の流れが変わる瞬間。

全ての感覚を叩くこの天候の中に、その一瞬を見逃すことがあってはならない。


低く、ゴウゴウと鳴り続ける川音が……ごく僅かに、その音の高さを変え。

メレは目を開いた。その予感とちょうど同時、海へと至る巨大な本流が、その本流に繋がる小さな川へと逆流しつつあった。村の中心を通る川だ。

サイン水郷は豊かな水と土壌の栄養に恵まれた村だ。しかしそれは長い歴史の中で、このような河川氾濫に繰り返し脅かされ続けてきた土地であることをも意味している。

年に一度、恐るべき規模の暴雨がこの土地を通り過ぎ、そのたびに洪水が荒れ狂い、彼らの築いた村は全て水底に沈む運命にある。

それがサイン水郷の滅びの日であった。


地平咆メレは、普段のように無駄口を叩くことはない。

ただ、彼以外には引けず、持ち上げることすらできない黒弓を引いた。

そこに番える矢は、村人達が奉納した〝針の森〟の鉄柱である。

川の流れを遡って襲い来る洪水には、三つの流れが入り混じっている。

中洲の巨岩に迂回して、左岸を抉ろうとする流れ。遮られぬ、速い流れ。さらに後ろの海側から来る、遅く力強い流れ。

この距離からでも分かる。暗雲と雨嵐にサイン水郷の町並みがかき消されるこの夜でも、相手が形持たぬ暴れ狂う水であっても、メレの目にだけは、はっきりと。

雨で弱まった地盤が崩れることはないか。抉り取るべき深さは正しいのか。激流を逸らした先に、来年の耕作地はないか。ミロヤのような子供の遊び場が、そこにはなかったか。

狙撃の刹那を前に、全ての思考は一瞬で通り過ぎる。

膨大な経験より至る一つの直感だけが、全てを解決する道を示してくれる。

「そこだ」

一射を放った。


ゴガ、と空気が割れた。雷鳴よりもなお大きな、音の壁を割り裂く音。

その軌道は光のようにしか見えない。

地表へと突き刺さる。

——サイン水郷の大地が、地底深くの岩盤ごと弾けた。

狙い過たず命中した矢はなお大地を突き進んで、直線の軌道を描いて地形を破壊した。

土煙の爆発は、着弾の瞬間噴き上がっただけでなく、その後ですら噴き上がり続けた。

もはや地震のような、という形容ではない。地平咆メレの弓撃は、まさしく地震である。

これほど遠い、地平線の距離を狙う一射であっても、なお。

「……よっし」

メレは、その夜はじめて、会心の笑みを浮かべた。

大地を一直線に抉り取った新たな傷口へと、川が流れ込みはじめた。

洪水は人々の住む土地を逸れて、低い郊外の荒れ地へと注がれていく。

次の矢を番える必要もないほどの、完璧な一射であった。

「よーし……！　寝るか！」

今年も、サイン水郷の滅びの日がやってくる。

だが今年も、サイン水郷が滅ぶことはない。

前の年も。さらに前の年も。ここは二百五十年前には存在していなかった村だ。

年に一度、洪水の災厄がこの土地を襲う。

年に二度だけ、その鉄の柱は奉納されている。

――その柱は今、〝針の森〟と言われるほどに、この不毛の丘に突き立っている。

地平咆メレは、武勇を知られぬ英雄である。

その力を振るって勇猛に戦い敵を退けた話は、村人の語る伝説には一つも含まれていない。

◆

澄んだ空に、高く星が瞬いていた。満天に広がっていた。

子供達にとっては、あまりに美しくて、とても悲しい夜空だったのだろう。


夜の光の影となって、一つの荷車が丘を登っていく。

沢山の子供達がそれを必死に引きながら呼びかけ続けている。

「分かるか、ほら。いつもの鉄の柱だ。〝針の森〟に連れてきたぞ！　イーリエ！」

「イーリエ、このヘナチョコ！　まだ寝るんじゃないよ！」

「俺達がついてるから。な。苦しくないよな……！　イーリエ！」

「……。うん……うん……」

荷車の中には黄色い毛布に包まれた小さな少女が収まっている。

顔色は月光の下でも分かるほどに蒼白で、熱に朦朧としていた。

その頃の時代では、手の施せない病であった。

一団の内から一人の少年が飛び出して、〝針の森〟の中へと駆け込んでいく。彼は声を張り上げて、見知った存在の名を呼んだ。

「メレーッ！　イーリエが来た！　イーリエが会いたいって！」

いつもゴロゴロと横たわってばかりの大巨人は、その夜だけは眠りこけていなかった。面白くもなさそうに、背を向けて座っていた。

「うるッせえな……。誰だよそいつ。クソガキの見分けなんかつかねーよ」

振り返らず、不機嫌に吐き捨てる。

小さい人間の中でもさらに小さい子供の名を彼が呼ぶことは殆どなかった。

もしかしたら、弱すぎる命に愛着を持つことを恐れていたのかもしれない。

「バカ野郎、メレ！　もう本当に最後の最後だから会いに来たんじゃねえかよォ！　お前、あいつが生まれた時から仲良しじゃねえかよ！」

「……」

巨人は、大人の三人は乗せられそうな巨大な手で、顔をゴシゴシと擦った。

いつもの楽観的な笑いとは正反対の、弱々しい落胆の声だった。

「……もう、本当に駄目か？」

必ず別れの時が来る。それは心の底から満足できる旅立ちであることもあれば、このように、ひどく早すぎる、悲しい別離であることもあった。

「クソ人間ども。お前ら、信じられねえクソ雑魚だな」

やがて、荷車が追いついてくる。少女の両親と思しき大人が、彼女の折れそうに細い手を握っている。メレがいつも見る子供達が、口々に少女の名を呼んでいる。

イーリエ。二つ目の名前すらない。サイン水郷のイーリエ。この世に生まれ落ちて、何を為すこともなく死んでしまう。

「……メレ……よかった……。起きてて……」

「……たまただっつーの。暇すぎて、髭(ひげ)の数を数えてたんだよ」

「うん……うん。あのね、メレ……。ありがとね……ずっと……楽しかった……」

「そうか。そりゃ、良かったな。生きてて、楽しかったか。……イーリエ」

その頃には、周りの子供達も一人、また一人と、涙を流していた。

いつも強がっている悪童達ですら泣いていた。

イーリエは、彼らにとっての大切な友人だった。

メレはそんな弱い連中に流されはしない。彼は最強の巨人(ギガント)で、村の守り神なのだから。

何か大きなところを見せてやろうと思った。

荷車を大きな両手で包んで、メレは昼間のように笑いを作った。

「よし。どうせ、今日おっ死(ち)んじまうんだ。何でも願いを聞いてやる。何がいい」

「……じゃ、じゃあ、また……メレ。いつかみたいに……星を……」

「ああ、ああ。肩に乗って、見たよな」

「……わたし……この村が……大好き……。星が……きれいな……」

「ガハハハハハ！　なあに、こんな星くらい、いくらでも墓に供えてやらあ」

大人の三人は乗せられそうな巨大な手で、巨人(ギガント)は、毛布に包まれた小さな命を抱えた。

生きている。呼吸をして、まだ温かく、鼓動している。

彼女の生まれた日を覚えている。今日と同じに空気が澄んで、星の瞬く夜を。

なんて弱々しくて、儚(はかな)い命なのだろう。

地平咆(ちへいほう)メレは生まれながらに強かった。

人間(ミニア)。彼らはどうしようもないほど、短い生しか生きられない。

「――イーリエと一緒に、星を見たい奴はいるか！」

「俺だ！」

「あたしも……！」

「イーリエ！　私も！」

「俺だって！」

「全員乗せてやる！　星が近すぎても、摑んでくるんじゃねーぞ！」

メレは、両手いっぱいの命を、空に高く掲げた。

上を見上げたメレにも、瞬く星々がとてもよく見えた。

あまりに美しくて、とても悲しい夜空だったのだろう。

彼女が何よりも好きだった星が、もっと近くに見えるように――高く。高く。


あまりにも遠い、遥か過去の記憶だ。

◆

「……なあ、父ちゃん」

大嵐の翌日の夜である。

暖炉から離れると少し空気は肌寒く、それが嵐の残滓を思わせるようだった。

夕食を終えたミロヤは歯を磨きながら、同じく歯を磨いている隣の父親に尋ねた。

「サイン水郷から黄都に行った奴もいるんだよね？」

「ああ、ミスナのことかな？　ミロヤも黄都に行きたいのかい？」

「いや、そうじゃなくてさ……メレは、なんで王城試合に行くんだろ」

「ん、どうしたいきなり」

「……いや、黄都までだと結構な長旅になるしさ……」

「村のお金を稼ぐためだけに、そこまでしなくてもって？」

穏やかでひょろ長い父親は、どちらかといえば母親似に育ったミロヤとは体格も性格も何もかも正反対だ。けれど彼はミロヤの考えることを、いつも見通すように理解してくれている。

「実を言うとね。王城試合の話は、みんながメレのために決めたことでもあるんだ」

「……メレのために？」

「うん」

父親は布でゴシゴシと顔を拭って、いつもの野暮ったい眼鏡をかけた。ランプの熱に晒(さら)されていたせいで、眼鏡は少しだけ曇っている。

「メレは、ずっと……サイン水郷の外に出たことがないんだよ」

「えっ嘘(うそ)だろ!?　そうなのか？」

「うん？　そうだよ。いつだってあの丘で寝て……村人が運んでくる飯を食べたり、鳥竜(ワイバーン)を射って食べたり……ずーっと、父さんの爺ちゃんの代からそうだ」

「どこか、行きたくならないのかな」

「なるだろうね。巨人(ギガント)は本来、旅をしながら暮らす種族なんだ。留まっていると食べ物も尽きちゃうし……って、メレにはその辺は関係ないんだけどさ」

ミロヤは初めてそれを思った。もしもミロヤが、彼の立場だったら。

あの野ざらしの不毛の丘の上で、二百五十年も。新しい景色や、仲間の巨人(ギガント)と出会うこともなく。

彼はサイン水郷の守り神だが、人間(ミニア)とともに村で暮らすことはできない。人間(ミニア)と巨人(ギガント)ではありとあらゆる尺度が違いすぎることを、お互いに知っているから。

誰よりも遠くを見通す目を持っているのに、彼の見ている景色に行ってしまうことはなかった。

「今年の大嵐も終わった。だからちょっとの間くらい、旅をしてほしいんだよ。平和になった世界で……この村の外の思い出を作ってほしいって思うんだ」

「でも、王城試合で戦うんだぜ？　ロスクレイだっている。怖くないのかな」

「うーん……その辺りはまだミロヤには難しい話かもしれないけどなあ」

父親は腕を組んで、とぼけたような、難しいような顔をした。

窓の外の夜の静寂からは、チッチッと鳴く鳥の声が漏れ聞こえていた。

「メレは、強いんだよ」

「まあそうかもしれないけどさあ」

「……強いんだよ。ミロヤが思ってるより、ずっと」

地平咆メレは、武勇を知られぬ英雄である。

それでも不思議なほどに、彼の最強を疑う村人はいない。

「八年前かな。魔王軍がこのすぐ近くにまで広がっていたのは覚えてるかい?」

「えっ……嘘だろ……」

「――嘘じゃないよ。父さんも本当に怖くて、小っちゃいお前だって毎日泣いてた。周りは魔王軍だらけで……でも逃げなければ、いつか父さん達まで魔王軍になってしまう。そうなる前に心中したほうがいいんじゃないかって……真剣にそういう相談していた家もあったくらいなんだよ」

「……」

大鬼や竜、あるいはおぞましきトロアのような怪物の話を好む子供達の間ですら、〝本物の魔王〟について悪ふざけを言うことだけは決してない。

それが何一つとして冗談では済まない事柄だと、誰もが理解しているからだ。

「けれど、そうはならなかった。他は全部だめになったのに、このサイン水郷だけが無事だった。……覚えてるよ。毎日のようにメレがあの丘に立って、魔王軍を見渡していたんだ。手にはあの黒弓を持ってた。矢を放ったりはしなかった……でも、父さんが見たことないくらい、険しい顔をしていた」

「メレのお陰で、魔王軍は……寄ってこなかった……？」

「……すごいだろ？　メレは〝本物の魔王〟に勝ったんだよ。本当のことなんだ」

あるいはそれが唯一、メレの武勇の逸話だったのかもしれない。

大人達がその話を口にしなかった理由もミロヤには分かる気がした。迫る破滅と、蔓延する形のない絶望。あのメレの顔から、笑顔が消えた日。

何もかもが今のこの村とは違う……悪夢と思いたい出来事だったのだろう。

サイン水郷は、平和だ。

この小さな村の住人達は黄都への移住を強いられることなく、豊かな資源を〝本物の魔王〟に踏み荒らされることもなく、先祖代々の土地で今も暮らし続けている。

世界各地の未踏の秘境のいくつかがそうであるように、ここは魔王時代以前の姿を保つことのできた数少ない地の一つである。

「メレは、戦士なんだ。ずっと、多分、村に来る前から……ずっと強かった」

「……戦う相手もいないのに？」

「メレはずっと一人で強かったんだ。寂しいよな。もしも戦えば、誰よりも強いのに……誰に見せることもないまま、この村を守り続けてくれて……」

王城試合の候補として名乗り出るにあたって、村の大人とメレとの間にどんな会話があったのかをミロヤは知らない。

……けれど、もしかしたら。メレが本当に、ずっと戦士だったというのなら。

いつも寂しかったのだろうか。孤独だったのだろうか。

村人達が彼のための食事を運んで、彼の矢を奉納して、思い出と心を交わすことができたとしても、その一つだけはずっと満たされていなかったに違いなかった。

〝本物の魔王〟に虐げられた時代こそが、英雄達を産み出した。——ならばその中で平穏を守り続けていたこの村には、地平咆メレと同じように強い者など、一人も現れていないのだから。

「……父ちゃん。メレは、ロスクレイに勝てるかな」

「勝てるさ」

「でもメレが矢を射ったところ、俺は一度も見たことないよ」

「ん？　本当か？　ミロヤは見てるはずだぞ」

父親は少し不思議そうに顔を傾げて、丘の見える窓を開けた。

この村を見下ろす〝針の森〟は、どの家の窓からでもよく見える。

「七歳の時、流れ星を見たって言ったじゃないか」

「あー……いや、覚えてないけど。それが何なの？」

「ほら。今日ははっきり見えるだろ？」

「……！」

ミロヤは思わず身を乗り出していた。

流れ星だ。確かに流れ星が、黒一色の夜空に走っている。

けれどその星は天に昇っている。


丘から空を目掛けて、炎に燃える線が、何度も。何度も。

いつもの夜なら見落としていたかもしれない。

そんな微(かす)かな、嵐の後の澄んだ空気でなければ見えない、淡い光だ。

「……工術(こうじゅつ)で作った土の矢が、燃えている光なんだ。あんな、空の遠くまで。土が火になる速さで――メレにしかできない。毎晩だ」

「メレ……！」

ミロヤが気づかなかっただけで、毎晩この流星群が輝いていたのだろうか。

いつも怠けて、笑ってばかりの大巨人は……ずっと、ずっとこの村で。

「なあ、父ちゃん……父ちゃん！」

窓から落ちんばかりに、その光に見入っていた。

大嘘つきだ。やっぱり、メレは矢を射っていたのだ。

それも、こんなに凄(すご)いことをしている。

今は信じられる。

いつもともにあったサイン水郷最大の存在が、本当にこの大地で最強なのだと信じてみたい。

「……メレは、ロスクレイに勝てるかなあ！」

◆

澄んだ空に、高く星が瞬いていた。満天に広がっていた。

……嵐の過ぎ去った、美しい空だった。

「ああ……くそっ、もうちょっとなのにな」

空に輝く針の先程にも小さな星を見上げて、メレは小さく舌打ちした。

星が見える日には、彼はいつでもそうしている。

土から矢を番え、弓を引き、そして天高く……その小さな一点に向かって放っていく。疲れ果てて眠りこけるまで、そうしている。


きっと、まだ少しだけ、狙いが悪い。

きっと、まだ少しだけ、距離が届かない。

けれど昨日よりは良(い)い。だからいずれ当たる。

「今に見てろよ」

竜(ドラゴン)は研鑽(けんさん)しない。彼ら同様の長命種である巨人(ギガント)や森人(エルフ)も同じだ。

この世界の種族は、限られた時を生きる種族のみが技術を磨き、努力を積み重ねることができるのだと信じられている。だが。

もしも彼らがその長過ぎる生を、一つの技術の追求のみに費やすようなことができるのだとしたら。

巨人(ギガント)は、その頭上の満天の星空を両の指に囲む。

いつも楽観的に笑っている。

星が見える日には、彼はいつでもそうしている。

「――お前らを墓に供えてやる」


それは埒外(らちがい)の巨体で地平線の果てまでを見通す、極限の視力を持つ。

それはただ一射で激流の流れすら変える、神域の精度を誇る。

それは地形ごとを壊滅させる、防御も回避も不能の破壊力を放つ。

地上存在の認識届かぬ地点より放たれる、星の一矢である。

弓手(アーチャー)。巨人(ギガント)。

地平咆(ちへいほう)、メレ。

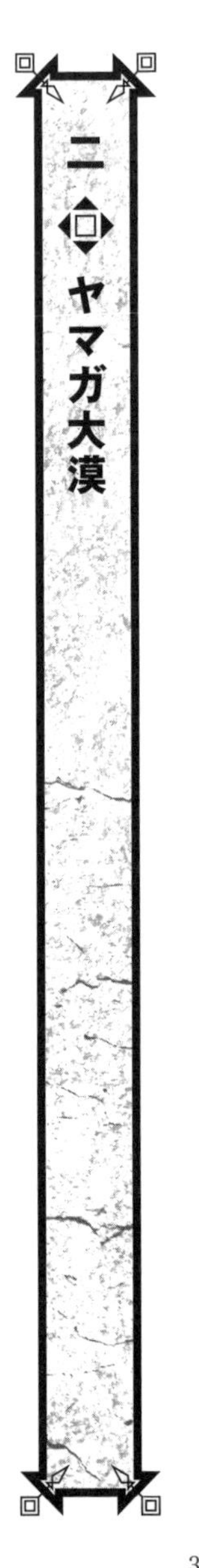

――幼い頃から、砂漠から見える山の灯りのことが不思議だった。大人達が言うにはあれはイターキという都市の光で、そこには自分達とは全く違う人々が住んでいるのだという。

アニは、質問の多い子供だった。

「私達とどれくらい違うの？　砂人(ズメウ)みたいなトカゲの頭なの？」

「違う違う。高地の連中の見た目はな、わしらとそう変わらないんだ。だけど神様が違う」

「神様」

「むかぁし、怖い〝本物の魔王〟が来たのを知ってるだろう。その時、高地の街の連中はみんな死んじまった。だけどわしらは生き残ってる。微塵嵐(みじんあらし)様が守ってくだすったんだ」

「微塵嵐(みじんあらし)様はお天気じゃなくて、神様なの？」

「どっちもだ。神様の力がこの世に現れなすったのが、お天気の微塵嵐(みじんあらし)様だ。わしら砂漠の民だけの神様だ。ヤマガ大漠にゃ昔から何度も微塵嵐(みじんあらし)様が通ってきたが、わしらの村はこうして無事に残ってるだろう。それはな、微塵嵐(みじんあらし)様がわしらをお守りくだすってるからだ」

アニの村の外では、詞神(ししん)様という別の神様を信じているようだった。けれどそれは〝本物の魔王〟から人々を守ってくれなかったのだから、微塵嵐様よりも弱い神様なのだという。

ある日水を汲みに行った午後、水場と村の間に微塵嵐様が通り過ぎるのを見たことがある。

砂漠そのものが空を覆い尽くして、真昼間なのに世界が丸ごと夜になったみたいに暗かった。

聞いたこともない音がどうどうと響いて、通り過ぎるまでずっと、耳と頭がぐらぐらと鳴っていた。幼いアニはその音にひどく怯えた。

水場まで連れ立ってきたチェナはアニより早く水を汲み終わっていたので、村へと帰る道の途中で指先の肉も残らず消え失せてしまった。

――その名の通り、微塵嵐様は何もかもを粉微塵にしてしまう。とてつもない量の砂が嵐でこすり合わされて、石をやすりで削るみたいに、生き物の体も全部削ってしまうのだ。

不毛のヤマガ大漠にも多くの生き物がいる。ネコやネズミやトカゲをそこらじゅうで見かけるし、キツツキがサボテンを巣穴にしている。白い色のクモの愉快な動きはアニのお気に入りだった。

けれど微塵嵐様が通り過ぎれば、何もなくなる。

「……お母さん。微塵嵐様にお迎えされるのは怖くないの?」

「怖くないわよ。私のお兄さんも、隣のリッタも、みんな嵐の向こうの国に行ったの」

「向こうの国」

「微塵嵐様が通った後には何もなくなるでしょう? ヤマガは辛くて乾いているから……私達を

お救いする国を作ってくださったのね。みんな、そこで仲良く暮らしているの」

「じゃあ皆で微塵嵐様に連れていってもらえばいいのに」

「それは、駄目」

「どうして？　怖くなくて、辛くないなら、行けばいいのに」

「子供が行こうとすると、微塵嵐様がお怒りになられるわ。嵐の向こうとは違う、怖い地獄に連れていかれてしまうのよ。お迎えされる日を待っていないと駄目なの」

「……お母さんは？　お迎えされなかったの？」

「……」

「チェナは地獄に行ったの？」

村人達はいつでも、微塵嵐様を怒らせないようにしていなければならない。

暮らしがどんなに辛くても皆で耐えて、日々の務めを果たし続けることが掟なのだ。

だからアニも毎日、砂漠を渡って水を汲みに行く。砂嵐に出会うたび、それが怒った微塵嵐様ではないかと恐ろしくなる。誰かが村を出た年には、微塵嵐様の怒りが大きくなるのだと聞いた。

だから皆が、毎日同じように働いている。

アニは不平を言うこともなかった。アニ以上に辛い仕事をしている大人達もたくさんいた。

砂に咳き込みながら、水を満たした桶を運んでいく。

繰り返し、道を往復する。熱い砂で靴が潰れても、まともに作り直してもらえないこともある。

病に死んだ子供の亡骸が毛皮に包まれて、微塵嵐様を祀る塚へといつも運ばれていく。

アニは時折、山の上のイターキの灯りを見る。

微塵嵐(みじんあらし)様の加護のない彼らは哀れだと大人達は言う。

ヤマガ大漠の綺麗(きれい)な夜空に、大月と小月が何度も巡るのを見送っている。


――そんな日々を、どれほど繰り返していただろうか。アニは十二になった。

その日の水場はいつもとは違った。馬車が停(と)まっている。

「誰？」

「ああ！　これはこれは！」

砂人(ズメウ)の女がアニを見つけて笑った。身なりも馬車も、見たことがないほど上等だった。

「これは丁度よかった！　ヤマガの村の方でしょうか？」

「うん。アニ」

「アッヒャッヒャ！　どうも、こんにちはアニ様！」

砂人(ズメウ)は砂漠のような乾いた土地に暮らす、トカゲの頭と肌を持つ人族(じんぞく)だ。恐ろしい種族ではない。

村に塩を売りに来るのも砂人(ズメウ)達だから、むしろ村の外の人間(ミニア)などより見慣れていた。

「行商さんなの？」

「いえいえ！　私(わたくし)が売れるようなものといえば、残念ながら笑いと媚(こ)びくらいしかありません！

しがない道化の砂人(ズメウ)でございます。糸の芸はお好きですか？」

「……道化って？」

「道化をご存知ない？　ええと、さて。説明の絵をどこかに持っていたのですが」

砂人は日差し避けの外套の内を探り、何も見つからないことに大袈裟に困惑してみせた。

「なくしたの？」

「いえいえ、たった今見つかりました……とっとと！」

やがて彼女は一枚の麻紙を取り出すが、それは風に吹かれて砂人の手からするりと抜けた。

「おっと」

よろけながら宙を舞う紙を追う。掴もうとすると、またもすんでのところで紙は逃げる。

砂人は大いに驚き、滑稽な動きでぐるぐると空中の紙片を追いかける。詞術もないのに、紙片は鳥のようにパタパタと羽ばたきはじめる。

「こら、待って！　待ちなさい！　アアーッ!?」

自分をからかうように飛び回る紙片に翻弄された道化は、目を回して砂地に倒れてしまう。

羽ばたく二つ折りの鳥はただの紙に戻って、ひらひらとトカゲ顔に被さる。

アニが生きてきて初めて見た、愉快で不思議な光景だった。

「ふ、ふふふふっ」

「お楽しみいただけましたか？」

紙を小さく折り畳んで再び外套に収めると、砂人は大袈裟に一礼した。

「その紙、生きてるの？」

「さてどうでしょう。もう一度開いて確かめないと……アヒャ！　新鮮です！」

取り出された紙は砂人（ズメウ）の手の内でまるで昆虫のように跳ねたが、アニに手渡されると、やはり単なる麻紙に過ぎないことが分かった。子供の好むような花の絵が描かれている。

「アッヒャッヒャ！　どうやらアニ様のことを気に入ったみたいですよ？　差し上げましょう！」

「もらっていいの？」

「もちろんですとも。その代わりにですが、村の方向を教えていただいてもいいですか？　私（わたくし）の足で探してもよいのですが、道に迷いそうなのが心配で。ぐるぐる回ってしまいそうになります」

「こっちの道を行くといいよ。地面の色が違うところ。水汲（みずく）みの子供が踏み固めた道なの。……村には何か用？　道化のお仕事のための馬車なの？」

「いえいえ、まさか！　尊い方をお連れしなければならないのです。道化などより、ずっと大切なお仕事ですよ」

「……」

アニは、木陰に停まっている白く綺麗な馬車を見た。朗らかで社交的な砂人（ズメウ）の様子とは裏腹に、馬車の中は無人のように静かで、気配が薄かった。誰が乗っているのだろう。

アニは、馬車の前を横切って水を汲もうとした。

「――足を怪我（けが）されているのに、水を汲みに参られたのですか？」

「えっ」

穏やかで澄んだ声に、思わず足を止めた。

砂人（ズメウ）が慌ただしく駆け寄る。

「ああ、申し訳ございません！　私（わたくし）としたことがアニ様の怪我に気づきませんで！　足の腱（けん）が切れてしまっているのですか？　四日ほど前の怪我ですね？」

彼女は大袈裟にアニを心配してみせたが、それはむしろ馬車の中にいる者に答えているかのようだった。最初から、この砂人（ズメウ）はアニの足の怪我のことには気付いていたのかもしれない。

「大丈夫」

アニは砂人（ズメウ）に答えた。傷はずっと傷んでいるが、彼女にとってはもはや意味のないことだ。

「明日には微塵嵐（みじんあらし）様に迎えてもらえるの。私の足を治せる生術士（せいじゅつし）はいないから。自分から行かないで、お迎えの日を待てたから」

「アッヒャッヒャ！　アニ様の村では、微塵嵐（みじんあらし）のことをそのように伝えているのですね？　それはそれは……」

「――手当てをして差し上げましょう。秘密のままでいる方がよいこともあります」

「はい。もちろんですとも」

道化は何かの冗談を口にしようとしたようだったが、馬車からの声がそれを止めた。砂人（ズメウ）は素早い手際で糸と包帯を取り出して、アニの痛みが和らぐように縛ってくれた。

「さあ！　これで少しは良くなりますよ」

「……どうして？」

アニは質問の多い子供だった。

「どうして私に優しくしてくれるの？」

「さあ、どうでしょうか？　砂漠の外の世界ではこれが普通かもしれません。それに私だって、本当はとんでもない極悪人かも？」

砂漠の外の民は砂漠の民のように勤勉ではなくて、微塵嵐様に守られてもいない。

愚かで、欲に溺れた、関わるべきでない者達だとずっと聞かされてきた。

「……うん。最後に道化さん達と出会えてよかった」

足を引きずりながら、水場へと向かう。

どちらにせよ迎えてもらえるのだから、足の傷など治す必要はないのだと言われていた。

アニ自身もそんなことは無意味だと思っていたのに。

「道化さん」

「アヒャ！　どうしましたか？」

「いつか村の皆にも、楽しいことを見せてくれる？」

馬車の中の声が答えた。

「ええ。お約束します」

「アヒャヒャヒャ！　勿論ですとも！」

砂人は治療に使った包帯を渦のように大きく回して、やがてそれは色とりどりの紙吹雪へと変わった。それは、灰色の砂漠の中で生きてきたアニが見たことのない色の風だった。

「どうかお元気で、アニ様！」

◆

そのようなことがあったからだろう。

微塵嵐様に迎えられるよりも早く、アニは夜の間に塚を見に行こうと思った。

子供を塚へと運んでいくのはいつも大人達の役目だったが、そこが村からどのくらい離れていて、どの方角にあるのかは、村の子供達もそれとなく察していた事実であった。

（朝には、迎えてもらえる）

足元の砂は近づくにつれて湿り気が増して、地形は土に覆われた岩肌になる。

二つの月の光だけで、満足に動かない片足で一人向かっている。それでも何かを確かめずにはいられなかった。大人に言われるがままに生きてきたアニが、初めて決断したことだった。

――ヤマガ大漠の外には世界があった。あの道化達のように、アニの知らない世界が。

微塵嵐様は、砂漠の外の恐怖から村を守ってくれる。

微塵嵐様は、恐ろしい怒りで生ける者を消し去ってしまう。

どちらが正しいのか。どちらも正しいのか。

（……塚だ）

月は雲に隠れて辺りはひどく暗くなっていたが、それでも風のない窪地の中央で巨大にそびえ立つこの岩は、大人達が言っていた通りの微塵嵐様を祀る塚に違いなかった。

「微塵嵐（みじんあらし）様……」

恐ろしいとは思わない。この塚で死んでしまったとしても、その先にあるのは嵐の向こうの国だ。

パキ、という音がある。

靴の裏が踏んだ何かが、乾いた音を立てて割れた。

明日のために仕立ててもらった靴だった。

雲から月が出て、アニが触れていた塚を照らした。

「――あ」

黒い何かが、べっとりと塗りたくられていた。

紫色の月明かりの中でも、それが知っている色だと分かった。

「ああ」

血。おびただしく何度も塗り重ねられて、固まった血だ。

アニが踏んだ何かはまるで小石のように、けれど血の一面の周囲にだけ奇妙に集まっている。

薄く、白い、けれど奇妙に丸みのある破片だった。

「……そんな、ああ。そんな」

そして塚の裏側に広がっている光景を見た。

嵐の向こうの国はそこにあった。

乾燥して朽ちかけた子供が、骨だけに風化してしまった子供が、ただ打ち捨てられて、積み重ねられているだけだった。獣に食われた痕跡すらなかった。何の意味もなく死んでいた。

「ああああ」

死んだ子供も生きた子供も同じように、大人達に運ばれて、微塵嵐(みじんあらし)様に供えられる。

そして……そして、それが生きた子供だったなら、大人達はどうしたのだろうか。

塚には血の跡があった。骨の破片が。長い年月、何人も繰り返し、叩きつけられて。

パキ、という音が足元で鳴った。

「い、いやだ」

彼女が踏んでいたのは、砕かれて飛び散った頭蓋骨の欠片(かけら)だ。アニの村では、生まれてきた子供のほとんどは大人になれない。子供はそのようにして死ぬのだ。

——怖くないわよ。私のお兄さんも、隣のリッタも、みんな嵐の向こうの国に行ったの。

その時のアニが真に恐怖したのは、自分が死ぬことではなかった。

大人達が全ての真実を知っていて、意地悪な大人も、親切な大人も、村の長も、老人も、家族も。

全員が平然と子供達に嘘を教え続けていたことだった。

彼女が信じて、勤勉に守り続けてきたものは、全て嘘だった。

そして、何よりも——

風が吹いていた。

「助けて」

頬を伝う涙はすぐに風で乾いてしまう。骨の破片さえも飛ばされずに残ったままだった、風の吹き込むことのない微塵嵐（みじんあらし）様の塚に……今は風が吹いているのだ。

「ご……ッ、ごめんなさい！　ごめんなさい！」

全てが間違っているのに、何もかもが狂っていたのに、それだけは本当だったのだ。

細かな砂が、骨の破片が、風とともにアニの体にまとわりついた。

粒子が、肺や気管の内側をやすりのように削った。口からこぼれていく血すらも、どうどうと響く暴風で霧となって散った。

アニが悪かったのだ。

足をくじいて、務めを果たせなくなったから。

道化達の話を聞いてしまったから。

本当のことを知ろうとしたから。

微塵嵐（みじんあらし）様を疑ったから。

「……ごぼっ、ご……！　ごめん、なさ……」

死よりも恐ろしい苦痛がアニを苛（さいな）む。

血も、涙も、絶叫も、懺悔（ざんげ）もかき消してしまう。

風が止（や）んで、小さな体はこの世界から消えた。

何も残らず、無意味に。

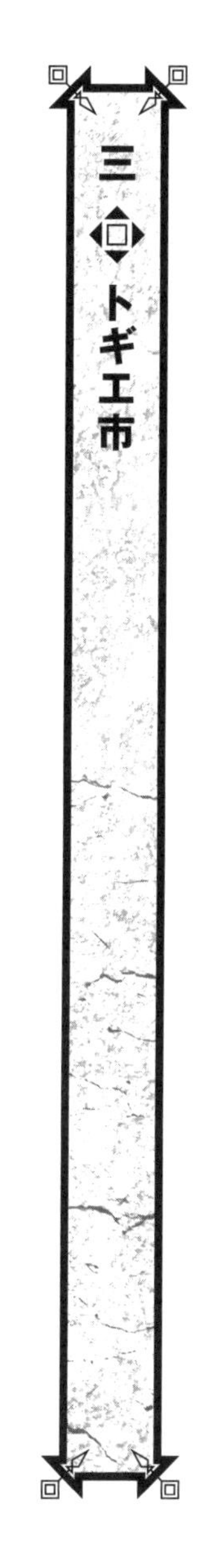

――生きるためには、奪わなければならないと知っている。

大多数の人族（じんぞく）と同じように、戒心（かいしん）のクウロにも奪わずとも生きていられた幼き日々があった。決して豊かではなくとも、世界の色も音も、今より遥かに鮮やかだった。

〝本物の魔王〟の恐怖が通り過ぎて、それは永遠に戻らないものだと知った。

幼き日々に与えられていた全ては、もはや自らの力で奪わなければ手に入らないものとなった。

日々の糧。安住の地。そして生命そのものすら。


だから今こうして、トギエ市の郊外を逃げ続けている。

黄都（こうと）との接触計画は漏れていた。追手はこの市を拠点とする旧王国主義者の勢力であろう。

この世界に君臨していた三王国は〝本物の魔王〟の脅威に滅び、黄都（こうと）という新たな国家に統合された。かつての王国の姿を取り戻そうとする旧王国主義者達は、黄都（こうと）と根深い敵対関係にある。

（――この区画はさすがに人間（ミニア）が多いな。少し目立つか）

小人（レプラコーン）特有の少年じみた顔立ちと体躯（たいく）は、戒心（かいしん）のクウロを追う者にとっては格好の目印となっているはずだ。クウロは焦茶色のコートのポケットに両手を入れたまま、振り返ることなく背後を行き交う群衆を意識し続けている。

「今、橋を渡った。十三人来てるよ」

どこからか少女の声が囁く。その羽音と小さな囁きを、ただ一人クウロの耳だけが捉える。

（違う。足音を立てているのは十四人だ）

敵が橋の付近にいることが分かれば、戒心のクウロにはその正確な人数までも把握できる。橋の方角へと意識を集中するだけで、それができた。

体格も歩幅も異なる数百もの人々が行き交う白昼の市場だ。敵の追跡が困難となるように、そうした方向を選んでクウロは逃走している。

隠密の手管は、彼がこの市で探偵を始める前から培っていた技能の一つだ。

（——足音を立てないように動いている連中が五人。こいつらは兵士連中の動きに先行して人混みをすり抜けてきている。十四人の兵士は存在を気取らせて反応を誘うための囮。俺を実際に捕まえる役目は、紛れているこの連中だ）

人混みに紛れている兵の一人に意識を集中する。

急ぎすぎることもなく足を止めることもなく、俯きがちに歩く。群衆に紛れて気配を消す。敵をやり過ごすためではない。ポケットに入れていた片手を静かに抜いた。

（気管を貫く——第六頸骨）

カチ、という小さな振動が伝わる。コートの袖の内側に仕込まれた、折りたたみ式の弩が作動した音である。深獣(クラーケン)のひげを素材とした繊細な矢は空気抵抗が極めて小さく、飛来音もない。

「く」

小さく漏れた絶息の音を、クウロ一人だけが知覚している。そのように気管を撃った。一切の声を出せず、通信が不可能なように。

彼の技を回避することは不可能だ。今しがたの狙撃は、行き交う通行人二人の脇の下を抜けて到達していた。ほとんど指だけの最小限の動きで、殺害した敵には視線すら向けていない。

――膨大に生まれる人族(じんぞく)の中には稀(まれ)に、その可視域や可聴域が同種の者より遥かに広い個体が生まれることがあるのだという。

あるいは才能や鍛錬によって、尋常の五感を越える直感を身につける者がいるとも。

熱知覚や磁気覚、共感覚といった例外の感覚について聞き及んだこともある。

戒心(かいしん)のクウロもまた、そうした感覚を知っていた。同時に、全て。

天眼。

ただ一人クウロだけが有する異才の名を、そのように称されていたことがある。

「一人、首をそっちに向けたよ」

少女の囁き声が忠告する。ラヂオ通信とは異なり、並外れた聴覚で遠く離れた声を聞き取っているだけのことだが、クウロの側だけが聞こえていれば十分な情報だ。

(北西方向の男か。呼吸が短くなった。俺を発見している……帽子だな)

追跡者の視線が通行人の帽子に遮られた一瞬、肩越しに撃つ。

矢は帽子に微小な穴を開けて、標的の眼窩を脳幹まで貫通した。やはり、呻きもなく崩れる。そちらを見ることなく、しかし絶命の一瞬までを鮮明に認識し続ける。そうでなければ安心できない。

子供の頃は美しい世界を映していたクウロの目は、今では敵の死だけを見ている。

「クウロ」

少女の声はクウロの顔の横にまで追いついていた。市場を埋め尽くす群衆の頭上を横切って。

「ね、橋の兵士のほうに気付かれたみたい。走ったほうがいいかも」

「それなら見咎められそうな動きをするな、キュネー」

両の掌に収まりそうな大きさの小鳥に見える。大抵の者が遠目にはそう認識するだろう。

しかし鳥の翼を持つ存在は、小人以上に小さな少女だ。様々な異形の獣族が生息するこの世界においてすら、自然界に生まれ得る個体ではない。

「旧王国側にお前の存在が知れると、今後俺が面倒なことになる」

「えへへえ」

クウロの手の中で、少女は恥ずかしげに笑った。

「クウロ。ね、クウロ、わたしのことが心配？」

「……何もかも心配だ。俺の命に関わることはな」

クウロは、やはり振り返らず射撃している。兵士の一団のうち一人が横隔膜を撃ち抜かれ、その場に蹲った。その一人が障害となって、隊列の足並みが乱れる。そのように狙った。

確実に殺す。ただし、目的を果たすための最低限の数だけを。

「キュネー。合流地点まで待ち伏せはないよな」

「うん。見たよ！　大丈夫だよクウロ」

「……確かだろうな」

小柄な身を沈めて、一息で駆ける。行き交う群衆の衣服にすら触れず、影の如（ごと）き身のこなしである。広場を通り抜け、時に露店の中を突っ切って進む。キュネーはコートの内側で身を丸めている。

二つ目の名を、彷（まよ）いのキュネーという。

大きさを除けば姿形は少女のようであるが、通常の生物ではない。

造人（ホムンクルス）という――生ける人族（じんぞく）を素体に生成される、魔族（まぞく）にも近い人工種族だ。骸魔（スケルトン）や屍魔（レヴナント）とは異なり、素体の知識を潜在的に持ち合わせているとも言われている。さらに発生段階の細胞を接合し調整することで、このように両腕を翼に置換した個体を作り出すことすらできるのだという。

高度な技術を要するためか生成例は少なく、個体寿命も短い。常人はその実在すら知らぬだろう。しかもキュネーは明らかに失敗作で、素体の知識も全く備えていない。

「撒（ま）いたよね？」

「どうだろうな」

クウロはもう一度振り返った。万全を尽くしてもなお、安心には程遠い。

かつては遥かに強大な敵と戦ったこともある。旧王国の部隊程度が相手ならば、正面から相手取っても負けはしないだろう。しかしそうした予断が死に直結する例も十分に知っている。

雑兵を侮れば死ぬ。どれほどの低確率であろうと、戦闘は常に死の可能性を孕んでいる。

「向こうは相手が俺だと知って追いかけてきている。俺より強い奴を送り込んでこないと思うか？」

「……クウロより強い人なんていないよ」

「そこら中にいるさ。どいつもこいつも俺を殺そうとしている」

——戒心のクウロは、その異才を天眼と称されていた。混沌を極めた〝本物の魔王〟の時代にはそれを諜報ギルドの下で用い、伝説的な成果を挙げ続けた影の英雄でもある。

全て過去の話だ。

「キュネー。コートからは出るな」

「うん」

目指した合流地点に到着している。市場に乗り入れては出ていく無数の馬車の一つ一つをクウロの視力で探せば、扉にごく小さな緑色の印が刻まれているものを探り当てることもできる。

小人ならではの体重を感じさせない動きで、走行中の客車へと滑り込んだ。

「戒心のクウロだ。黄都の使いだな」

入り込むなり告げる。客車にいたのは一人で、栗色の髪を結んだ、優美な印象の女だ。

「ええ。——黄都第十七卿、赤い紙箋のエレア。申し出に応えていただき、感謝いたしますわ」

得体の知れない脅威の予感があった。

（——なんだ）

目の前の女に対してではない。

「第十七卿……敵地だぞ。黄都二十九官がわざわざ来るとは思わなかったな」

世界最大の人族都市たる黄都議会を動かす、総勢二十九名の最高官僚。赤い紙箋のエレアは諜報部門を統括する若き才女であるという。

「敵地の只中にもこうして潜入することが、私のような工作部隊の仕事ですから。それに……黄都側も、二十九官を迎えに送るだけの価値があなたにあると考えています。諜報ギルド〝黒曜の瞳〟の、最も鋭き瞳――戒心のクウロ」

「……今はただの探偵だ。それよりも追われている。可能な限り追跡は撒いてきたつもりだったが、馬車の出入りが封鎖されない保証はないだろ」

「まあ」

落ち着き払った彼女の反応を、クウロは観察している。脅威の源はどこにあるのか。

彼にとっては、人を惹きつける笑顔や容貌の美しさすら、人体の表面を構成する皮膚一枚の要素でしかない。筋肉に不自然な動揺はあるか。まばたきの周期や挙動の変化。

(黄都の使者と接触する計画は、トギエ市の旧王国主義者に察知されていた……)

あるいは、黄都側が意図的に流出させた情報であったかもしれないと考えている。

〝黒曜の瞳〟を離れて以降、市井に紛れて探偵を営み、どの勢力にも属していなかったクウロは、今日の計画が発覚した時点で黄都につく以外の退路を失った。

もっともクウロは、却ってそうであってほしいと考えてもいる。仮にそうであるなら、黄都は今はクウロを始末する予定ではないということだ。

――利用されることは、真の脅威ではない。

クウロが今感じ取っている脅威の正体は、恐らく別だ。

「すぐにトギエ市を出たい。準備は？」

「万全です。あなたを回収した時点で、ここに用はありませんもの。街道に敷かれている検問は避けられそうにないですから……湿地帯を抜けるしかなさそうですね」

「二日前に雨が降ったばかりだ。ぬかるみに足を取られる可能性があるだろ」

「形こそ行商の大型馬車と同じですけれど、悪路に強い馬を使って、骨組みは全て軽量化しています。浅い沼地でも走り抜けられますよ」

「……〝黒曜の瞳〟が使っていたものと同じ型か」

「ええ」

かつて最大の諜報ギルドとして知られた〝黒曜の瞳〟は〝本物の魔王〟の時代の戦乱の裏で暗躍し、あらゆる諜報活動を担っていた。時代の終焉とともに構成員の多くは野に下り、人材や技術の一部は黄都の工作部隊へ流入したと聞く。まさしく今のクウロのように。

「造人の娘は市に残してしまっていいのですか？　あなたとは常に同行していると聞きましたが」

「……やっぱり知っているんだな」

嘆息する。このトギエ市は旧王国主義者に占拠される以前から黄都の支配には抵抗しており、気休め程度には黄都の目から彼女を隠せることを期待していたが。

「出てきていいぞ。キュネー」

小鳥のような少女がコートの内から這(は)い出(で)て、大きな瞳でエレアを見上げた。

「こ、こんにちは」

「彷(まよ)いのキュネーだ。できれば連れていきたい。あんたの権限でそれはできるか？」

僅かながら獣族(じゅうぞく)や鬼族(きぞく)を労働力として受け入れているとはいえ、黄都(こうと)は人族(じんぞく)国家である。魔族(まぞく)と同様、生成過程に倫理的問題を抱える造人(ホムンクルス)を連れての亡命が認められない可能性は高かった。

あるいは研究材料としてキュネーを提供するよう要求されたとしても、拒否はできないだろう。彼は旧王国主義者に追われ、これまでのようにトギエ市で探偵の仕事を続けることもできなくなった。とうに退路は断たれているのだ。

「珍しいですね。造人(ホムンクルス)というのもそうですけれど――わざわざ翼を生やした個体の例は聞いたことがありません。何のためにこんな改造を？」

「知らないね。キュネーは俺が作ったわけじゃないし、魔王自称者のイカレ野郎どもが考えることなんて俺の知ったことじゃない。大昔の空人(ハーピー)でも再現しようとしたんじゃないか」

森林に森人(エルフ)が、山岳に山人(ドワーフ)が、そして砂地に砂人(ズメウ)が住むように、かつては空の領域にも人族(じんぞく)が暮らしていたのだと聞く。しかし空人(ハーピー)は鳥竜(ワイバーン)の隆盛に伴って絶滅し、結果的に人族(じんぞく)種として最大の成功を収めたのは、領域の間に暮らす人間(ミニア)だった。

「――単なる愛玩用の改造だ。魔族(まぞく)みたいな危険はない。あんたらが信じるかどうかは別だがな」

「構いません。その程度であれば、私の裁量で通しましょう」

「本当!?」

「……悪いな。これでも俺の仕事には必要な奴でね」

その小さな体と翼以外に、キュネーに何らかの秀でた力があるわけではない。頼れるような知能も持ち合わせていない。隠密の技術も、クウロから見ればひどく不用意だ。それでも彼女には利用価値があった——少なくともクウロが生き残るためには。

「よかったねクウロ。ね。また一緒だね」

「雇用は継続だ。報酬は何がいい。黄都なら大抵のものは揃う」

「えっ、いいよ。何もいらないよ」

「……報酬の取り決めが何より重要だろう。特に雇用契約はな。到着までに考えておけ」

クウロ達のやり取りをよそに、エレアは覗き窓から馬車の後方を見ている。

「……追手とは彼らのことですか？」

馬車は既に市を抜けつつあるが、クウロを追跡していた旧王国の部隊はようやく人混みを抜けた頃だった。行商の馬車に巧妙に紛れ込んだ黄都の車までは特定できまい。

「そうだ。一年くらい前から、旧王国の連中がトギエ市の上層部に食い込みはじめた。破城のギルネスが陣営に合流してからは、参画する兵士どもの数は増え続けている。……数の増え方からして、他の市で募った兵力を集結させている段階だと思う。黄都と事を構えるつもりだろうな」

「把握していますわ。彼らの存在は、あの新公国以上に根の深い問題ですもの」

〝本物の魔王〟の時代、一度この世界は滅びに瀕し、たった一人を除く全ての王族が死んだ。

正統北方王国。中央王国。西連合王国。かつて存在した三王国は、幼き女王の名の下に、黄都として統一された。だが黄都の最も巨大な源流となった中央王国の勢力の一部は、今も彼らの信じる中央王国を再興しようとしているのだ。

「――今後の話をはっきりさせたい。旧王国主義者の掃除が俺の仕事か？」

「戦局による、としか言えません。たとえばオカフ自由都市の情勢をご存知ですか？」

魔王自称者モリオの率いる都市の名である。〝黒曜の瞳〟が地上最大の諜報ギルドだとするならば、オカフ自由都市は地上最大の傭兵ギルドが国を成したものだ。一国家にも匹敵するほどの軍事力を、勢力の区別なく派遣する精兵の集団として知られている。

「あの戦争屋どもか。連中、新公国にも随分と兵を貸していたらしいな」

「今現在、動向を注意する必要がある勢力は大きくその二つです。自由都市方面の情勢が悪くなれば、あるいはそちらに向かっていただく必要もあると考えてください」

「契約は確実に決めたい。旧王国の方はともかく、自由都市はあまり敵に回したくないからな」

「ふふふ。もちろん、現状では旧王国の優先順位が高いのは間違いありません。それと〝黒曜の瞳〟についてですが――」

「待て。外に兵士がいる。黙っていた方がいい」

外にいるのは無論、ただの兵士だ。

しかしクウロは、最初に馬車に乗り込んだ際に覚えた脅威の予感を信じている。彼に限れば、合理的な思考よりも不合理な直感の方が正しい。人智を越えた感覚の保有者であるからだ。

馬車は門の付近を行き交う兵士とすれ違うところだった。検問は敷かれていない。

「……心配しすぎでしたね？」

門を通過してからしばらくして、エレアは口を開いた。

「外から車内の会話を聞き取れるのは、天眼の力を持つあなたくらいのものでしょう」

「どうだろうな。悪いが生まれつき慎重でね」

「通行の封鎖も現状の旧王国には不可能なはずです。これだけ兵を集めていながら、市を戒厳下に置くことができていない――議会や市民の掌握が不十分だからです。警めのタレンが率いた新公国には、所詮及ぶべくもありませんよ」

赤い紙箋のエレアは、新公国の滅亡に何かしら思うところがあるようだった。とはいえ、クウロが深く詮索するべき事柄ではないのだろう。

トギエ市を後方に、馬車は街道を進んでいく。トギエ市は森林に囲まれた土地だが、右手方向には広く見晴らしの良い湿地が開けている。道を逸れ、そのぬかるみの只中へと進む。

「……だが第十七卿。あんただって仮にも二十九官の一人だろう。もし連中の追跡が届いていたらどうするつもりだったんだ？　俺の技だって、百人や二百人を相手取れるような代物じゃない」

「そうならないだけの用意はしていました、と言えば信じますか？」

「それは二百人を倒せるような手段か？」

「……」

「なら、この湿地帯を無事に抜ける算段は？　この地帯に街道も関もない理由は知っているだろう。蛇竜の縄張りだぞ。運が向かなければ馬車ごと丸呑みにされるだけだ」

袖の内側の弩には今も矢が装填されている。だが。

「――荷台にいる奴に関係があるのか？」

「ふふふ。さすがは伝説の天眼ですね」

エレアは気品ある微笑みを浮かべた。

敵地の都市にまで潜入する以上、最初から多数の護衛を動員することは不可能だ。だがこの構造の馬車が湿地帯を抜けられる限度重量には、クウロを含めてもあと一人分の余裕はある。

そしてこの馬車は、往路もこの湿地帯を通ってきたはずだ。

湿地を車輪が撫でる水音が響いている。

（……規則正しい、深い呼吸。体重を移動した。床に当たる音……足ではない、肩。眠っている）

黄都二十九官の護衛が、敵地で眠っているというのか。

（こいつは）

考えるまでもなく、今のクウロには黄都に従う以外の道も存在する。

たとえば今、赤い紙箋のエレアを射殺する。戒心のクウロならば一呼吸よりも早く、完全な無音のまま可能だ。恐らく手練の工作員であろう御者にすら、何一つ悟らせずに終わらせることができる。それでも、眠っている荷台の者の反応を上回ることは不可能に違いない。

この馬車に乗り込んだその時から、クウロには得体の知れない脅威の予感があった。

「クウロ？」

キュネーの声で、意識を向ける方向を変える。馬車の外からはもう一つの脅威が迫っていた。

「分かっている。……蛇竜（ワーム）が来ているぞ、第十七卿。俺の心配した通りになったな」

馬車の外を見ると、千年樹ほども太く果ての見えない胴体が地表を割って現れ、うねるように再び沈んでいく様があった。

――翼も四肢も存在しない。鳥竜（ワイバーン）とは正反対の進化を遂げ、地中に適応した大型の竜族（りゅうぞく）である。大地を掘り進むための硬い頭蓋は竜（ドラゴン）の竜鱗（りゅうりん）に匹敵する硬度を有し、空気の僅かな地中においても竜（ドラゴン）の息（ブレス）と酷似する原理で頭蓋を振動させることで、岩盤を砕く力術（りきじゅつ）を際限なく持続できる。

まるで泳ぐように自由自在に地中を移動し、そして旺盛に捕食する。それが蛇竜（ワーム）。これほど人里に近い地点に蛇竜（ワーム）が接近している事例は二十に一つもなかろう。間違いなく不運と言えた。

「……馬車の後ろを見張ってくれるか、キュネー」

クウロは呟（つぶや）く。弩（いしゆみ）の誤作動が起こらないよう、入念に機構を確認する。

装填するのは暗殺用の矢ではなく、木の矢柄を持つ狙撃用の矢だ。手の中で、キュネーは心配そうに彼を見上げた。

「どうするの？」

「口が開いた時に、喉奥の神経節を撃ち抜くことができるかもしれない。殺すことはできなくても、苦痛で少しの間行動を止めることはできると思う。蛇竜（ワーム）は口の中も相応に硬いが……まあ、やれるだけのことはやるさ」

蛇竜（ワーム）の姿が近い。敵は明確にこちらを認識している。

「いいえ。戒心（かいしん）のクウロ」

エレアが呟く。

「その必要はありません」

破裂音が響いていた。

踏み込みの音だ。荷台の者が跳躍した反動で、馬車の後方が大きく沈んだ。

赤い、見たこともない衣を羽織った男だった。鈍い練習剣を背負っている。

その存在は明確な一語だけを叫んだ。

「——斬るぞ！」

それは水切りのように湿地を駆けた。蛇竜（ワーム）が巨大な頭部をそちらへと向けた。水音。蛇竜（ワーム）が繰り出した稲妻めいた速度の牙は、攻撃半径を見切った跳躍で回避されている。見たこともない赤い衣が、空中で半回転する。回転が終わらぬ内に、男の肩が蛇竜（ワーム）の鱗（うろこ）に衝突した。彼自身の怪物的な機動に刃が追いついていない——あえてそうしているのだ。ばねのように力を溜（た）めていた。

ほとんど背に回すようにして構えていた刃が、深い接触の距離から放たれた。

銀閃（ぎんせん）が半月を描いた。

地上に降り立つより早く、それは蛇竜（ワーム）の鱗を肉まで切断している。全長の頭部から四分の一地点。

「……心臓だ」

クウロは慄（おのの）いた。体躯の大半が地中にあって全貌が見えない蛇竜（ワーム）であっても、それは確信できた。

蛇竜（ワーム）の心臓の鼓動音が乱れている。クウロにはこの距離からでもそれが分かる。

この世の人間（ミニア）が――それどころか誰であろうが、狙って可能な芸当とは思えなかった。

（あの刃渡り……体が触れると同時の斬撃で、ギリギリ届く距離だったはずだ。それも、比較的薄い右心房を傷つける程度の。――しかも、あいつは）

地に降り立った剣豪は、再び剣を肩に背負う。

蛇竜（ワーム）は動きを止め、そして数呼吸ほどの間があった。

――極小の致命斬を与えられた蛇竜（ワーム）の心臓は巨体の血圧で爆裂して、真横に流れる赤滝の如き鮮血で湿地を汚した。

「つまんねェな。図体がでかいだけかよ」

誰に向けるでもなく、呆れたように呟く声が聞こえる。

（分かる。あいつは蛇竜（ワーム）を斬るのは初めての奴だ。俺の天眼と同じように、心臓の位置を外側から見抜いて……それを斬る段取りを一瞬で組み立てていた）

「柳（やなぎ）の剣（つるぎ）のソウジロウ。それが彼の名です」

クウロの横で、エレアが呟く。

「黄都（こうと）は戦力を必要としています。あなたや、彼のような」

（……こいつらは）

リチア新公国は滅んだ。表向きには鳥竜（ワイバーン）の暴走による大火災だったとされている。

旧王国主義者。オカフ自由都市。〝本物の魔王〟によって多くの脅威が滅んでしまったこの時代に、黄都（こうと）を脅かす対抗勢力はもはや残り少ない。

（王城試合……）

何のために、黄都は規格外の力を集約しつつあるのか。

女王の名の下に、ただ一人の勇者を見出すための大試合が動き出しているという。

一切の介入なくそれを開催する必要がある。

（こいつらは、全ての敵対勢力をこの段階で整理するつもりだ）

数日後の黄都。橙色の灯りの中を、焦茶色のコートが横切っていく。

その身長は周囲の人族より明らかに低く、彼が懐に抱く存在はさらに輪をかけて小さい。

トギエ市のそれよりも遥かに明るく華やぐ繁華街には、無数の会話が、無数の足音が、奇襲に適する影が満ちている。戒心のクウロが繁華街の情景に見るのは、そのようなものばかりだった。

「黄都の劇は楽しかったか？」

「……クウロ、ずっと寝てた」

「起きてたさ。完全に意識を眠らせると奇襲に対応できない」

「クウロは劇を見ても楽しくないの？　歌は？　食事は？」

「俺が何か関係あるのか？　お前が劇を見たいって言ったんだろう」

クウロはこの造人の少女を雇用している。キュネーが人目に晒せぬ姿である以上、金銭の報酬は意味を持たないが、彼女の要求する物事ならば可能な限り与えていた。一緒に劇を見たいというような願いであっても。

「だってクウロ、私より安いのしか食べないし、笑わないし、何が嬉しいのかなって……」

「生きることだ」

クウロはもはや矜持を持たない。〝黒曜の瞳〟から離れ、存在を知られぬようトギエ市で隠れ潜み、黄都に探り当てられればそちらに従い――もしもキュネーを売り渡せと言われたなら、そのようにしていたかもしれない。

死が恐ろしい。前触れもなく訪れる終わりが。

全てを遍く捉える天眼で見た光景を覚えている。

「……俺は知ってる。どれだけ楽しんでいても、贅沢をやってても、死はすぐにやってくる。俺は……ずっと必死だ。それでようやくやってる」

雇用契約以外にキュネーとの絆はない。過去に関わりがあったわけでもなく、恩を与えた覚えもない。〝黒曜の瞳〟を離反した後、偶然に出会っただけだ。だが、今の彼はキュネーに頼らざるを得ないでいる。

全てを与えるのは彼女を大切に思うからではない。ひたすらに裏切りを恐れていた。

「俺にはもう天眼はないんだ」

要人の暗殺。陽動としての虐殺。魔王軍が蔓延した村の焼却。

全てを遍く捉える天眼で見た光景は、今でも鮮明に思い出すことができる。

組織に命じられ、〝本物の魔王〟の恐怖に追い立てられ——全てがうんざりだった。

死を恐れ続け、奪い続けなければいけない人生に、クウロは摩耗していた。

人の死を見たくない。人の悲鳴を聞きたくない。その通りになった。二十一を過ぎた頃から、クウロからは天賦の知覚が少しずつ失われていった。

行く先の待ち伏せの有無を知覚できない。

接近する蛇竜（ワーム）の動向に気付くことができない。

常人より遥かに鋭敏な知覚を持ち合わせながらも、今のクウロに見えているものは、もはやかつて感じていたような芳醇（ほうじゅん）な世界ではない。砂礫（されき）の一粒までを見分けられた繊細さは失われて、視界の外では意識を集中したものの動きしか追えぬ。


歩き続けた彼は、市街の外れの大橋にまで辿（たど）り着（つ）いている。彼以外の誰かが存在しない世界。戒（かい）心（しん）のクウロが安寧を得られるのは、もはやそのような場所しかない。

クウロは、欄干に手を置いて街の灯を見つめた。

「……キュネー」

キュネーは不幸ではないのだという。造人（ホムンクルス）の寿命は著しく短く、長く見積もっても生きられるのはあと五年程のはずだ。彼女が死ねば、クウロはどうなるのだろうか。

キュネーは彼にとって最も忌むべき存在で、最も必要な存在だった。

「予感がするんだ。全てが台無しになる予感が」

——究極の天眼。全ては過去の話だ。

意識の外の観測を、この小さな造人(ホムンクルス)に任せなければならないほどに衰えている。

もはや確信を持つこともできぬ漠然とした脅威の予感を、それでも信じるしかない。

「きっと酷(ひど)いことが起こる」

災厄の到達まで、三十八日。

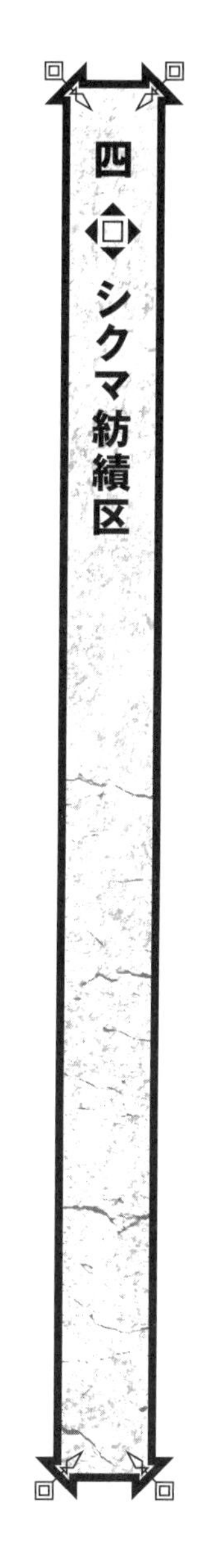

四　シクマ紡績区

多数の商店を集約した複合商業施設は、この世界においても広まりつつある。広い天井で覆われた建物は日が落ちてなおランプの暖かな光に照らされ、夜間営業の店舗が開きはじめる頃だ。

「――こちらの世界では俗に歩兵銃（マスケット）、と呼ばれていますが」

その中の一角。商工ギルドの重鎮達を前に、年端も行かぬ子供が銃火器を並べていた。

奇妙な少年であった。

外見の年は十三程度だが、その髪は白髪交じりの灰色をしている。まるで大人を真似（まね）たような背広に身を包んでいるが、それが不釣り合いな装いに見えない。

「厳密に言えば、マスケットというのは九年前の開発時の名称です。六年前の時点では既に銃身に刻んだ螺旋（らせん）状の溝で弾丸を回転させる機構に改良していますが、この構造の銃は〝彼方（かなた）〟においてはライフルと呼ばれていました。歩兵銃（マスケット）という名で定着してしまった以上、あまり意味のない能書きではありますが――最新型の性能をご覧いただいた方が分かりやすいでしょう」

少年の傍らに立つ従者は、彼と同じかそれ以下の身長である。小人（レプラコーン）のようでもあるが、体全体をローブで覆い隠していて、その正体は判然としない。

歩兵銃(マスケット)を構えた従者が引き金を引く。銃声が響き、遠くに置かれた木板の標的が倒れる。

「……彼のような子供並の体格でも、ご覧の通り。十分な射撃訓練を積めば、威力、装填時間、射程距離……全てにおいて同じ体格の者が扱う弓以上に有効な攻撃手段になることが伝わるかと。これまでは限られた顧客との取引に限ってきましたが、今後は、今日集まっていただいた方々にも販路を広げていければと思います」

「ふぅん。黄都(こうと)の商人からの横流しに頼る必要はなくなるわね」

「銃火器を扱うなら数を揃えなきゃ意味がないからなァ。これまでの取引に加えて新型を直接卸してもらえるなら、こんなありがたい話はない」

「鳥竜(ワイバーン)狩りの知り合いが話してたことだが、おぞましきトロアを殺(や)った星馳(ほしは)せアルスも銃を使ったって話だぜ。使いようによっちゃ魔剣に勝てるって宣伝文句で売り込める」

「そりゃ面白いな。黄都(こうと)最強のロスクレイの武器だって剣なんだろ？」

「銃を使えば旧王国の連中でも絶対(ぜったい)なるロスクレイに勝てるってか？　いくらなんでもそりゃ嘘っぱちにしかならんだろ。やめとけ」

ギルドを束ねる地位の者達を前にして、実弾入りの武器を取り扱うことができる。それはこの少年が、昨日や今日のものではない強固な信頼を積み重ねているという事実を示している。

「……肝心の商機は？」

集められた者の一人、肥え太った商人が手を挙げる。

「良い武器を安く仕入れられても、捌(さば)くアテがなけりゃあ商品にできないだろ。今は旧王国の連中が息巻いてるみたいだが、本当にデカい戦争なんて起こすつもりはないと俺は思うがね。俺の見る限り、旧王国の兵は新公国ほどの練度もない。連中の方だって、たかだか数を揃えた程度で負け戦に全部突っ込むような損は取らんよ」

「ありがとうございます。よい着眼点です」

少年は頷く。彼が期待していた通りの質問だった。

「勿論、商機はあると考えています。現にギルネス将軍のトギエ市到着以降、旧王国軍の数は膨れ上がっています。ただしそれだけの数の兵の訓練に費やす時間と金銭を鑑みれば、旧王国軍の兵は高度な連携や従来通りの戦術も困難な状況にあるというのも間違いありません。仰る通りです」

淀みなく口上を述べる。少年は旧王国主義者の内情をも把握している。彼らもまた、主要な取引相手の一つであるからだ。

「ですが歩兵銃は、まさしくそのような軍にこそ必要なものです。子供の体格でも扱え、訓練はどんな武器より容易い。さらに弓とは完全に異なる点として、有効射程を決めるのは筋力や技巧ではなく、銃自体の性能差です」

軽い音とともに、少年の従者が歩兵銃の遊底を引き、排莢する。ボルトアクションと呼ばれる機構であった。

「旧王国主義者には既に十分な兵力があります。新型を揃えられるなら優位が取れる。これは彼らにとって黄都との戦争を後押しする材料の一つになり得るはずです」

「ハッ、なるほどな」

肥えた商人は、自らの顎に手を当てて呟く。

「旧王国側にはそういう触れ込みで売れってことかい」

「――それも仰る通りです。これと同じ理屈は黄都側にも当てはまります。黄都が同じく新型銃を配備すれば、少なくとも前線における旧王国の優位性はなくなる。つまり、新型であることと、両勢力が臨戦態勢にあること。その二つが商機であり、不確定要素はないと考えています。実際に戦争が起こるかどうかに関わらず、皆さんにはこの好機に新型を売り抜けていただきたい。だからこそ今回、中間業者の皆様への販路拡大の判断を下しました」

ランプの光の下でギルドの長達はざわめき、互いに意見を交わした。

「市場としては旧王国がやはりでかいな」

「黄都軍には十分な弓兵がいるし、既にある程度銃を揃えている以上、わざわざ新型訓練の手間はかけないだろうからな。やるとするなら、遊撃部隊の一部に導入する形か」

「いや、分からないよ。旧王国は現状の戦力で十分としても、オカフ自由都市への新型導入を警戒する可能性がある。一斉更新は可能性あるんじゃないか」

少年は彼らを眺め渡した。今床に並べている新型歩兵銃の現物に加えて、さらに万単位の在庫の搬入準備を既に整えている。この場で交渉を成立させる確信があったからだ。

「私達はあくまで武器を卸すのみです。どちらの勢力を市場とするか、それは皆さんに一任します。確かな点は、この売り抜けの猶予はあまりないということです。じきに状況は大きく動くでしょう」

「……買おう。六百だ」

「景気がいいわね。私のところは二百にするわ」

「ショボい突っ込み方すんなよ。俺んとこなら千は捌ける」

「ありがとうございます。今後とも我々の〝銃〟をどうかご贔屓に」

残る商談を従者に任せ、灰髪の少年はその場を去る。後は彼が語らずとも交渉は成立するだろう。

——九年前まで、この世界には銃という武器が存在していなかった。しかし〝本物の魔王〟の戦乱の時代を経て、その新たな武器は爆発的に普及している。

◆

(……新型銃以外にも開戦の材料を揃えたいな。あと一押しか)

少年は、商業施設の光の下から河川敷へと出ている。シクマ紡績区の夜は十分に明るいが、それでも彼の知る世界の明るさにはまだ及ばない。

(まだまだ発展が要る。進歩の余地がある。……この世界には、可能性がある)

銃火器の取引から得られる利益などは、目標のための準備の一つに過ぎない。彼が目指しているものは、より長期の、より多くの者のための繁栄だ。

「よぉ」

河川敷の暗がりから声がかかった。大柄な男だ。

先程の裕福な商人とは全く異なる薄汚れた服装。威圧的な蛮刀を腰に佩き、剣呑な気配を纏っている。野盗の類であると分かった。

一方の少年は護衛すらつけていない。細く小柄な、ただの子供のように見える。

彼は野盗へと視線を向け、そして微笑んだ。

「……時間に正確ですね。エリジテ君」

「なに。先生との取引だからな。例の話は考えてくれたか」

「問題ありませんよ」

少年は草の茂る地面に座る。その態度は商人達と接していた時と全く変わらず、気負いやへつらいといったものがない。外見の年齢に反して、老成した印象すら与える。

「ただし、エリジテ君の盗賊団が条件通りのことを実現できたら、の話です。以前の抗争で二人死んで、確かちょうど四十人でしたね。やれそうですか」

「ああ。おぞましきトロアの魔剣を掻っ攫う。先生のほうで手引きの準備ができたなら、すぐにでも動くつもりだ。旧王国連中への推薦が欲しい。いくら魔剣を手に入れたところで、そのままじゃ俺らはただの無法者でしかないんだからな」

「分かりました。旧王国には私から話を通しましょう」

「……頼むぜ。俺達みたいな連中の話を分かってくれるのは先生だけだ」

おぞましきトロアが死んだのだという。

英雄すら死ぬ時代が訪れようとしている。ならば真の強者は、その先に生き残る手段を持たなければならない。武器。人脈。あるいは策謀。

「エリジテ君。これを」

少年はエリジテへと小さな器物を投げ渡す。先程の商談でも見せていなかった試作品だった。

「……こりゃなんだ」

「我々が新しく開発しました。小型銃です。戦乱が終われば次は自衛の携行火器の時代ですからね。エリジテ君の腕前なら上手く使えるでしょう」

「ヘッ、不用心だな。野盗に武器を渡して平気なのかよ」

「……私には関係ありません。平等ですよ」

少年は微笑んでみせた。

「いずれ誰もが平等になる時代が来ます」

この世界における製造業は、今なお職人に依存する家内制手工業が主流だ。熟達した職人の工術は、極めて複雑な機械製品をも製造することができる。しかし高度な加工技術を要する銃を、同一の規格で大量に生産する製造技術は知られていない。

〝灰髪の子供〟がこの世界のどこにそのような生産設備を保有し、どのように開発を行っているのかを追求できた者もいない。

あるいは〝彼方〟そのものから持ち込んでいるのだと噂する者もいる。

彼は〝客人〟だからだ。

(……エリジテ君の動きが成功すれば、大量の魔剣使いが旧王国に参画する。そうなれば、戦争を動かすには十分な材料か)

——この後に真に待ち受けているものは戦争ではない。

通過する全てを死に巻き込み、荒廃のみを残す破滅そのもの。想定を越える規模の災厄が動きつつあることを、黄都も旧王国主義者も、そして〝灰髪の子供〟も、まだ誰も知らずにいる。

(それとも、さらにもう一手)

銃。魔剣。

旧王国主義者に決断の材料を与えることで、黄都との戦端を開く。

だが、彼の真の目的はその先にこそある。

災厄の到達まで、二十六日。

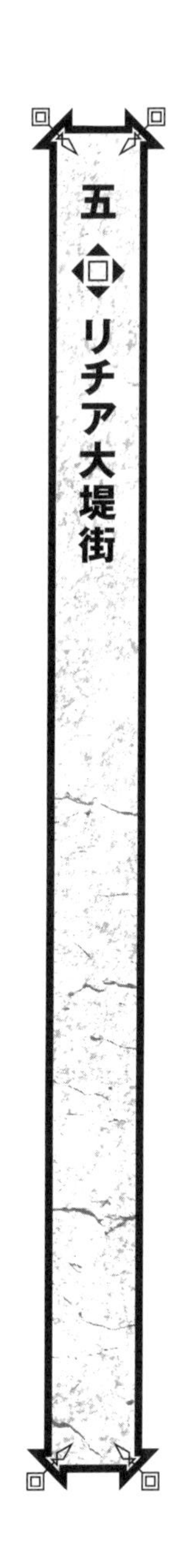

五　リチア大堤街

かつてリチア新公国と呼ばれていた大市街がある。

強大な鳥竜兵(ワイバーン)の空軍を背景として警(いまし)めのタレンが樹立した独立国家は、黄都(こうと)との戦乱の結果、僅か一夜で滅んだ。表向きは大火災によるものとされている。

戦乱の被害を被った区画は黄都(こうと)の手によって徐々に復興を遂げつつあるが、もはや使う者のいなくなった鳥竜兵(ワイバーン)の尖塔(せんとう)が、街に一種異様な光景を残していた。

タレンが率いた新公国軍は解体されたものの、彼女が残した影響は未(いま)だ大きく、リチアは依然として黄都(こうと)にとって無視のできぬ不穏分子であり続けている。

「それで俺達の監視に寄越されたってわけか。クウロ」

尖塔の一室から市街を見下ろす大鬼(オーガ)がいる。瘴癘(しょうれい)のジズマという名の、新公国の元兵士である。

入口近くに座り込む戒心(かいしん)のクウロとは、大人と子供以上の体格差があった。

「まさか。そんなに長くここに留まるつもりはない。ただ、話を聞くなら俺が適任だってことなんだろうさ——昔のよしみでな」

瘴癘(しょうれい)のジズマにはもう一つの経歴がある。彼もクウロと同様に、諜報ギルド〝黒曜の瞳〟の工作員として活動していた時期があった。

「俺が知りたいのは、新公国軍の人の流れだ。大火災の後、少なくない数の兵が旧王国に流れたらしいな。詳しい話を聞きたい」

「くふ、ふ」

大鬼(オーガ)は嘲るように笑った。

「天眼のお前が、そうやって正面から情報を聞くつもりか。まるで探偵だな。俺達の……〝黒曜の瞳〟のやり方とは思えん」

「実際、探偵をしてたんだ」

クウロは苛立(いらだ)って答えた。かつての彼の才能ならば、その場にいながらにして全てを知ることができた。今は違う。直接尋ねなければならない。

「黄都(こうと)の連中は、その……そういう連中を手引きした奴がいると考えている。新公国に最初から旧王国側と繋がりのあった奴がいて、物資や兵を流しているってことだ」

「バカな奴らもいるもんだよな。同じ反黄都(こうと)でも、王族主義に凝り固まった旧王国主義者と脱人族(じんぞく)主義を掲げた新公国じゃ、やってる事なんざほとんど正反対だ……それでも行く連中はいるんだ。思想の一貫性も知ったこっちゃない、黄都(こうと)を憎んでいて、とにかく戦争がしたい奴らがよ」

「……理屈で戦える奴なんて世の中にはいない。誰だって、奪われたものは奪い返そうとする。新公国の犠牲には何か報いがあるべきだと考える連中もいるんだろう」

「俺達はどうだ。命をかけて戦って、何か一つでも報われたか？」

「……」

「月嵐(げつらん)のラナが死んだ。街外れで惨めにくたばっていたよ。俺が埋めてやったが、結局奴が黄都(こうと)の内通者だったことを後から聞かされて知った。……〝黒曜の瞳〟は何だったんだ？　俺達の掲げた理想はどこへ行った？　戦争しか能のない連中が、ただ殺すためだけに殺していたのか？」

〝本物の魔王〟の時代、最大の諜報ギルドである彼らは各地の戦争に駆り出され、属する勢力を問わずに戦い続けた。大鬼(オーガ)であるジズマだけではない。ラナもクウロも、表の世界で生きられぬ者達だった。戦場で生きることだけに特化した影の軍勢だ。

　全ての階級の者が、その容貌や種族を問わず平等にあること。命を平等に奪う戦場の中ならば、あるいはそうした理想を実現できるのかもしれないと信じた。

「――鬼族(きぞく)が人を喰(く)うのは生まれ持った宿命だ。俺にはどうしようもない。人族(じんぞく)の連中は小鬼(ゴブリン)をこの世界から駆逐して、次は俺達大鬼(オーガ)をそうしようとしている。俺は……少なくとも俺は、俺がまともに生きられる世界のために戦っていた。それも結局は無意味な戦いだったのか」

「……負けたんだろう。あんたも俺も負けた。いつだって、戦えばどちらかが必ずそうなる。俺に八つ当たりするのは筋違いってもんだぞ」

「戦いが嫌か？　クウロ」

ジズマが武器を抜く。大きく湾曲した、鎌のような刃だ。

「俺は、お前もラナも仲間だと思っていた。だが結局はお前らも人族(じんぞく)だったな。お前の言う通りだ。新公国が負けて、お前らが勝った。旧王国が勝とうと黄都(こうと)が勝とうと、今更俺には同じことだ」

「……うんざりなんだよ」

クウロは目を伏せる。旧王国主義者と繋がりを持つ工作員はもはや判明した。だが、だからといってジズマをここで討伐したところで、何一つ解決はしないだろう。

「俺が死ぬのも誰かを殺すのも、もう十分だ。主義や理想も知ったことじゃない。俺は俺一人で生きていたいだけだ」

「今更だな。お前なら今まで奪った命の重さだけで地獄に落ちるだろうよ」

斬りかかってこない。クウロは踵を鳴らす。空気の色は変わっていないが、ごく僅かに音の伝達が速い空間を知覚する。それは気体の組成が異なるためだ。

「……毒か。昔とは配合を変えたな」

「気付くのが遅いぞ、クウロ」

ジズマ自身も気化毒には巻き込まれている。だが自分ごと巻き込んだとしても、大鬼(オーガ)と小人(レプラコーン)では毒の有効投与量は大きく異なる。より早く神経に毒が回った敵を相手に、自身は大鬼(オーガ)の生命力を頼みに強引に格闘を仕掛けて殺す。ジズマの手口はそれだ。

「天眼の才能が衰えたか？」

鎌の刃が鈍く光る。長い手足を持つ大鬼(オーガ)はすぐにでもクウロを必殺の間合いに捉えるだろう。毒に囲まれた今、反撃動作のための呼吸すら封じられている。

ジズマは踏み込む。クウロには全てが見えた。

「――もう一度」

矢がジズマの眼球を貫いている。

刹那だった。

クウロは手首を振り抜き終わっていた。

「言ってみろ」

「……ウ、グ……！」

「天眼が何だって？」

――臨戦態勢の達人と正面から向かい合う状況からでも不意を打つことができる。敵のあらゆる挙動を知覚し、反応不可能な一瞬すらも認識する。それが天眼。

「く、ふ、ふふ……。そう怒るな。冗談だ。クウロ」

眼底を貫かれ、致命傷を負いながら自嘲する。

ジズマは壁に背をもたれ、そのまま座り込んだ。

「…………お前に勝てるだなんて……お、思い上がっちゃあいないさ……」

「……旧王国は何を仕掛けている？」

毒が満ちた室内に踏み込んでいくことはできない。クウロは矢を向けたまま質問を続けた。

「辺境からの連絡が途絶している。気にしているのは俺だけか？　嫌な予感がするんだ……何もかもが台無しになる予感が」

「知らないさ。俺は何も知らされちゃいない……」

大鬼（オーガ）が虚（うつ）ろに呟く。かつては同じ〝黒曜の瞳〟に属していた者同士も、相争う時代だ。

「鬼族を信じる奴なんていない」

「……」

ジズマの呼吸も、心拍も止まる。クウロの五感はそれを見ることができる。

もはや話せる事柄はない。所詮そのような終わりだ。

奥歯を噛み、踵を返す。

(うんざりだ)

誰かから奪い続ける人生でありたくないと願う。

(……どの口がそんなことを言うんだ？)

それ以上に、彼は恐れているのだ。天眼の喪失を知られることは、クウロ自身の死に繋がる。黄都が彼を生かし続けているのは……彼が戦場で生き延びられているのは、天眼の才能があると信じられているために他ならないのだから。

恐れ、殺すことでしか生きられない。天眼の才能ならばいくらでも他の可能性があったというのに、クウロにはそのようにしか使えなかった。

人を喰うために殺していたジズマの方が、余程上等だ。

◆

「――クウロ！」

塔から出ると、キュネーが羽ばたき、コートの中へと潜り込んでくる。

入口の見張りに彼女を置いておく必要があった。〝黒曜の瞳〟の手練と交戦している間は、今のクウロでは他の侵入者の存在に注意を向け続けていられないのだ。

金で雇った者はいずれ裏切る。昔からの仲間すら殺し合う。

彼が信頼できる相手は、愚かで小さなキュネーだけだ。

「誰も来なかったよ。ね。昔の友達とお話できたんだよね」

「ああ。仲の悪い友達だったけどな」

手の中で感じるキュネーの鼓動は速い。それだけ命も短いのだ。

クウロが彼女の立場であるなら、この手に握り潰されることを恐れるだろう。いずれ利用価値を見限られ、裏切られることを恐れるはずだ。

「見張りの報酬だ。何がいい」

「じゃあ、紅果が食べたい。ね。いいよね」

「そんなもんでいいのか」

クウロは苦笑した。キュネーに裏切られないためなら、宝石でも絵画でも惜しむつもりはないのに、彼女はいつもそのように他愛のないものばかりを欲しがる。

かつての仲間を殺すこともできる男だ。クウロの本性は凶暴で無慈悲であるのに、キュネーのように愚かならば、そのような悪党を信頼し続けることができるのかもしれない。

「──羨ましいな」

「なに？」

「いいや。大したことじゃない」

災厄の到達まで、十一日。

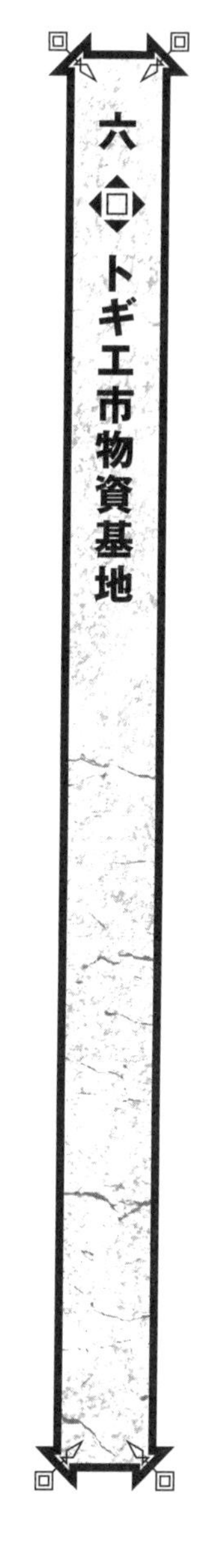

六　トギエ市物資基地

「ち……ちくしょう、何だ……何なんだ、こりゃ……！」

基地の惨状を見て、利器（りき）のビハトは呻いた。トギエ市郊外の物資基地である。旧王国の上級将校として数々の作戦に従事してきた彼も、これほど壊滅的な打撃を後方陣地が直接受けた例を見たことがない。

「配置兵士の半数以上の死亡を確認。物資倉庫に甚大な被害……そうだったよな？　ほ、報告されていたより……状況が、まずいんじゃないのか」

ビハトは恐る恐る血海の中を歩く。事実、絶望的な状況であった。

混ざり合った悪臭が背筋を震わせる。体が半分以下に千切れた兵の死体がそこかしこに散らばっているのだ。鋭利な切断面ではなく、高速の打撃を受けたことが死因であると思われた。

死体の断面を眺め、補佐の兵へと問う。

「……これは。大鬼（オーガ）に殴られればこうなるか？　検問がそんな輩（やから）を通した記録はあったか？」

「報告では……敵は飛行していた、と。空から直接襲撃を受けたということになりますが……」

「バカ言え。空を飛ぶやつにこういう殺し方ができるか？　竜（ドラゴン）か？　まさかだろ」

「――黄都に加わったという星馳せアルスでは？　いや最悪の話、第二将ロスクレイが……絶対なるロスクレイが、直接ここに攻め込んできたのかも……だってロスクレイは、竜すら一人で殺したって話です」

「それは、ないな。ロスクレイでもアルスでもない……あれを見てみろ」

吐き気を抑えながら、ビハトは屋根の上に貼りついている死体を指す。

「ウグッ……最低の気分だ。ありゃ効率的に殺しているわけじゃない。敵は戦士じゃないんだ」

「……と、言いますと……」

「力の限界を試しているのかもしれない。外の連中も打撃で殺された奴だけじゃなかった。つまり、あー……体を引き裂いたり、こうして天井や壁に投げ飛ばしたりしているわけだ。クソッ……」

「で、でも……！　力試しでこんな真似ができるんだとしたら、ますます怪物じみてますよ」

「……怪物なんだろ。報告を聞かされた時は黄都軍の破壊工作だと思ったが……」

この基地には先日納入した新型銃だけでなく、魔具の類を含む希少物資も保管されていた。銃に関しては保管箇所を分散していたとはいえ、強奪された物品の中には、旧王国軍の切り札であるチャリジスヤの爆砕の魔剣も含まれている。

戦局に重大な影響を及ぼす損害であることは間違いない。仮にビハトが一連の作戦の指揮権限を持っていたのなら、この結果を以て決起を中止していただろう。

「うわ。ビハト将軍。この死体」

「……焼死か。骨に亀裂がある。相当な火力で焼かれたはずだ。熱術を使う敵なのか？　まさか殺した後に無意味に火を放ったってことはないよな……」

視線を別の方向に向けると、異様な死体が他にもあることが分かる。

やはり原型を留めないほど損壊しているが、先程のような殴打によるものではない。数え切れないほどの銃痕が死体の背後の壁にも刻まれている。

「おいおいおいおい、勘弁してくれ……頭がおかしくなるぞ、そろそろ」

「何十人って数の敵が……彼らを囲んで一斉射撃でもしたんでしょうかね。熱術を使う大鬼の大部隊が空を飛んでやってきて、殴ったり銃殺したりしたってことです？」

「――そうかもしれん。全部の真似ができる無敵の怪物がやったにしては、支離滅裂過ぎる」

瓦礫の中に残る痕跡を探しつつ、ビハトは答える。

「この物量の銃撃ができる奴なら、それだけで警備兵を全滅させるには十分だったはずだ。実力差のある相手を殺るのに、わざわざ殴ったり焼いたり、別の手段まで見せながら暴れるもんか？」

「効率的な殺しじゃない……ってそういう意味ですよね」

「そうだ」

少なくとも、敵は戦闘の達人ではない。それが却って状況の不可解さを強調している。

「敵は二人いるな」

ビハトは杖で地面を叩く。

「これが敵の足跡ですか？」

「多分な。多分だ。逃げ惑っている兵の流れとは違うように見える。大鬼か山人か、並外れた巨体の奴が一人。重甲冑か何かを身につけていて、足跡が深く沈んでいる。一方で、こっちの足跡は小柄だ。女子供である可能性が高い」

「大男と女子供のたった二人で、こんな災害みたいな真似を？」

ビハトは足跡を追う。正体不明の怪物の殺戮行の痕跡を。

「……で、ここで途切れてやがる。分かっていたが、空を飛ぶわけだしな」

「も、もしもこれが黄都の攻撃なら……対抗手段なんてないに等しいんじゃないですか。くそっ、後方勤務は安全なはずなのに、一体何に気をつければいいっていうんだ……」

「俺だって分からん。開戦前にここまでやられちまった以上、状況は相当まずい」

彼の補佐が言う通り、後方陣地が前触れもなく直接攻撃を受けるという可能性は、物資の損害以上にこちらの陣営への脅威になるはずだ。

それでも、上は決起を取りやめることはないだろう。彼にできることをするしかない。

「……比較的守りの薄い物資基地を襲ったってことはだ。敵の側にもこちらの目を避ける意識があるのかもな。現に目撃者が殺されてやがる――今回の一件を交渉材料にして市会に働きかけるぞ。監視体制を強化。トギエ市は封鎖する」

「りょ……了解です」

リチア新公国から合流した兵士達が密かに噂していることがある。リチア陥落時にも、常軌を逸した怪物の存在がいくつも目撃されていたのだと。

入口から若い伝令が駆けてくるが、血と臓物の臭気に咳き込み、嘔吐するのが見えた。

「ビハト将軍！　けほっ、せ……生存者の証言が取れました」

「分かる。気持ちは分かるが落ち着け。報告くらい待つから、水筒の水を飲め」

「けほっ、失礼しました。敵の侵入経路についてですが」

「それは知ってる。俺んとこに報告に来た奴は空から来たことしか伝えられなかった。他には」

「では……これに関しては、話した者が意識を失う直前だったので、正確な意味は取れませんでしたが。敵は魔王の兵器であると言っていました。お、大きな……怪物だと」

「……魔王」

言うまでもなく〝本物の魔王〟ではないはずだ。こ、の、程、度、の死に方にはならない。

ならばどの魔王自称者がこれをしたのか？　攻撃手段も侵入手段も、何もかもが理解不能だ。

「我々はどうするべきでしょうか？　この状態で黄都と戦えるっていうんですか？」

「どうもこうも、もう時期は動かせないんだよ。……勝てる。そのはずだ」

現場の兵士は、軍上層部が現在進めている作戦の全容を知らない。黄都が擁する修羅の戦力などはとうに織り込み済みだ。仮に黄都がこの作戦に気付いたとしてももはや防ぐ術はない。

「この程度……ちくしょう、この程度の犠牲なんて、すぐにでもひっくり返るさ」

この恐るべき破壊すらも前兆に過ぎないほどの、真の災厄。

「嵐が来るぞ」


災厄の到達まで、六日。

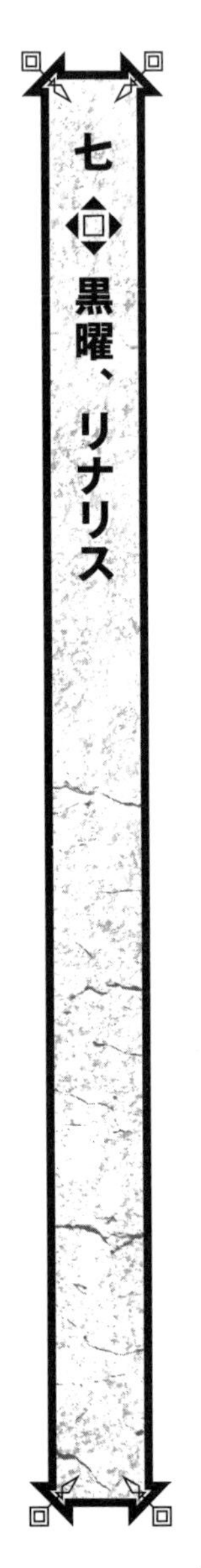

七　黒曜、リナリス

トギエ市襲撃の事件から時は遡る。小四ヶ月前。

六分儀のシロクが暮らすイターキ高山都市は、一年を通して曇天が空を覆う、寒く物寂しい街である。

貧しい街ではない。澄んだ水と良質なラヂオ鉱石が産出するこの地は〝本物の魔王〟の侵攻に一度放棄されるまでは上流階級の別荘地でもあって、かつてはそれなりの賑わいを見せていたのだと聞く。

今は風景の全てに薄い暗幕がかかっているかのようだ。道行く人は見えない暗幕の重みを常に感じていて、市場に並ぶ色彩も、暗幕越しにどこか褪せて思える。

この世に残り続ける、〝本物の魔王〟の恐怖の影響なのだろうか。

それともそれは……若い心に魔王から街を取り戻すことを誓い、自らの力でそれが叶わなかった、シロク自身の心が落とす影だっただろうか。

そんな町並みを抜けた先に、目的の館を見た。

(——大きい屋敷だ)

鬱蒼と茂る黒緑の森の中に隠されてそびえる館は、単純に不釣合いだと感じた。

これが貴族の別宅であったとしても、行き来にも不便な、日当たりの悪いこの場所に邸宅を構える意味などないように思える。門や外壁の所々には蔦が這っているが、この立地では元より、立派な造りを人に誇示することもできなかったはずだ。

(この分だと、住んでる人もいないだろうな……)

シロクは出戻った住民数の正確な把握のため、大人達に雇われている。

特に苦しい仕事ではない。十八という若さ故の体力と、戦士となるべく鍛えた足腰は、広いイタキを駆け回るために十分役立っていた。

たとえシロクの望んでいたような方法でなくとも、これからはそのように生きていかねばならないのだろう。両親が遺した財も、祖父の代に貴族から拝領された広大な自宅だけだ。

(麓の方の確認もある。山側はすぐに終わらせないと)

よってこの時のシロクは門の隙間から少しだけ中を覗いて、それで無人を確認したことにして立ち去るつもりでいた。

「……あっ」

つまり、そこに人の姿があった場合のことを考えていなかった。

塗装の剝がれかけた門の内にはよく手入れされた庭園が広がり、綺麗に形の整った黒薔薇がいくつも咲き揃っていた。

――少女がいた。

薔薇の植え込みの一つの前で、淑やかに屈んで、葉を切り揃えていた。

鬱蒼と暗い森林。闇夜のような黒薔薇。

けれど彼女の横顔は……暗幕を晴らすほどに、息を呑む白さだった。

(……人だ。元からいたんだろうか。それとも流れて住み着いた人なんだろうか)

十六か十七であろうか。年もシロクと然程変わらない。

にも関わらず、幻をすら疑う美貌である。

俯く黒髪から覗く、滑らかな項。憂いを帯びた長い睫。金色の瞳。

……その瞳が、ふとこちらを向く。

僅かな、鼓動が停止するような時が流れた。


少女が微笑んだ。

「…………っ、あの、俺は領主会からの依頼で、住人の確認をしていて……!」

咄嗟に、言い訳が口を衝いて出た。

たった今彼女を見ていたのは、それが理由ではない。シロクは自らを恥じた。

「左様でございましたか」

少女は慈しむように笑って、門前から動けないままのシロクへと歩み寄った。淡い花のような少女の香りは、シロクの心を大いに惑わせた。

「――御機嫌よう。リナリスといいます。お名前を伺っても？」

「ろ……六分儀（ろくぶんぎ）のシロクといいます。こちらにお住まいの人……ですよね？」

「……」

リナリスは答えない。何か他のものに気を取られたようであった。

彼女は形の良い眉をやや顰（しか）めて、薄い色の唇に指を当てた。

「恐れ入ります。……お怪我をされているのですね？」

「……えっ」

その視線のお陰で、自分の左中指から滴る血に気付いた。

鋭利な切り傷だ。鉄門の縁で掻いたか、巻きつく薔薇の棘（とげ）に触れたのか。少女の姿に心を奪われすぎて、痛みがあったことすら気付けていなかった。

「ああ、失礼……！　でもこの程度の傷、大したものじゃ……」

「屋敷で手当てをいたしましょう」

「平気です」

「……私の育てた薔薇でシロクさまにお怪我をさせてしまったなら、ご両親と雇い主さまに申し開きができません。……どうか、申し出をお受けいただけませんか？」

金色の瞳にじっと見つめられると、シロクは答えることができない。

それを肯定と受け取ったのか、少女は微笑む。

軽い金属の軋（きし）みとともに、二人を隔てる門が開いた。

（住人の確認だけだ。中に入る必要なんてない……）

シロクは迷い、自身の来た道と少女との間で、何度か視線を往復させる。

今日の遠出はこの一軒だけだ。他の家は戻るついでに確認してもいい。

それに……それに住人の有無を確かめるのなら、この古い屋敷に誰が住んでいるのか、はっきり見ておくべきなのではないか。

「分かりました。長居はできませんが、それでよければ」

「……ああ。幸甚に存じます。上等の琥珀茶をお出しいたしましょう」

リナリスの後に続きながら、シロクはようやく庭の様子を見渡すことができた。

錆びの浮いた門だけではない。屋敷の石壁には皹が目立ち、廃墟と言われれば信じてしまう有様でありながら、庭だけが繊細に手入れされて、余分な小石一つない。


その光景は彼の住むイタ－キと地続きであるはずなのに、儚く消え入りそうな美しさの少女のように、あまりにも日常からかけ離れた異界だ。もしかしたら彼女に連れられて屋敷の扉を潜ると、〝彼方〟の地平にでも連れていかれるのだろうか。

……この少女は、いつからこの寂しい屋敷に住んでいたのだろう。果たして何者なのだろう。

不安に迷うシロクの心中を刺すかの如く、リナリスは僅かに振り返った。

金色の瞳が、流し目で彼を見た。

「足元に、どうかお気をつけて」

「え、ええ」

——心を見透かされていたわけではなかった。

土にやや埋もれるように、玄関に続く石の段差が突き出ているのだ。今の一瞥で浮かんだ背中の汗を悟られないよう願いながら、シロクはその小さな段を越えた。

屋敷の内は、やはり外観とは裏腹に清掃が行き届いている。

調度は少なく、シロクの自宅と同じような殺風景だ。

ただ、薄暗い。

（……今は昼間のはずだ）

普通は確認するはずのないことを心に確かめながら、彼は帽子を掛けた。

他の家族がこの家に住んでいるのか。リナリスに尋ねようとした。

「——すこし、お待ちくださいませ」

彼女は黒いケープを肩から滑らせて、脱いでいた。

今まで隠されていた白いブラウスが露わになって、布を押し上げる豊かな乳房の丸みが分かった。

シロクは面食らった。

同じ年。いや少し下だ……なのに。リナリスの手足は細くて、どこか幽魔のような生気の薄さすら感じていたが、その下には。

「どうかなされましたか？」

「……い、いや。何でもありません」

リナリスは、シロクの傷口に軟膏を塗り真新しい布を巻こうとしていた。

シロクの目線の少し下に、美しい金色の瞳がある。彼女は足元に屈んでいて、その姿が視界に入ると、どうしても考えてしまう。

彼女の親切心に仇なす自らの低俗な情動には怒りすら覚えたものの、同年代の少女の名を覚えるよりも前に武の道を志していたシロクにとっては、無理からぬ衝撃でもあったかもしれない。

「いま、私がおもてなしの準備をいたしますね。お恥ずかしいことですけれど……この屋敷には使用人もおりませんから」

「きみ一人で住んでいると……？」

「……。お父さまがおります。シロクさまは、どうぞ居間でお待ちくださいませ」

そうしてシロクは罪悪感と、早鐘のような心臓の鼓動に包まれたまま、所在なげに座っている。

事実、所在ない。リナリスは父がこの家にいると言った。

ここまでの立ち振る舞いを見るだけでも、リナリスの家柄と育ちの良さが分かる。恐らくはこの別荘の元の持ち主か、それに近縁の貴族の家系なのであろう。ではシロクのように身分の低い男を年頃の美しい娘が招き入れたとして、その父親はシロクをどうするだろうか。

まったくの自意識過剰と理解してはいても、不穏な想像が止まぬ。さらには、気を抜けばリナリスの美しさを、肌の白さを思い浮かべてしまいそうでもある。

（しっかりしろ）

腰に吊った爪剣に指を掛けて、心の波を武の集中に鎮めていく。

（しっかりしろ、シロク。あの娘とはさっき出会ったばかりだぞ。ただの、仕事だ）

リナリスが戻ってくるまで、その集中を持続できていたかどうか。どちらにせよ、ただの茶の準備にしては予想以上の時間がかかった。

「お待たせいたしました。このような暗い家で……退屈ではございませんでしたか？」

「……いえ、そのようなことは。俺が突然に訪れたのですから、当然のことです」

「痛み入ります。どうぞ。カイディヘイからの葉を用いております」

琥珀茶を口につけたが、味の差異はよく分からなかった……というより、普段飲み慣れた茶の方が美味(うま)くすら感じた。穏やかにこちらを見つめるリナリスにそう伝えるわけにもいかず、精一杯の笑顔で答える。

「美味(おい)しいです」

「ああ、良かった。……あの、お客さまは本当に久しぶりなのです。お話をお伺いしても構いませんでしょうか？　シロクさまのお話を」

「え、ええ。つまらない話しかできないと思いますけど……」

「ふふふ。そのようなことはございませんよ。イターキにはいつお戻りになられたのですか？」

「殆どの住人と同じです。〝本物の魔王〟が倒されてから、すぐ。もっとも……先祖からの家くらいしか俺には残ってませんが。武功を立てる道もなくなって、今は領主会の下働きです」

「……剣の道を志していらっしゃったのですね」

憂いを帯びたリナリスの伏し目が、シロクの爪剣を見た。

いくら森深くとはいえ、イターキに人を襲うような獣はいない。シロクのそれは生活のための武具ではなく、終わっていく時代への未練のようなものだった。

勇者が望まれた、身分の区別なくそのような可能性が与えられていた、物語の時代。

「男子であれば、珍しくもないことでしょう。魔王がいなくなって、若者があたら命を散らす必要もなくなったわけです。……俺も武功の道を立てる機会なく、こうして退屈な小間使いをやっていますがね。随分長いこと訓練してきたものですが……」

「……寂しいことでもございますね」

「はは。そんなことを口に出せば、〝本物の魔王〟に苦しんだ者達の顰蹙を買いますよ。それに俺の両親だって、魔王軍に殺されてしまった。武功などより、彼らを取り戻したいと思う。これまでの時代が歪んでいたんです」

「ええ……もちろんですわ。けれどシロクさまのお話は——私と同じように思えてしまって」

リナリスは、言葉の通りに少し寂しげな、薄く上品な微笑みのままだ。

まさか、と思い、彼女の体つきをあらためて見る。

すらりと伸びる手足。一度も日差しを浴びた事のないような、硝子のように透き通る純白の肌。

令嬢然とした繊細な指先。剣や槍どころか、鉈すらその手に握ったことはなかろう。

まさか、戦士であるはずがない。

「それは……」

「私達も〝本物の魔王〟のために多くのものを失ってしまいました。……本当に多くのものを。今ではこの屋敷と、お父さましかおりませんから」

「ああ、そうか……そうですね。俺と、同じだ」

一体何を考えていたのか。

当然、そういう意味合いであるはずだった。〝本物の魔王〟に理不尽に奪われた者。

これからの時代に求められているのは、彼女のように力持たぬ者が何も失わないための平和だ。

「お父上の名を、伺っても？」

「……〝黒曜〟。黒曜レハートといいます」

「黒曜……!?」

シロクは危うく立ち上がりかけた。まったく予想もしない名であった。

〝黒曜〟。その二つ目の名を名乗る者が他にいるはずがない。

「――〝黒曜の瞳〟……？」

この地平で最大にして最強を誇った、恐るべき諜報ギルド。

その全貌を知る者はいない。正確な構成員を知る者も。

それでも首魁たる〝黒曜〟の名だけは、誰もが。シロクですら知っている。

「？　……いかがなされましたか？」

「いえ……そ、それは本当なんですか」

「ふふふっ……尊敬すべきお父さまの名を、偽って伝える意味などございませんでしょう。私の話に、おかしなことでもございましたか？」

「……いや」

この場でリナリスを問い詰めて良いものだろうか。

彼女はあまりにも落ち着き払っていて、そもそも〝黒曜〟の名が意味するところすら知らないようにも見える。彼女の言葉が真実だとするなら――シロクは知らず知らずのうちに、一つの時代の黒幕の正体へと、同じ敷地にまで近づいていたというのか。

シロクは平静を装おうとしてそうできず、再び息を呑んだ。

「〝黒曜〟の娘なら……リ、リナリス。リナリス……さんの、名を聞いても、構いませんか」

「……？　リナリスと申します」

リナリスは無垢な微笑みのまま首を傾げた。

これまでの礼儀正しさを見る限り、名を聞けば答える常識が彼女になかろうはずもないが、誤解があったのかもしれない。

シロクはもう一度尋ねる。

「リナリスさんの、二つ目の名です」

「ございません」

「……ない？」

「――はい。私はリナリス。まだ、二つ目の名を持っておりません。ただのリナリス。そのようにお呼びいただければ」

そのようなことがあり得るだろうか。

いくら若い娘とはいえ、十六か十七のはずだ。無論その後の功績や風評で二つ目の名を変える者も少なくはないが、最初の二つ目の名は、とうに与えられていていい年頃である。

人の目届かぬ荒れ果てた屋敷に、幽魔（ゴースト）のように儚く美しい少女がいる。

彼女は自らの父親を〝黒曜（こくよう）〟であると言う。

そして……自分の二つ目の名を、彼女は持っていない。

（……まるで、怪談だ）

窓の隙間から僅かに差し込む光が、少女の輪郭の線を淡く浮かべていた。

この少女は、おぞましきトロアと同じ類なのだろうか？

何事もなかったかのように、リナリスは再び口を開いた。

「先程、住民の確認をされていると仰いましたね。領主会は、どうして今になってそのような調査をされているのでしょうか？」

「税の収支を合わせるためとのことです。また、文字の書ける貴族が台帳を作るとかいう話で」

「……左様でございますか。それならば、シロクさま。ひとつお願いしてもよろしいですか？」

「お……俺にできる限りのことなら。何か？」

「文字の読める方がいらっしゃるのでしたら……こちらの手紙を持ち帰っていただきたいのです。お父さまに必要なことでございますから」

封蝋（ふうろう）で閉じた、丸めた羊皮紙だ。あるいはこれを書き記すために、先程の茶の用意に時間がかかかったのかもしれない。

それよりも、然程年の変わらぬリナリスが文字を読み書きできることに驚く。簡易な教団文字だろうか。それとも上流の家系に伝わるという貴族文字か。

「もちろん、構いませんけれど……それでも文字の家系が違うとしたら、リナリスさんの文字を、貴族が読める保証はないですよ」

「ご心配痛み入ります。ですが、どうかお願いいたします。シロクさま」

リナリスの薄い両掌が、シロクの手を優しく包んだ。

身を乗り出した彼女の胸元を、どうしても意識してしまう。

暗い館。黒曜。手紙。美しいリナリス。

シロク一人の頭では到底飲み込みきれぬ物事ばかりが起こっている。

その時。

「……」

ふと、リナリスが振り返った。

どこかで、何かがカタリと動く音がしたためだった。

何か、別のものがこの家の中にいるのか。それが黒曜レハートなのか？

——危うい。

先程呼び起こした戦士としての感覚の残滓が、辛うじて警鐘を鳴らしている。

この館に、このままいるべきではないのだ。

「……分かりました。すぐに持ち帰りましょう。琥珀茶をありがとうございました。いい休息になりましたよ」

他の住人に接する時のような愛想笑いを浮かべて、そのまま立ち去ればいい。

再びここに来ることはあるだろうか。否、来ることがあるとしても、それは落ち着いて全てを考えてからでなければ。

「またお会いできますか？」

リナリスは困ったように言った。

「……そうですね。きっと」

「シロクさま。お恥ずかしいことですけれど、私。ずっと一人で――」

金色の瞳が近付く。髪の一筋が頰にかかった。

今は夜ではないはずだ。けれど彼女の微笑みは、一夜の幻のようで。

「寂しかったのです……」

◆

街に戻った頃には、空に星が瞬いていた。

一時の出会いの名残に想いを馳せつつも、シロクは頼まれた通り、手紙を領主の館の貴族へと手渡した。彼の雇い主より遥か上の人物だ。住民台帳を作っていた理由も、今の時期に特別に調べたいことがあったためだと聞いている。

貴族の名は黄都第十三卿、千里鏡のエヌ。

「ふーむ。それで、この手紙を渡すよう言われたと」

髪を全て後ろに撫でつけて、傍からは確かな年齢の窺い知れない、胡散臭い印象の男である。

だが、シロクのように身寄りのない子供を侮ることもない貴族は珍しかった。

「はい。〝黒曜〟の名も、確かに聞きました。リナリスの虚言なのでしょうか」

「それはこの内容を見てから判断しなければならないだろうね」

彼は語られた全ての報告に困惑することなく、といって信用せぬわけでもなく、ただ淡々と、リナリスの手紙の封を開いた。

「見たまえ」

「これは……」

「白紙だね？　シロク君」

その声にシロクを責める調子はなかったが、シロクの心は愕然と揺れた。

何かの間違いだと思った。

「……馬鹿な！　嘘じゃない！　あの館に入ったんだ！　手紙だって、こうして残って……リ、リナリスだって、確かにいたんです、エヌ様！」

「落ち着きなさい。事実だ。過去でも未来でもなく、今ある事実より始めよ。私は、自分の部下にはそう教えている」

「しかし……！」

「事実を見なさい。私が開けるまで、ここには封蝋が捺されていたね」

砕けた蝋の欠片を指で弄びながら、エヌは淡々と続けた。

「君は、手紙は嘘ではないと言った。その通り。封蝋に捺された〝黒曜〟の印璽を君が奇跡的にどこぞで手に入れていない限りは、確かにこれを君に手渡した者がいたということになる」

「でも、どうして……白紙の手紙なんかを……」

「そこが、事実としてある疑問だ。それだけを考えればいい」

彼女は必ず伝わると言った。意図が分からない。今日起こったことのどこまでが夢で、どこまでが現実だったのか。

エヌは何かを思案するように、自らのこめかみを小刻みに叩く。

「そして……まあ。傭兵稼業に携わっていなかったのなら、この件に明るくないのも無理からぬことだね。もう一つの事実を教えよう」

エヌの表情は、蝋人形のように冷静である。

だが黄都二十九官に名を連ねるほどの彼であっても、シロクの見た出来事の真実については測りかねているようであった。

「〝黒曜の瞳〟は既に全滅している」

――翌日。約束の通りに、シロクとリナリスは再び出会う。

それは想像を絶するほどの凄惨な再会となる。

◆

「〝客人〟がこの世にもたらした知識は数多い。そのうち、最も重要だったものは何だと思うかね、シロク君」

深夜である。本題を語る前に、黄都第十三卿は前置きをそう始めた。

実際の学校がどうであるかをシロクは知らないが、彼の持つ黒く細いステッキは、まるで教鞭のようだとも思った。

「俺は、学があまりないので。〝客人〟なら、銃……それとも、ああ……メートル法でしょうか」

「……意外と着眼点がいいね。吝嗇なるヴィクトルの伝説を知っていると見える。〝メートル原器〟の到来。向こうではただの定規だったというがね。単位系の統一は確かな大偉業だったよ。ただしそれが世界を救うに値したかというと、その域ではない」

〝客人〟はこの世界の者達を圧倒する力と寿命を持ち、外の世界からの知識を用いて社会の書き換えを一代で強引に成し遂げてしまうことが多くある。

この世界に統一単位系をもたらした豪商、吝嗇なるヴィクトルはその最たる一人だ。だが、エヌは他にもそうした転換があったという。

「ならば、答えは何なのですか？」

「疫学。近代、我々人間（ミニア）の平均寿命を著しく延ばしたのは、何よりも疫病への正確な基礎認識だった。病が目に見えぬ小さな生命体によって運ばれることを、君も知っているだろう。教育機関で学ばぬ者でも、それは親から子に伝わるように完全に世界に定着している。だがその知識は、つい百年ほどの最近にもたらされたものなのだ」

「……百年は、最近ではないのでは」

「最近だよ？　それまでは漠然とした衛生観念こそあれ、王家が生まれた頃からずっと、病の正体を誰も分からぬままだったのだからね」

第十三卿は真面目くさった顔のまま、おどけたように片眉を上げてみせた。

シロクは、黄都（こうと）から来ていた同門の話を思い出す。剣の才能がない粗暴な男だったが、たまに語る話だけは面白かった。上下水道の整備の話だ。

かつては都市部の他では敷かれていなかった上下水道や貯水池は、そうした疫病の蔓延を恐れて徹底されたのだという。逆にあまりの辺境にはまだ便所も汲（く）み取（と）り式の村があるらしいが、シロクは見たことがない。

「――しかし、それがどうして今必要な話なんですか？」

「血鬼（ヴァンパイア）の形質に関わる話だからだ」

「……」

「事実を教えよう。〝黒曜の瞳〟統率。黒曜(こくよう)レハートは血鬼(ヴァンパイア)と目されている」

血鬼(ヴァンパイア)。その言葉を聞いてシロクの心に思い浮かんだのは、リナリスである。

日差しを厭(いと)うように白く、人とは思えぬほどに美しく、そして夢のように魅了する……

「血鬼(ヴァンパイア)も、近代まで正体を知られなかった種族の一つでね。当の血鬼(ヴァンパイア)すら、自分がどういう生き物なのかを分かっていなかった。……彼らは〝病〟の逸脱種だ」

「病……!?　だって彼女は人の形をしていて……目に見えるし、触れることだってできます」

「事実だよ。血鬼(ヴァンパイア)の本体は、その血中の病原体だ。彼らは人のように思考するが、それは宿主が思考できる動物であるから、その仕組みを利用しているだけのことに過ぎない。さらに……血鬼(ヴァンパイア)は傷口や粘膜を介して病を感染させる。そして女王の指令で動く働き蜂と同様の仕組みで、感染者を〝親〟のフェロモンに逆らえぬ奴隷と化す。兵士として操る、筋力限界を越えさせる、自殺させる――思いのままだ。従鬼(コープス)として知られるものだね。これが第一段階になる」

竜(ドラゴン)。大鬼(オーガ)。粘獣(ウーズ)。この地平には多くの逸脱種が〝客人(まろうど)〟として訪れ、そして独立した種として定着している。生命ならぬ魔剣や魔具もその一種であるという。その範疇(はんちゅう)にどこまでが含まれるかは、この世界に住む者達すら、誰にも計り知れるものではない。

仮に目に見えぬウイルスが尋常の進化を外れ、世界の跳躍にも足る逸脱を果たしたというのであれば、それはどのような形態であるのか。

「第二段階。血鬼(ヴァンパイア)か従鬼(コープス)かを問わず、感染者の子は生まれながらに病原に侵され、胎内の時点で体を作り変えられる。そして自分自身で血鬼(ヴァンパイア)の病原を生成できるようになる。それが新たな〝親〟。

次の世代の血鬼（ヴァンパイア）だ。彼らはこのようにして、血液感染と母子感染で自らを運ぶ感染者を増やす」

「生まれてくる子を、作り変え……そ、そんなおぞましいことが、あるんですか」

「我々の体の構造はね、シロク君。細胞よりもさらに微小な、先祖より受け継ぐ因子の鎖によって決定されているのだよ。……加えて言えば、彼らはその鎖の繋がりを組み替えることにおいて、我々よりも遥かに〝専門家〟だ。そして賢い。より血液感染を果たしやすい、他者を魅了する姿形、あるいは流血を招く身体能力をも、容易く作り上げてしまう」

流れる水を渡れない。日光を浴びて死ぬ。殺菌作用のある香草を厭う。銀の武器が抗し得る。

〝彼方（かなた）〟の伝承上で弱点とされるそれらの要素は、現実の血鬼（ヴァンパイア）にはほぼ当てはまらない。

だがそれらの言説は、ある側面における彼らの真実を見事に言い当ててもいる。

「――さて。前置きが長くなったね。だが、ここまで説明しておく必要があったのは、君に事実を理解してもらうためだ」

「いえ……残念ですけど俺は、今の話のほとんどを分かっていません。なぜ俺みたいな子供に、そんな話を？　リナリスは従鬼（コープス）だってことなんですか？」

「君だ」

「……俺が、何か？」

文官は無機質な微笑みを浮かべて、一枚の布地をテーブルの上に出した。

リナリスが手当てに巻いた……そしてシロクの話を聞いた後、エヌが替えさせたものであった。

「君の血を兵に調べさせた。既に感染して従鬼（コープス）になっている。これで、君の見た館に血鬼（ヴァンパイア）がいたことが事実と分かった」

「そ、そんな……!?　俺は死んでいません！　今だってこうして、自分の意志があります！」

「それが事実だ。従鬼(コープス)はただ〝親〟の行動指令に従うだけで、一般的に信じられているような動く死体でもない。君の親個体さえ消えれば、人の生活にも戻れる……しばらくは病棟の中ではあるだろうけどね。諸々(もろもろ)の処置は、無論必要だ」

シロクは眩暈(めまい)に頭を押さえた。自分は人間(ミニア)ではない。形のない病に支配される働き蜂だ。こんなに呆気(あっけ)なく？

左の中指。あの時の軟膏に血液を混ぜていたなら。差し出された琥珀茶も飲んだ。あるいは……

「リ、リナリスは……リナリスは、最初から……俺を、騙(だま)していたんですか……!?」

「あらゆる事実からそう判断せざるを得ない。黒曜(こくよう)レハートもそのリナリスも、ともに人族(じんぞく)にとって脅威でしかないということだ。協力してくれるね、シロク君」

シロクは打ちひしがれて頷く。リナリスへの思慕がなお消えないままだとしても、そうするしかなかった。

……あるいは、その心すらも。

言葉通りの病がもたらした、まやかしの感情であるかもしれないのだから。

◆

——そして明朝。シロクの広大な屋敷には、集結した野戦兵団が出撃の時を待ち構えていた。彼の自宅は第十三卿の兵の駐留地として、その空間を初めて役立てている。

「招集指令から四半日も経っていないのに、もうこんなに……」

「ああ、言い忘れていたかな？　私がこのイターキに来たのは、潜伏の疑いがあった黒曜を討伐するためだったんだ。どこに隠れているか分からぬ敵の警戒を招きたくはなかったのでね。近隣の町に待機させていた」

「まさか、あの住民調査の仕事も……！　じゃあ俺は……」

——そのせいで従鬼に。

恨み言の一つも吐きたくなったものの、すぐに根本の原因は自分がリナリスに惑わされたことだとも分かり、シロクの怒りはやり場のないまま胸を締めつけた。

住民の有無を調べるだけならば、リナリスの姿を見て引き返すこともできたはずだ。

血鬼を知らなかったわけではない。気付ける機会はいくつもあった。彼が油断していたのだ。

それほどまでの隙を晒していた原因も、明白だった。

「シロク君。君には現地までの案内をお願いすることになるが、両腕は拘束していく。また、フェロモンの影響下にあるかどうか、瞳孔の状態も定期的に確認する。これらは我々への攻撃を防ぐためでもあるが、君自身の身を自害などから守るためでもある。それで構わないかな」

「……はい。血鬼の支配は、嘘を言わせることはできますか？」

「もっともな懸念だね。血鬼には精神支配の技術もあるそうだが、君程度の支配段階であれば、親個体が直接に口で伝えない限りは、高度な応答を制御することまではできまい。暴れ出すことさえ封じていれば、君が館への道を導くまでは問題ないということだ」

一方でエヌは、シロクが到底把握しきれないほどの膨大な知識に基づいて的確な作戦の布石を積み上げていた。なんでもない住民台帳の作成を装っていた時から。

これが黄都二十九官。剣のみが身を立てる唯一の道だとシロクは信じていたが、そうではなかった者もいる。

日の出とともに、彼らはリナリスの館へ発った。野戦兵は足音を立てずに進むため、その行軍の姿を見た者は、道中で牛の乳を搾っていた牧場主だけだった。

しばしの道のりの後、再び訪れた薄暗い館を前にして、シロクは尋ねた。

そこかしこでエヌの兵が作戦を進行しているようだが、何をしているのかはまだ分からない。

「血鬼は、太陽を嫌いますか」

「一般的にはそうだ。行動できぬほどではない。ただ、少しでも有利となり得る事実があるのなら、私はそうするというだけのことだ」

日の出ている中での包囲作戦だ。シロクは腕の拘束の重みを感じたまま、流れるように動く兵の手際を見ているしかない。千里鏡のエヌは一切の容赦なく、リナリスを屠ろうとしている。

（……もう一度話がしたい）

きっと彼女の支配下にあるせいでそのように思うのだろう。

シロクを従鬼（コープス）へと変えた者がリナリスであるなら、彼女に支配される恐れが残されている限り、シロクは人の暮らしに戻れない。ただの不合理な錯覚に違いなかった。

――またお会いできますか？

館を取り巻いて、爆炎が噴き上がった。

放火だ。

「リナリス……！」

「気持ちは分かる。血鬼（ヴァンパイア）は人とも思えぬ美しさと聞くからね」

黄都（こうと）十三卿はパイプを咥（くわ）え、真面目くさった顔でその炎を眺めている。

「――だから姿を見る前に倒しておきたい。君の情報には本当に助けられた。協力の謝礼に、入院先の紹介程度は一筆書こう」

黒く、何もかもが焼け落ちていく。薄暗い館が、薔薇の庭園が。

あのリナリスと、もはや一度の言葉すら交わすことはできなくなってしまう。

この野戦兵の数は、多数の兵で囲み強大な血鬼（ヴァンパイア）を倒すためではなかった。その人数で分担した即座の火攻めで、相手が何も対応する間もないまま瞬時に決着をつけるためであったのだ。

（……でも、あの手紙は）

中身が白紙だったとしても、彼女達が何かひとつでも対話を求めていたのだったら。

エヌはそれを好機と見て、こうして不意を打つような手に出たのではないか……

炎は月を晴らす太陽のように燃え続けている。

けれどそれは彼の心の暗幕を焼いてはくれない。

「六分儀（ろくぶんぎ）のシロク。焼死体が二つある。顔の判別もつかねえけどな。確認してみるかい？」

「……いいえ」

兵からその報告を受けた時も、シロクの心は暗幕に閉ざされていた。

美しいリナリスの体が無残に焼け果てた様を、見たくはなかった。

◆

「――恋というものはね、シロク君」

長い事後処理を終えて、日の暮れ行く帰路の途上、エヌは似つかわしくないことを言った。

「最初がもっとも美しい。しかし最初の恋だけは、誰も手に入れることはできない」

「……慰めならいりませんよ」

「事実だ。誰もが美しい最初の恋を忘れることができず、故に恋を求める。故にこの世に愛憎の沙汰も尽きないのだ。ははははは！」

一切表情を変えぬまま、第十三卿は口だけで笑う。

……そうなのかもしれない。彼女は血鬼（ヴァンパイア）だった。もしも二度三度とリナリスと出会っていたなら、それはただ美しいだけの記憶で終わらずに、見たくないものを見て、恐れたくないものを恐れたかもしれない。

きっと、凄惨な再会になっていたかもしれない。


今のシロクの心にあるのは、庭園に立つ彼女の美しい姿だけだ。

もう一度出会いたいと願いながら、別れることができた。

全ての謎も秘密も、時に流れて消えていってしまうのだろう。

エヌの言葉は慰めとも言えぬものであったし、ごく短い言葉だったが、自らの家に辿り着く頃には、シロクはそのように自分に言い聞かせることができた。

「出立の準備が順調に終われば、晩頃には黄都(こうと)に発つつもりだ。ついでになってしまって悪いが、君も病院まで送り届けよう」

「……ありがとうございます」

素直に頭を下げた。この両親から継いだ家からもしばらく離れることになるのか。

あるいはずっとそうなるのかもしれない。

元より客が滅多に訪れない家だった。一時的な兵士の駐屯だとしても、これほど多くの客が集まる賑わいなどは、これが最後になるはずだ。

(何か料理でも振る舞ってやれればいいんだけどな)

シロクの力ではそうしたもてなしも叶わないことだ。だから、ただこうして玄関で彼らの列を出迎えることしか、家の主としてできることはない。

最後尾の兵が到着して、扉を閉めた。

――キイ、というような音が続いた。

「う」

「ぐぶ」

二人の兵士が、ドサドサと交ざり合って倒れた。

言葉の通りに交ぜ合わされていた。弦楽器に近い音だったように思える。その奇妙な音と同時に、兵の首が、四肢が、バラバラに崩れたのだ。

二人分の体に詰まっていた血が一斉に溢れて玄関を汚した。

「な、何が……!?」

シロクは爪剣を抜こうとした。惨状を見た時、確かにそうしようと思った。

しかし、体は不可解にも動かぬままだった。

次に起こった出来事を見た。

兵の一人がこちらを振り返って、短剣を投げ放っていた。狙いはシロクではない。護衛から離れていた千里鏡(せんりきょう)のエヌが右膝を貫かれ、刃が突き刺さった勢いのまま後ろに倒れた。

「ムッ……!?」

「エヌ様！」

「――ッ、敵襲だ！　メズデ君とシロク君を拘束しろ！　従鬼(コープス)になっている！」

痛みに怯(ひる)むことなく、エヌは叫んだ。短剣を放ったメズデという兵は、ひどく当惑しているようであった。その動揺と裏腹に、彼の体はまたも剣を振り回そうとして、すぐさま押さえ込まれた。後ろ手に捻(ひね)り上げられた兵が――メズデが叫んだ。

「ま……待ってください！　俺は感染するようなことなんて、何も！」

シロクが見ていた限りでも、そうであったはずだ。

屈強な兵がシロクの腕を摑み、拘束具が嵌(は)められた。メズデという兵にも同じように枷(かせ)が嵌められていく。

「……まさか。どうして読まれていた？　何があった？」

表情を奇妙な具合に歪ませながら――それは怒りの表れだったのかもしれない――エヌは、近くのテーブルクロスを顎で嚙み、傷口を縛っていた。

「付近に親個体がいる……元から感染者を潜まされて……いや、そんな馬鹿な……！」

次は別の兵が狂った。メズデを拘束していた者が、突如剣を抜いて背後の者へと斬り掛かった。斬り掛かられた者は身を守ろうとした。だが平時らしからぬ膂力(りょりょく)は、胴を守る鎧(よろい)ごと半ばまで切り裂いていた。筋力限界の突破。彼も従鬼(コープス)だ。

「あ、ああ……！　ひ、ひっ……ひぃぃッ！」

「ちくしょう！　まだ従鬼(コープス)がいる！」

「お互いの瞳孔を確認しろ！」

「扉の二人が殺られた攻撃がある！　警戒を怠るな！」

重傷を負った兵は、短い間もがき苦しんで死んだ。

脅威。恐慌。

シロクは状況を飲み込むことができない。何が起こっている？

血鬼(ヴァンパイア)。〝黒曜(こくよう)〟が死ねば、全てが終わるのではなかったのか？


「リナリス！」

拘束されながら、彼は叫んだ。心の納得を裏切っても構わない。

彼女がどこかで見ていて、言葉が届くことを強く願った。

「六分儀(ろくぶんぎ)のシロクを友と思うのなら、姿を現してくれ！　これは君の意志なのか!?　〝黒曜(こくよう)〟がこの仕業をしているのか!?　……リナリス！」

しんと、広く不気味な邸内に声は響いた。

兵達は自らの僅かな身動きすらも恐れるように、その場で武器を構え、警戒していた。

感染が判明した従鬼(コープス)の全員が拘束されて床に転がっている。多すぎる。

血鬼(ヴァンパイア)は血液で感染する。発症と支配にはさらに時間が必要だ。傷口からの感染が可能な謎めいた攻撃があるのだとしても、この数を一度に従鬼(コープス)と化す方法などあり得るはずがない。

「シロクさま」

静かな声があった。カラカラと車輪の回る音が聞こえる。

純白の肌と対比をなす黒髪。

憂いを帯びた金色の瞳。

リナリスが——彼女が、廊下の奥から現れる。

まるで天使のように、彼女は足音を立てることがない。

亡霊なのだろうか。それとも最初にシロクが見た時から、幻だったのだろうか。

恐るべき存在であるはずなのに、美しかった。

彼女が押しているのは車椅子で、豪奢(ごうしゃ)なローブを纏った何者かが座っている。

「リナリス……」

「約束の通り、またお会いできましたね？　……けれど、ひどいお方」

美しい血鬼(ヴァンパイア)の少女は、寂しげに笑んだ。

「私を殺そうとしたのですね」


最初に会った時と同じような、穏やかな声で。

(——綺麗だ)

シロクは静寂の中で思った。

(こんな血の海の地獄の中でも)

リナリスの佇(たたず)まいは兵の誰もが息を忘れるほど美しく落ち着いたものだったが、そうだとしても、包囲する兵の誰一人、弓を引く動作すらできていない。不可解だった。

エヌが苦しげに指令を吐く。

「あれが血鬼(ヴァンパイア)の親個体だ。喋(しゃべ)らせてはならない。撃て」

「撃てはしません。千里鏡(せんりきょう)のエヌ様」

「……撃て！」

パン、と弩(いしゆみ)を放つ音が響いた。それは兵が互いに顔面を撃ち抜いた音であった。

つい今しがた瞳孔を確認して、未感染が確かな二人であったはずだった。

恐るべき光景であるはずなのに、それを見ていた誰もが身動きできず、逃避も防御もできず、リナリスはその様子を穏やかに眺めていた。

「違う……」

エヌの声が震えた。

自らが負傷してもなお平静を保ち続けてきた第十三卿の顔が、今は恐怖に歪んでいた。

明晰(めいせき)な頭脳が、眼前の状況の答えを導き出してしまった。

「違う……せ、戦闘すべきじゃない……撤退だ……！　こんなことがあり得るのか……こんな変異が……ッ！　全員すぐに、この屋敷から出ろ！」

一度も日差しを浴びたことのないような、硝子のように透き通る純白の肌。

令嬢然とした繊細な指先。剣どころか、鉈すらその手に握ったことはなかろう。

彼女は、戦士ではなかった――

だが。

「こいつは、空気感染する！」

恐慌が爆発した。

第十三卿の兵は互いが互いを斬り、撃ち抜き、自らが命乞いをしながら他の誰かを殺し、逃げようとした者は尽く、見えぬ弦の切断で解体された。

リナリスは少し困ったように首を傾げて、体には返り血の一滴すら飛ぶことはない。

地獄の惨劇の中で、シロクは呻いた。

「黒曜……。リナリス……きみが本物の〝黒曜〟だったんだな……」

「まさか。偉大なお父さまの名を、私ごときが名乗ることなど、とてもできません」

リナリスは、車椅子の人物の手を慈しむように握った。

蝋のような質感の皮膚が覗いて、肘は力なく揺れた。

「黒曜はお父さまの組織でございます。永遠に強く、永遠に繁栄して……私達を、あるべき未来へと導くための。私が黒曜であるはずがございませんもの……」

……〝黒曜の瞳〟は既に壊滅している。エヌの言った通りだった。

その理由も今や明白だった。

「リナリス！　やめろ……事実を分かってくれ！　そ……その人は、もう……！」

「お父さまの〝黒曜の瞳〟は終わりません。優しく、強く、大きかったお父さま。全てが元のようになります。リナリスが、いつもお傍におります――」

乾ききった手の甲に口づけをして、彼女はゆっくりと振り返った。

彼女の前で身動きのできる者は、誰もいない。……否。

「……ここから始めましょう。我ら黒曜の下に集った瞳。蓋世不抜の英雄達。あなた方の生きるべき時代を、お父さまがお与えになられます。——さあ、名乗りましょう」

蠢く者がいる。

黄都の練達の野戦部隊にその潜伏を気付かせることのない者が、糸の仕掛けで兵士を殺傷できる技術を持つ者が、この世にどれだけいるだろうか。

〝黒曜の瞳〟にはそれがいる。闇の中に無数の瞳が浮かぶ。

後方から。上から。見えざる夜の恐怖の、いたるところから。


「——五陣前衛。奈落の巣網のゼルジルガ」

両の十指に糸を引く砂人がいた。

「七陣後衛。変動のヴィーゼ」

背が曲がり、四足で歩く異形の人間がいた。

「よ、四陣前衛、塔のヒャクライ」

直剣を携える人間がいた。

「一陣前衛……。韜晦のレナ」

両眼を包帯によって封じた森人がいた。

「四陣後衛。目覚めのフレイ」

杖を突く小人がいた。


その一人一人が、研鑽と異能の果てに英雄の目前にも到達した強者達。

しかもそこに立つのは、加えて血鬼の病原によって人体限界を知らぬ力を得た、一つの意志によって統率される従鬼の軍勢なのだ。

エヌが呻いた。

「……亡霊どもめ……！」

「〝黒曜の瞳〟は生きております。ここに、こうして。貴方もすぐにご理解できるようになりますよ。千里卿のエヌさま」

リナリスは微笑んで、まるで子供にそうするように、地に伏すエヌの前で屈んだ。

体温の低い掌が、ひたりと頬に当たる。

「黄都の王城試合に、私達を推薦してくださいますね？　勇者として、再び英雄達の時代を。お父さまのために……もう一度、戦乱の嵐の時代を作りましょう」

「誰が……お前などの、思うように……」

「貴方が。最初から、そのようになっております」

千里卿のエヌの名を、彼女は最初から知っていた。

最初からそれだけが目的だったのだ。彼らをこうして支配下に置くつもりでいた。

白紙の手紙がなければ、シロクは領主の館の貴族に包み隠さず彼女のことを伝えただろうか。エヌはただの白紙から、〝黒曜〟がそこにいるという意味を読み取った。シロクの感染の事実が、血鬼の存在の証拠を示した。第十三卿の兵が駐留できる広さの屋敷がここにあることを知っていた。近隣の市に潜んでいた部隊全てを——情報を与えることで誘き出したのだ。

分かりやすい感染経路を表側に見せておきながら、真の感染手段をその裏に隠していた。

シロクがあの館に招かれなければ、この惨劇は起こらなかったのか。

だけど最初の傷は……あの、小さな切り傷で。

「リナリス、嘘だよな……!?　俺の指の傷は、棘を刺しただけで……ただの……本当の、偶然だったんだろう!?」

リナリスは戦士ではなかった。

けれど存在も思考も、あらゆる次元がシロクとは異なる、手の届かぬ存在だった。

彼女は終わっていく時代の妄執のために、再びこの世界を逆行させるつもりだ。

ただ一人で。

「きみは、ずっと一人で……寂しかったんじゃないか！　そうだろう！　自分がたった一人だって分かっているんだ！　俺は、もしかしたら……！」

白い令嬢は淑やかに微笑んだ。

——ああ。シロクのこの心が嘘であるはずがない。

たとえ支配されていなくても、自分の意志がそこにはあったはずだ。

「シロクさま。ありがとう。……普通の娘のように誰かと話せて、本当に良かった」

憂いを帯びた金の瞳がある。

消え入りそうな白い肌も、細い手足も。彼女の美しい姿の何もかもが、彼女が踏み込んでいこうとする流血の惨禍には不釣り合いだ。

そんな残酷なことがあっていいはずがない。


「さようなら」


それは見えざる指先で蜘蛛糸(くも)を引く、周到と狡知(こうち)の力を持つ。

それは常識の下では予期できぬ、あり得ざる変異を経た感染経路を獲得している。

それは最大の組織が地平全土より集めた、究極無比なる精鋭の部隊を率いている。

深い闇中に潜む一つの意志で統率された、最悪の諜報群体である。

斥候(スカウト)。血鬼(ヴァンパイア)。

黒曜(こくよう)、リナリス。

八 黄都中枢議事堂

黄都中枢議事堂内の小会議室にその日集った者は、二十九官の中でもごく一部である。

招集には条件があった。文官であれば黄都の防衛戦略を熟知しているということ。武官であれば現在黄都の部隊を動かせる立場の者であるということ。

そしてこの緊急招集に応じ、即座に作戦行動が可能な者であるということ。

「これで全員かな。まあ集まったほうなんじゃないか」

上座に座る者は通常の議会と同様に、会議を取り仕切る議長である。黄都第一卿、基図のグラス。中肉中背、初老に差し掛かる年齢の男であるが、皺一つなく着こなした黒服と壮健な表情は、衰えとは未だ無縁だ。

「はい、じゃあ始めようか。知っての通り、今回は第三卿からの招集ってことでね。臨時ですが集まってもらいました。まず議題について第三卿、どうぞ」

「――第三卿ジェルキです」

速き墨のジェルキという。不機嫌そうな顔に薄い眼鏡を載せた、鋭い印象の男である。商業部門を中心に黄都内政全般を管轄する、実務官僚の中核を担う存在であった。

「旧王国主義者の動向について新たな事実が判明しました。破城のギルネスがトギエ市に合流し、兵を募っていることは周知のことと思いますが。二日前、トギエ市が戒厳下に置かれました。これまで以上に兵を急速に集めており、近く黄都への進軍を行うものと予想されます」

「ギルネスか」

椅子に斜めに腰掛けた老将は、手元で短剣を研ぎながら笑った。第二十七将、弾火源のハーディ。軍部の最大派閥を従える重鎮である。

「懐かしいな。ここが中央王国だった頃は、あいつは随分厄介な将だった。実力は勿論、下の連中からの人望もある――何人集まりそうだ。三万か？　四万か？」

「……トギエ市の旧王国主義者に関しては、参画者の数は想定を越えるものではありません。既に派遣している方面軍で十分抑えられると考えています」

「なんだ。緊急招集っていうくらいなら、本土決戦くらいの話を持ってくりゃあいいもんを」

ハーディは不服そうに葉巻の煙を吐いた。本心からそのようなことを言う男である。

「――同盟かしら」

口を開いた男は、第二十五将。空雷のカヨンという。彼の片袖の中には通すべき腕が存在せず、布地が垂れ下がっている。隻腕の将であった。

「トギエ市には大きな動きはない。それでいて向こうにアタシ達を動かせる一手があるとしたら、同盟よね。今……大声を出して注目を集めているトギエ市は黄都軍を釘付けにするための寄せ餌で、本命はオカフ自由都市の傭兵なりの別勢力。今打たれると面倒な手はそんなとこ――だけど」

カヨンは、端正な口元を歪ませて笑った。

「フ！　違うわよね？　だってジェルキは商業管轄だもの。勢力同士の同盟の兆候みたいに大きな動きが出てきたら、それこそアタシ達武官に真っ先に伝わってこないとおかしいわ。つまり旧王国には本命の策がある。けれどそれは援軍じゃない。どうかしら？」

「……さすが第二十五将。説明の手間が省け助かります。旧王国主義者の急速な行動には勝算があるということです。ギルネス将軍の下に募った兵を一度に動かすに足る、決定的な材料が。彼らの援軍は別働隊でも同盟集団でもない――天候です」

「天候？」

「おいおい、どういうことだ」

「ヤマガ大漠特有の気象に、微塵嵐と呼ばれるものがあります。嵐に巻き込んだものを摩損してしまうほどの、猛烈な砂嵐であると考えていただければよいかと。その微塵嵐が黄都方面へと移動を続けています。直撃した際の損害は完全に算出不能です。微塵嵐がヤマガ大漠の外に出現した前例は、確認できる限り一例のみ。その際、魔王自称者の国家が一つ滅亡しています」

「砂嵐が動くってのは、つまり砂ごとまとめて移動しているって今の話だと想像しちゃうが」

議長のグラスが、興味深げに話を挟んだ。

「そういう事態が起こってるってことでいいのか」

「はい。その通りです。膨大な量の砂塵が渦のような気流に取り込まれており、ほぼ勢力を落とすことなく微塵嵐であり続けていると考えられます。進行経路周辺の市からの確認報告も取りまとめている最中です。勿論馬を往復して確認する時間はないため、長距離ラジオ通信によるものですが」

「はいはーい。はいはいはいはーい」

席の一つで、背伸びのように大きく片手を挙げる少年がいた。

鉄貫羽影のミジアルという。僅か十六にして黄都第二十二将に名を連ねる、最年少の武官。

「ジェルキさー。それって誰が言ってたの？　報告じゃなくて大本の話ね。あり得なさすぎるってのもそうなんだけどさ。なんか敵に都合良すぎるっていうか、作り話っぽいっていうかさ」

ミジアルにはヒドウやエレアの如き才覚はないが、その意見には常に忌憚がない。

「――ぶっちゃけ、罠でしょ」

「ジェルキ。どういう経路で情報を得た」

老将ハーディも同調する。卓上に肘を突き、歯を見せて笑った。

「お前が聞いた報告にしたところで、旧王国の連中が辺境の連絡塔を占拠して与太話を聞かせただけかもしれねぇぞ。お前ほどの男が欺瞞情報に踊らされて軍をウロウロ動かしたなんて日には、それこそ笑い話だ。……もっとも連中の主目的が陽動なら、もう少しそれらしい嘘を作るだろうがな」

「捕虜の証言やこっちから潜り込ませた間諜……旧王国側から流された情報ではないのね？」

カヨンの問いに、ジェルキは一度眼鏡の弦を押さえた。

「はい。大本の情報は、商工会で取引されていた予報をこちらが入手したものです」

「商工会……!?」

「商人連中か？」

「〝本物の魔王〟死後、商人連合や大手行商間で極めて精度の高い気象予報が取引されていたことについては、以前から報告していた通りです。今回その予測が、微塵嵐(みじんあらし)の黄都(こうと)到達を示しました。これまで市場で取り扱われていた気象予報と同様に、各地における実観測に基づいて経路予測をしているものと思われます」

「……気象観測技術か」

一定の周期で定まった経路を移動し続ける行商が組織的に活動したならば、気象情報を集積し予測することも不可能ではないだろう。そうして得られた予報は各地での商業活動に大いに貢献する上、気象予報という情報自体も価値ある商品となる。

第三卿は言葉を続けた。

「そして、重要な一点を。こうした技術を各地の行商に提供し、情報を集積している者がいます。〝灰髪の子供〟と呼ばれる少年――歩兵銃(マスケット)を提供している〝客人(まろうど)〟です。素性は不明ながら、少なくとも十年以上前から各地の商工ギルドと取引を行っており、黄都(こうと)の商人も例外ではありません」

そして〝銃〟。第六将ハルゲントの部隊がそうであったように、近年は二十九官の中にも銃兵という兵種を導入している者すらいる。それだけの優位性がある兵器だ。

「あのさあのさジェルキ。それって結局信用できない情報源だってことが分かっただけじゃない？ちょっと僕の頭だと分かんないんだけど。そいつが嘘ついてないって根拠がないじゃん」

「いいやミジアル君。事実を確認するべきだ」

それまで押し黙っていた男が顔を上げた。第十三卿、千里鏡(せんりきょう)のエヌ。会議の最中にあっても彼は取り澄ました無表情を貫いたままだ。

「〝灰髪の子供〟は旧王国主義者よりずっと以前から気象情報の収集を行っていた。現にその情報が信用を得て、取引が行われていることから、これは事実といえよう。ならば〝灰髪の子供〟がその取引から得る利益は何か」

「利益って。お金でしょ？」

「そうだろうね。それが最も単純な事実だ。ならば旧王国主義者に与して偽の気象予報でこちらを欺くとして、彼にいかほどの利益があるのかを考えなければならない」

「旧王国ならそれなりにお金はくれるんじゃない？　少なくともそこらのケチな商人よりは儲かりそうだと思うけどな」

「ならば総額ではどうだろう？　旧王国側の情報操作で商人をも動かしているなら、その後の取引の信用がなくなるはずだ」

「そっか。これからの情報が売れなくなるのか。もう微塵嵐の情報で商人が動いちゃってるのは間違いないから、もしもこれが嘘なら将来的には大損ってことになるよね」

「ならば純粋に数字の問題ということになる。現在出回っている気象予報の取引総額に釣り合う予算を旧王国側が出すと思うかね、ジェルキ君。それも一見して与太話めいた、不確かな陽動作戦のためにだ」

「――既に概算額は出しています。結論から言えば、あり得ない。追跡の結果、旧王国主義者の情報源も同じく商工会であることは確実です。ただでさえ現在の彼らは、破城のギルネスの下に募った新規兵の兵站を整える必要上、多くの商人と取引を行っている状況にあります。商工会を大きく巻き込む作戦を取った場合、資金には不自然な流れができるはずです」

「ふ。さすがは商業部門統括だ。ではミジアル君。君が〝灰髪の子供〟で、微塵嵐の情報を得ているとして、その売却利益を最大化する方法はどうなる」

「えーと、まあ本当の話だとしたら、まず商人には売るよね。黄都と旧王国が戦争するなら、今の市場としてはそっちが一番安定してるわけだから。で、微塵嵐が近づいている黄都にだって高く売れるわけじゃん。それで、あとは……ああ」

しばらく天井を見つめていたミジアルは、ふと両手を叩いた。

「……黄都を攻めたい旧王国にも売る。だからトギエ市の連中が動きはじめたわけだ。今の戦力でも黄都に勝てる情報が手に入ったから」

「辻褄が合ったね。ならばひとまずの事実として、気象情報自体は正確なものだということだ」

「そもそもこいつが偽情報なら、さっき言った通り各地の観測隊を乗っ取る必要があるわけだしな。辺境からそれができるならもっと効率の良い手はいくらでもある」

弾火源のハーディが葉巻の煙を吐き、空雷のカヨンも意見を述べた。

「ジェルキ。もうやってると思うけど、ラヂオ越しじゃない証拠も可能な限り集めさせなさい。現地への馬の往復が間に合わなくても、片道なら間に合うでしょ。予報で逃げてきた商人なら、微塵嵐を直に目撃している者も少なくないはずだわ。それに、依然として問題は残っているわね？」

「……聞きましょう」

「オカフ自由都市が動かないとは言えないわよね。微塵嵐の到達が本命だとしても、こっちはこっちで同盟を結ばれていないとは限らないもの。微塵嵐に対処を集中している間、オカフを抑え込む策はどちらにしても必要なわけ。どうするの？」

「そっちは俺がやろう」

問いかけにはハーディが答えた。凶暴な、戦士の笑みを浮かべる。

「動かせる奴は動かして、直接オカフの頭と話をつける準備は整えておく。もっとも表向き黄都とオカフは敵対してるわけじゃねぇ。停戦交渉って言うには大袈裟だがな」

「〝通り禍〟でも放り込むつもり？」

「新公国の時みたいにか？　確かに奴はあそこでは一番の仕事をしたが……オカフのガチガチの山城を攻めさせるとなると、どうだかな。もっと適任はいるさ」

リチア新公国を陥落させた通り禍のクゼの能力は黄都二十九官をして解釈不能な、得体の知れぬ異能である。使わぬに越したことはないと全員が考えていた。

「ついでと言っちゃなんだが、懸念事項は全部潰しておきたいな」

議長のグラスは、第十三卿エヌの席を見た。

「〝黒曜の瞳〟の動向はどう？　連中の残党が旧王国の連中に加わる可能性もあるだろ」

「さすがに、そこまでは追跡できてはいないね」

エヌは落ち着き払って答える。感情の窺い知れぬ無表情であった。平素と同じように。

「小四ヶ月前の作戦で〝黒曜〟を含むイターキの残党については私の部隊で掃討を完了したが——

各地に散ってしまった人員については、不明点の方が多い。だが構成員や手口については協力者が十分に把握している。目立った動きをする者が現れればこちらが先手を取れるだろう」

「その代わり、協力者を上覧試合に出場させたいって話だったな」

「話が通るなら是非そうしたいものだ。そういう取引の上で協力関係を結んでいるのでね」

「……なら、ひとまずは微塵嵐をどうにかすれば、上覧試合の懸念事項は片付くことになるか。旧王国の本命の策を潰すことになるわけだからな。だが相手は気象だぞ。具体的にどうする」

その問いかけには、空雷のカヨンが挙手した。

「……アタシに考えがあるんだけど。この件、任せてもらっていい？」

◆

(――さて。これで丸く収まるか？)

会議に臨みながらも、第一卿グラスはそのように思う。

(旧王国主義者。微塵嵐。どこがどんな謀略を仕掛けてきているか分かったもんじゃない。敵も味方も――本当に賢い連中は、いつもこっちの予想には収まっちゃあくれないからな)

少なくともこの会議の中で、対処を後回しにされた脅威が存在している。

(十年前から……〝灰髪の子供〟はどこまで予測して気象観測技術なんて代物を持ち込んできた？旧王国主義者と黄都を潰し合わせてどうするつもりだ？ ジェルキも、奴が黄都にとって危険だっ

てことは分かっているんだろう。他の連中だってそこは気付いているはずだ——だが)

この場の議論は、情報源ではなく情報そのものの信頼性に焦点を絞ったものだった。それは彼らが無能だからではなく、むしろ優秀な官僚であるが故だ。

後回しで構わない議題への無用な追求が、眼前の危機への対処を遅らせることになると知っている。少なくとも情報は信頼に値するという共通認識の上で議論を進める必要があった。

(二十九官ならそう判断する。——狙ってこの状態を作り出したなら、相当に切れる奴だ)

〝本物の魔王〟が死んで、恐怖の時代に眠っていた怪物達が動きつつある。

それは決して、国家を滅ぼす暴力の化身のみではないだろう。滅び以上に危険な結果をもたらす——国家を含めた全てを操り、自らは戦場にすら立たぬ、知性の怪物も存在するはずだ。

グラスは違う。彼に悪意はない。何かしらの企(たくら)みもない。しかし全くの想定外を、国家に及ぶ危機を認識してすらなお、内心の本性が頭をもたげてしまう。

グラスの口元には、非対称な笑みが浮かんでいる。

(……面白い)

災厄の到達まで、五日。

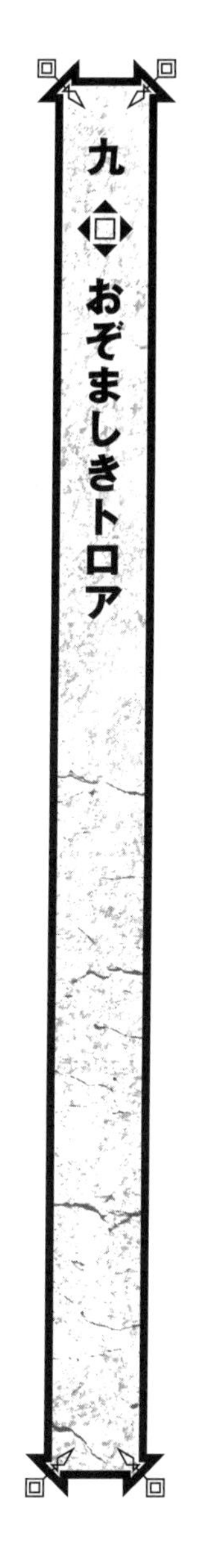

九　おぞましきトロア

おぞましきトロアが死んだ。

——そもそも彼が生きている様を、確かに見た者がいただろうか。それでも彼が冬のルクノカと異なるのは、実在を疑う者がいないということだ。

その魔剣士は存在する。

広大なワイテ山岳のどこかに居を構え、罪に裁きを下す時を待っている。

罪とは魔剣を持つこと。

彼が生きていた頃、魔剣とは強大な力とともに、死の宿命を呼び込むものであった。


「だがテメエら！　今は違う！」

霾晦り(よなぐも)のエリジテは、山中に集った四十名の配下を見下ろしている。シクマ紡績区の河川敷において、〝灰髪の子供〟との交渉を行った野盗であった。

彼の盗賊団は決して小さい規模ではなかったが、当然ながら、組織的な討伐隊や魔王自称者の兵を相手取れる質でもない。故にこのような機会は二度とは訪れぬだろう。

「おぞましきトロアの百の魔剣――それは今、俺達のモンだ！　魔剣の番人は、もういねェ！」

魔剣を持った者は死ぬ。その所有を知られた者の前には、いつか死神が現れる。

後に残るのは血海と化した所有者と目撃者のみで、怖気を震う殺戮の痕跡だけを刻んで、魔剣だけがどこかへと消えている。

おぞましきトロアは、魔剣使いの善悪聖邪を問わぬ。ただ、それを殺す。

勝った者はいない。見た者はいない。確かに起こった惨劇だけが、彼の実在を示す。

それは〝本物の魔王〟が現れる前から続く、明確にして絶対のルールであった。

「首将！　トロアは本当にくたばったのか!?　いくら相手が星馳せアルスでも、奴はおぞましきトロアだ……魔剣殺しの魔剣使いだぞ！」

「そうだユジ。今は世の中の全員がそう考えている。テメエも、そして、俺達以外の野盗連中もだ！　そうして考えている内に、どうなる？　誰が先を越す？　言ってみろ」

「……魔剣は欲しい。だがな、秤に命まで載せられねえばっ！」

ユジの頭を銃弾が砕いた。エリジテの早撃ちの速度は、目視の反応を越えるものである。

煙を上げる新式の小型銃を、彼は懐へと収めた。〝灰髪の子供〟から譲り受けた兵器だ。これは一刻を争う仕事になる。口のよく回る、惜しい部下ではあったが。

「――さァ、他に文句のある野郎はいるか」

魔剣の力は、今だからこそ手に入れる必要がある。

彼の配下はそれを高額で売り払える財宝としか考えていないだろう。しかし四十名単位のそれぞれが魔剣を備えた野盗は、一個の軍にも匹敵する力と化す。

そして力さえあれば、その力を売り込むことができる。

これからは野盗の時代ではない。エリジテの第一の狙いは、参画者を広く招集する旧王国主義者——トギエ市のギルネス将軍の陣である。

（〝本物の魔王〟の時代の隙間だったから、俺達はやってこれた。王国が統合されれば、俺達のような連中に未来はねェ）

懐に収めた小型銃に触れる。歩兵銃(マスケット)はさらに改良が進んでいる。襲われる側の者も、このような武器を持ち歩けるようになる。野盗は更に容易く討伐される存在となるのだろう。

（……わざわざ仲介のアテを作ったのも、そういう先を見越してのことだ。〝灰髪の子供〟を通して破城(はじょう)のギルネスの配下につく。たとえ旧王国が負けたとしても、黄都(こうと)との戦で魔剣の力を見せさえすれば、黄都(こうと)と取引できる……）

勝算は十分にある。トロアが斃(たお)れた以上、魔剣はもはや不吉の象徴ではない。

絶対的な戦力の違いこそあれ——魔剣というものは、種別としては今彼が持っているような小型銃に近い。平和な時代における軍縮の流れの中では、少数の兵で大きな力を保有し得る魔剣の需要はむしろ高まるはずだ。エリジテはそのように考えている。

配下はざわめき、幾ばくかの混乱と喧騒(けんそう)があったが、やがて収まっていく。

ユジと同様の主張を行う者もいたが捨て置き、議論がまとまるに任せた。ユジの死を目の当たりにしている以上、それは本気の反駁ではないからだ。

「……いいか。どうして俺達みたいなケチな山賊が、あのトロアの遺産を漁れると思う？　強いからか？　頭の巡りが良いからか？　それとも数が多かったからか？」

彼が喋るのは最後だ。決意を後押しするだけでいい。

「違うよな。ただ、近いからだ。縄張りをワイテに構えていて、誰よりも山を知っているからだ。他の連中は、トロアがこの一帯のどの山にいて、どの山にいないのかすら知らねえ。俺達が先に辿り着ける。必ずだ」

「やりましょう……！　拾える宝だ！　やれます！」

「魔剣の呪いなんざ知ったことかよ……ついてくぜ、首将ォ！」

「ああよく言った！　いいかァ！　迷信やら伝説の時代は終わった！　おぞましきトロアが死んだのはその証拠だ！　行くぞテメエら！」

それは竜に等しい災厄だった。人外の秘境に隠れ潜み、理不尽に里を襲い、そして財宝を溜め込んでいた。

一つだけ違ったのは、彼の財宝は全て魔剣だったということだ。故に星馳せアルスに奪われた。最強の一本のみを奪って、〝星馳せ〟は飛び去ったのだという。

伝説は誰も無敵ではない。おぞましきトロアすら死ぬのだ。

◆

ワイテより遠く離れた黄都の外れに、その尖塔はある。

人口密度の増加に従って区画整理事業が進みつつある一帯の中、黄都二十九官の権限で鐘塔の一つが取り壊されず残されていた。そして尖塔内部の階層は吹き抜けのように縦に貫かれ、壁面に沿う階段だけが残っている。

冷たく閉ざされた空気は天井の高い牢獄のようですらあるが、中に棲まう者は、この世で虜囚という言葉が最も似つかわしくない存在である。

「…………」

「そこそこ慣れたか？」

「…………」

黄都第二十卿、鎹のヒドウは、特に返答を期待することもなく言葉を投げる。

相手の沈黙は長いが、この住居が不満というわけではないらしかった。

そもそもこの特別の改築にしてからが、彼の遥か上方に止まる一羽の鳥竜——星馳せアルスの希望によって為されたものである。

彼はいつも一拍遅れて、小さな声で話しはじめる。

「……ヒドウ」

「ああ、なんだ？」

「ハルゲントは……来るかな……？　おれは勝負したいんだ……まだかな……」

「あー……どうかな、あのオッサンは……フッ！　仕事ほっぽり出して北の方で駆けずり回ってるよ。まあ次の会議辺りには戻ってくるんじゃないか？　どんな候補を連れてくるか分かったもんじゃないけどな」

「……そっか。それなら……いいや……」

一番下の階段に腰掛け、ヒドウはやや遅めの昼食を取る。

上等な白いパンだ。彼は物怖じのない、傲岸に満ち溢れた男ではあったが、食事だけは静かな環境を好む。その点ではアルスと気が合った。

「……でもな、アルス。お前……結局誰が来たところで、負ける気がしてないんだろ。お前はここまで全部の戦いを勝ってきた。燻べのヴィケオンにも。ハルゲントのオッサンが……本当にお前と戦える奴を連れてこれると思ってんのか？」

「…………。ハルゲントをバカにしてるの？」

「は？　そんなわけないだろ。お前でも苦戦することがあるのかって聞いてんだよ」

ヒドウはすぐさま空気を察知し、それが別の話題であったことにする。

アルスの翼影は頭上高くにあるが、その気になればヒドウが次の一口を食べ進めるよりも速く、数え切れない回数殺すことができるだろう。

「……いたよ…………強い奴は」

「へえ。やっぱり燻(ふす)べのヴィケオンか？」

「……何言ってんの……？　あんなの……年取ってるだけで、全然強くない……。トロアのほうが……竜(ドラゴン)なんかより、ずっと強かったよ……」

「おっ、おぞましきトロアの話か？　やっぱあの噂はマジだったわけか。皆聞きたがるぜそれ」

「……これ」

鳥竜(ワイバーン)は塔の中ほどにまでわざわざ降りて、道具袋から取り出した剣を見せた。茶色くすんだ鞘(さや)と、同様に薄汚れた木の柄を持つ、年代物の剣という印象だった。

「…………これが、ヒレンジンゲンの光の魔剣。トロアの……一番、強い武器だったから……欲しかったんだ……」

「ヴィケオンをぶった切ったやつか。本当に魔剣を溜め込んでたのか？」

「……うん。でも……別に、他のは欲しくなかったし……荷物が重すぎると、飛べないから……」

「はははははっ！　そりゃ勿体(もったい)なかったな！」

――笑い話ではない。

魔剣は、その一本が一つの街に匹敵するほどの価値を持った財宝である。解析不能の異常存在。

物言わぬ魔剣は、その真の起源すら明らかではない。

だが〝客人(まろうど)〟と同様の、器物の逸脱種であろうと言われている。

この地平とは別の世界、〝彼方(かなた)〟における物理法則では留めきれぬほどの神秘を得てしまった器物が、この世界へと放逐された存在。

それは剣に限らず、様々な形態の魔具としてこの世界に現れている。星馳せアルスが所有する数多の武装がそうであるように。

……しかし象徴的な意味で、やはり魔剣は別格の存在なのだ。

遥か昔の時代からの、超常の領域にある武力の象徴。多くの勢力が魔剣を巡って争い、または魔剣の力の下に集い、多くの魔王自称者が生まれては消えた。

おぞましきトロアも、それ故に魔剣だけを求めたのかもしれない。

「おぞましきトロアはどうだった」

「……うん。すごい……技だった。魔剣じゃなきゃ、できない技を……いくつも。あいつには……空を飛んでも、関係ないんだ。方向も……たくさんの魔剣が、まるで生き物みたいだったな……」

「……」

「少しね……ほんの……少しだけ遅かったら、死んでたんじゃないかな……多分だけど………」

この世界の多くの子供がそうだったように、ヒドウも幼い頃からおぞましきトロアの怪談をよく聞かされていた。魔剣を持つことはもちろん、魔剣を持つ者の近くにいるだけでトロアという災厄が降りかかるのだと。

だから誰も魔剣を持ってはいけないのだ。それは死を呼ぶ。

その伝説の存在は、竜(ドラゴン)すら屠ったアルスを最も恐れさせた者だったという。

ワイテの山岳に、確かに存在していたのだ。

(……惜しいもんだな。勝ち続ける奴なんかいない。伝説はいつか終わる)

アルスはその翼で、欲望のままに簒奪の旅を続けた。歴史を作った者が、あるいは歴史に名を残したであろう者達が多く潰えて、守られるべきものは暴かれ、世界は〝本物の魔王〟以前とは完全に変わり果ててしまった。

彼はこの世界の神秘の全てを覆しゆく、ただ一羽の開拓者だ。

「トロアをどういう風に殺った」

「……心臓に……一発。近づきながら撃って、当てた……でも、まだ動くと思ったから……すれ違うときに、こいつを……」

冒険者は、鞘に収めたままの光の魔剣をぼんやりと眺めた。

「取って、斬った。斜めに……真っ二つだったな……」

「おいおいおい……どんな神業だよ」

超高速の機動を持続しながら、即座に銃から剣へ。しかも敵の武器を略奪する器用さで。聞きしに勝る驚嘆すべき技量だ。そしてその星馳せアルスを紙一重にまで追い詰めたおぞましきトロアは、どれほどの怪物だったというのか。

「…………」

「アルス。強敵が欲しいか？」

「……別に」

「じゃあ、何が欲しい」

壁面を巡る階段に止まったまま、鳥竜は細い首を巡らせた。

尖塔の頂上の窓から差し込む光を、彼は眩しそうに見た。

「国」

——星馳せアルス。彼の欲望には限界がない。

だからこそ、黄都第二十卿である鎹のヒドウが擁立者として立っている。

この英雄を勝たせてはならない。

◆

「……用心しろ。俺達より先に到着した連中がいる。ユジがぐだぐだ抜かしていた時間で、迷わなかった奴らが」

木々の陰を慎重に移動しながら、エリジテは小型銃に弾丸を込める。

……山の西側を探しに向かわせた四人が戻ってこない。同じく魔剣を狙う野盗に返り討ちにされたか。エリジテ達の動きは、やはり一足遅かったのだろう。

残る目ぼしい地点に向かった者達が魔剣を発見できていない以上、おぞましきトロアの拠点は、四人が消えた西側にしか可能性はなかった。

「だが地の利は俺達にある。もしも他の連中が先に魔剣を手に入れているとしても、罠に嵌めて殺せばいいだけだ。剣を振らせる暇も与えやしねェ。簡単な話だろうが」

「そ、そうだな……首将！」

「場所は分かってんだ！　さっさとやっちまいましょう！」

単純な連中だ。エリジテは初めに、魔剣さえあれば無敵の力が手に入ると煽った。

今のエリジテは当初のその主張と正反対の言葉で彼らを駆り立てているが、それに気がつく者はいない。あるいは、気がつかぬようにしている者もいくらかはいるのだろう。

――半数の犠牲までならば許容できると、エリジテは考えている。魔剣の強奪のために二十名を使い潰したとしても、二十名の数の力と、それぞれが扱って余りある量の魔剣が残る。

山賊の首将へと登りつめた力で、彼は過去と未来の損得を計算している。

「おっ、おっ、首将！」

「どうした」

「……一人戻ってきますよ！　あいつ、えーと名前なんでしたっけ」

「イビードか？」

遠くから、痩せた男がおぼつかない足取りで山道を歩いてくる。開き放しの道具袋がブラブラと揺れていて、中身が一歩ごとに地面に落ちている。

目の焦点は虚ろだ。首将のエリジテが眼前に立っても、そうであった。

「……おいイビード。何か言うことがあるんじゃねえのか」

「……」

「そうか。俺をナメてるのか？」

小型銃の銃口を突きつけた時、それは起こった。

――びちゃり、と湿った音が響いた。

イビードの右肩から左の脇腹にかけてが、斜めに滑り落ちたのだった。

続いて、腰。左腕の付け根。両眼を通って頭の水平。エリジテが触れてもいないのに、イビードは崩れ果てた肉の断片と化した。

既に断られている。どうやって肉を繋いだまま歩いていたのか？

あり得ない。この世にあり得ざる力。

「……こ、これは」

「――魔剣だ！　分かってただろうが。どこぞの野盗が使ってやがる！　そういうこったろう、驚く話じゃあねえ！　西側に向かった連中が死んだ！　それだけだ！」

「で、でも……こんな死に方ってよォ……！」

まずい兆候だ、とエリジテは思う。

ユジに使った手はそうそう何度も使えるものではない。この恐怖の波をどのように押し止めるべきか。思案を巡らせようとした時である。

「あれ」

エリジテの眼前、一番右に立っていた男が、頓狂な声を上げた。

彼の胸には針で刺したような小さな赤い染みがあった。それはじわじわと広がっていく。

「あれ、あれ」

男は困惑した声を続けながら、倒れた。

「チッ……！」

エリジテは奥歯を噛んだ。攻撃だ。今のイビードは釣り餌か。

生ける屍に釣られて近づいた自分達のことを観察されていた。どこからだ。

「首将！　これは……あぎゃアッ！」

遠くから駆け寄ろうとした仲間の背後を影が過ぎった時、その者が炎上した。

まるで人体そのものが爆薬と化したかのように、明るく巨大な炎が周囲を巻いた。炎の余波だけで、さらに二人の配下が死んだ。

炎の向こうで動く影は一人だけだ。まるで獣の如く前傾している。

その怪人の背には、無数の……

「……ふざけやがって！　何者だテメエ！」

エリジテは、銃口を影へと向けた。

爆熱の陽炎（かげろう）に揺らいで、その姿は明らかではない。大柄で、手足が太い。

大鬼（オーガ）か？　あるいは山人（ドワーフ）なのか？

「ネル・ツェウの炎の魔剣」

死神の如き低い声で、それは呟いた。

それは一歩ずつ、ゆっくりと踏み出した。エリジテの銃口が揺れている。陽炎で狙いが定まらないことだけが理由ではなかった。
タン、と次なる音が響いた。
エリジテのすぐ隣に立つ副将が、先と同様の針の染みに眉間を貫かれて倒れた。
「神剣ケテルク」
影とすれ違った者が、ふらふらと歩いて、滑って落ちる。
その四肢は、イビードと同様に……
「ギダイメルの分針」
ざくり、ざくりと、足音が近づいてくる。
いくつもの剣を。呪われた魔剣を無数に背負った男が。
野盗だ。ただの野盗。自分達と同じ、魔剣を狙った野盗に違いない。
エリジテはただ少しだけ出遅れて、不運だっただけだ。
おぞましきトロアが、生きているはずがない。

◆

対手を立てての鍛錬は出来ない。

剣という形態が意味する通りに、魔剣の及ぼす作用はその大半が致死的だ。この鍛錬を何百回と行うのであれば、実剣の重量、大きさ、そして異能を存分に振るえる独闘が最も実戦に近いという矛盾がある。

よって常人には確かな成果の見えぬ鍛錬であったが、自らの技が十分でないことは、聖域（せいいき）のヤコン自身がよく分かっていた。

日が暮れるまで剣を振って、しかし彼の望むようには——父の振るう剣のようには、まったく届いていない。息はすっかり上がって、おびただしい汗が顎から落ちている。

父は近くの切り株に座っている。日が高い時から、ヤコンの鍛錬を静かに眺めている。

成果を全て見届けて、彼は苦笑した。

「魔剣を使う才能がないな」

それも分かっている。父のようには一生なれないのだろう。

ヤコンは山人（ドワーフ）で、父は小人（レプラコーン）だった。種族すらも違う親子だ。人族の中でも山人（ドワーフ）は大柄で体格に優れる種族で、小動物のように反応が機敏で器用な小人（レプラコーン）とは正反対だ。

そのような山人（ドワーフ）の中でも、ヤコンは並外れて力が強い。山の外の誰かと比較したことはないが、自分の背丈以上に積んだ薪（まき）を背負って険しい山岳を上り下りする日常を、苦もなく送っている。平地であれば、日が昇って沈むまで全力で走り続けることすらできる。荷物がなければ馬をも追い抜くことができた。

病気一つしたことがなく、朝に負った切り傷は夕暮れになるより早く治ってしまう。幼い頃から特別に生命力が強いのだと父に言われたことがある。

ヤコンが息を切らすほどに体力を消耗するのは、このような魔剣の鍛錬の時だけだ。力では若く体格に優れた自分が遥かに上回っているはずなのに、魔剣を扱う実力の差は天地ほどにも遠く思える。

「お前は優しすぎる。だから魔剣の想念を受けて、お前自身の技を邪魔しているんだろう。余計に体力を使うのはそれが原因だ。体と心が反対のことをしようとしているわけだからな」

「……なら、次は……その、想念を……捨てればいいってことだ。俺は……まだやれる。父さん。次だ。次に……見てもらう時までには、必ず。絶対」

荒い息とともに答える。このようなやり取りは何度目になるだろうか。

いつも成果は散々なもので、父は魔剣士をやめろと言う。ヤコンは諦めたことがなかった。他の道を考えたこともない。父もそんなヤコンに、他の何かを強制することはなかった。

ヤコンは杖を支えにして立ち上がる。鍛錬で力を使い果たした時のための杖を、二年ほど前から用意するようになった。父の大切な魔剣を支えに使うことはできない。

「……ゲホッ、ケホッ！　猪肉が、そろそろいい具合に漬かってると思うんだ。父さんの好きなスープを作れるよ。……帰ろう」

「お前が疲れてるなら、夕飯はいらんさ。今日は風が冷たいな」

小さすぎる父は、ヤコンに肩を貸すことができない。

彼とヤコンはどこも似ていない。顔立ちも。力も。技も。だからこそ、何か一つでも彼の息子である証明が欲しかったのかもしれない。

――魔剣士トロア。この地平で最強の魔剣使い。

彼の息子であることが、聖域(せいいき)のヤコンの誇りなのだ。

けれどその日は、自分がそうであれるかどうかに不安を覚えたのだろうか。

穏やかな日々の繰り返しの中で尋ねないようにしていたことを、彼は尋ねた。

「父さんは……俺が魔剣士を継がなくてもいいのか？」

父が何故(なぜ)この業深い略奪を続けているのか、自らの口で語ったことはない。

食卓の対面に座る父は、疲れたように笑った。

「いい。こういうことは、俺で終わりだ」

小人(レプラコーン)用の器はすぐに空になった。ヤコンはすぐに、代わりのスープを注ぐ。

「……でも、魔剣は世を乱すものだ。もしも魔剣を巡って人が争うなら、最初からそんなものがなければ、争いが起こることもないって……だから父さんは集めてるんじゃないのか」

「誰かからそう聞いたのか？」

「……いや……俺が……そう思っただけで」

おぞましきトロアは、魔剣を持つ者を殺す。

人間(ミニア)の三分の一にも満たぬ背丈の彼は、体躯と比べて遥かに長大な魔剣の数々を容易く操り、如何(いか)なる使い手であろうと慈悲なく斬殺する。そこに喜びも悲しみもなく、ただそのようにあるべき義務であるかのように。

トロア自身が語ることのない義務のことを、ヤコンはずっと考え続けていた。

「――そうかもな。最初はそう思ったんだろう。魔剣を奪うことで、いくつかの命を救えるかもしれないと。武器がなければ争いは起こらない。若い、浅はかな考えだな」

トロアは新しいスープに口をつけず、そこに映った瞳をじっと見つめている。

彼は人々が語り恐れるような、理不尽な怪異ではなかった。数々の殺戮の伝説の方を信じられなくなるほど、穏やかで物静かな父親でしかない。

「……世界はそうじゃないんだ。魔剣が世界になくとも、人は争う。争いの手段のために魔剣を欲するだけだ。敵意は木切れや石ころだって凶器に変える。魔剣がなくとも……その後に起こることは、より酷いことかもしれない」

「……そんなことはない！　ガシン東西戦争。竜斧戦役。魔剣が使われなかったから終わった戦だって、いくらでもある……！」

「俺はただ目撃しただけの者も殺している。罪のない民だ」

トロアは、あくまで平静に呟く。

「そうして、魔剣の不吉を恐れさせようとした。今から始めるのなら……俺は、そうはしなかったかもしれない。……いいかヤコン。どれだけ悔いて間違いだと悟っても、奪った命だけは返すことができない。その命を軽んじた自分自身も、絶対に変えることはできない」

「……」


それならどうして続けているんだ、とは尋ねられなかった。

彼は決して止めようとはしない。世界に魔剣の持ち主がいなくなるまで続けるのだろう。

父は一つの納得のために戦い続けているのかもしれない。自分が始めたことを、自分が止めることはできないのかもしれないと思う。

だからこそあなたの息子が継げるのだと、休んでもいいのだと、ヤコンが答えてやりたかった。

自分の無力がもどかしかった。偉大な父の技を見ているのに、これほど鍛え続けているのに、何年をかけてもそれに追いつけない自分が。

「……俺は、父さんの息子だ。父さんのやってきたことを間違いだなんて言わない」

「そうか。ありがとう」

ヤコンは暖かな室内を後にする。あと少しだけ……もう一度、鍛錬のために。

小月の明るい夜だった。

父は人生の意味を思うように、スープをゆっくりと飲んでいる。

◆

あの夜から小三ヶ月が経った。運命の日。

(――上。違う。斜めに潜るように前方)

雨の降りしきる山中である。トロアは空の敵へと狙いを定めている。

前後左右、そして上下。それの機動の選択肢は地に這う者と比べ、極めて多い。

しかもそれは他の鳥竜（ワイバーン）のように、本能と風向きに左右された動きではない。死線を潜（くぐ）り抜（ぬ）け続けた者にのみ備わる判断力で、こちらの次の一手を読んで動く。


力によって意を押し通してきた者は、すべからくその宿命から逃れることができない。より力ある者が現れ、いずれ全てを失う。

おぞましきトロアにとってのそれは、星馳（ほしは）せアルスに他ならなかった。

（……撃ってくる）

アルスは銃の引き金に指をかけている。その僅かな動きを読む。トロアは細剣を抜き打つ。

神剣ケテルクといった。それは実体の刃の外側へと不可視の斬撃軌道を延長する、近接戦闘の間合いを乱す魔剣とされる。

しかしその魔剣を、おぞましきトロアが用いた場合。

「――〝啄（ついば）み〟」

一点に集中した、針のような一撃が鳥竜（ワイバーン）を突いた。直線距離にして20ｍの上空である。翼膜に穴を穿（うが）たれ、アルスの空中姿勢が崩れた。

（まずいな。当たらぬよりまずい）

敵の動きが速すぎた。狙撃こそ阻止したものの、致命傷でなければトロアの手の内を見せただけだ。しかも〝啄み〟の突きは、連射が可能な動作ではない。撃ち落とさねば撃たれると、焦りが先行したか。

空中を落下しながら、アルスの手の内で銃火が閃いた。銃弾は山岳の巨石で跳弾して、魔剣を突き切ったトロア脇下の動脈へと過たず迫る。

腰から吊り下げていた短剣が自動的に跳ね上がった。その刃が盾となって毒の魔弾を防ぐ。

ファイマの護槍。鎖で繋いだこの短剣は飛来物の速度に反応するが、それは必ずしも信頼できる防御ではない。今は、運が向いた。

(星馳せアルス。雷轟の魔弾は使わんか)

トロアには磁力を操る魔剣がある。それを警戒されている。

地面にはいくつもの魔剣が突き立っていた。トロアは右手の神剣ケテルクを地面に突き刺して手放し、代わりに地面から別の魔剣を取る。ヒレンジンゲンの光の魔剣。

〝客人〟。蜘獣。竜。常軌を逸した存在とも戦わねばならぬ時、多数の剣を持てぬ体格のトロアは、そのようにして剣を振るう。周囲はまるで魔剣の墓場だ。

「…………強いね……」

鳥竜が陰鬱に呟く。思わぬ強者を鬱陶しがっているようであった。

アルスが落ちていく地点へと走る。まだ遠い。光の魔剣を最大に伸ばせば斬れるか。

「ねえ……その剣……」

「……!」

その時、トロアの頭上から何かが飛来した。雨ではない。

泥で形成された、無数の剣呑な刃である。

「チィーッ！」

鋭角を描くような軌道で抜剣することで、光の魔剣の軌跡は上空よりの攻撃を防ぐ盾となる。その光は抜剣直後の僅かな間だけ煌(きら)めいて、消える。

最強の魔剣の真価を知る彼のみが用い得る、〝塒(とや)〟と呼ぶ応用であった。

アルスは既に飛び立ち、トロアの注視する視界から外れている。

「——腐土太陽」

泥の刃に遅れて、両手で抱える程の土塊の球体が落下する。これが刃を降らせていたのか。

即座に視線を切る。魔具に注意を引くことすらアルスの思惑だ。ファイマの護槍(ごそう)が動く。護槍(ごそう)の反応速度では到底間に合わぬが、それでもその自動迎撃の方向で、アルス自身が後方から突撃してくることが分かった。

光の魔剣を再び発動する時間がない。彼はもう片手で、鎌型の刃の斧槍を振るう。視線を向けることなく、左斜め後方。

攻撃が交錯する。肉を裂く感触。すれ違う。

しかもトロアは、紙一重で致死の魔弾を防いでいた。振り抜いた魔剣の刃は、至近距離から撃ち込まれたアルスの弾丸への盾となった。鳥竜(ワイバーン)は最大の好機でトロアを仕留めることができず、突撃の速度のまま通り過ぎていく。

（……こちらも、見切られたな）

交錯の一瞬、彼の攻撃はアルスの体を掠ったのみだ。インレーテの安息の鎌。それは斬撃に伴う現象を一切無音とする、もっとも奇襲に特化した魔剣であったが――

感触を忘れて久しい、恐怖の汗が滲んだ。

長い経験が告げている。おぞましきトロアはここで死ぬ。

罪を裁く死神として生き続けた彼自身が、裁かれる時が来た。

「父さん！」

遠くから声が聞こえた。ヤコンの声だ。

――トロアの最期を見せることになる。

運命の皮肉に歯噛みしながら、彼は光の魔剣を鞘へと収めて、眼前の地面へと突き立てた。ヤコンをこの鳥竜との戦闘に巻き込むわけにはいかない。これは彼が始めた因果だ。

（……もう一度だ。もう一度俺の命を賭ければいい）

インレーテの安息の鎌を構える。ファイマの護槍の鎖を切り、服の内に仕込む。

（どのみち無価値な命だ）

アルスは旋回する。右前方。いや真上からの強襲か。尋常の者には目視不能の速度を、欺瞞をも含めてトロアは認識している。

「俺も、俺も戦う！」

トロアは笑った。――お前には無理だ。

空から光が投下され、直視した目が眩む。炎の魔具をそのようにも使うのか。

続けざまに銃弾が襲いかかった。前方への全力の加速の中で放たれた毒の魔弾は、数倍の速度と化して左胸に突き刺さった。衣服の内のファイマの護槍がそれを自動的に防ぐ。賭けには勝った。

敵は接近している。目が眩んでいてもそれが分かる。

アルスにとっての決定打は、剣の防御の内側から致死の弾丸を撃ち込むことしかない。泥でも、鞭でも、炎でも――伝説のおぞましきトロアに勝つことはできない。

それはこの戦いの中で、互いが十分に理解している。

インレーテの安息の鎌の最長の間合いも威力も、敵は熟知している。

(この鎌ならば防ぐことができると思っているだろう)

鎌を抜き放つ。

(その通りだ)

加速した動きのまま指を離し、自ら鎌を放り出す。間合いを誤認させる。始めからそうして武器を持ち替えるつもりでいた。振り抜いた手の先には、地面に突き立てた魔剣がある。


「俺は……」

加速しているアルスは止まらない。突撃してくる。トロアは目が眩んでいる。

「おぞましきトロアだ」

それでも、おぞましきトロアの有する真に必殺の剣ならば。その最長の間合いも威力も、目を閉

じていても分かっている。再びすれ違う刹那、眼前の大地に突き立てている光の魔剣を、

「も」

チュイ、という音が、内耳に焼きついて残った。

「――らった」

ほんの僅か、指先が届く寸前――

奪われたヒレンジンゲンの光の魔剣で、斬られた。アルスの間合いでは届かないはずだった。

「キヲの手」

触腕の如く伸びた魔鞭が光の魔剣を絡めて、トロアの体を切断していた。

そのようなことを想像できなかった。まさかアルスの側が、魔剣の領域を利用するなど――鞭を介して、さらに魔剣を振るうほどの絶技を有しているなど。

全てに適性を持つ者など、どこにも存在しないはずだ。

トロアには極めた魔剣の技しかなかった。

「父さん……！　あああ、父さん！」

もはやアルスの影はない。彼を斬り捨てて、光の魔剣とともに飛び去ってしまった。

トロアの小さな体は、腰から上の半分に切断されていた。

「父さん！　死なないでくれ、父さん！」

自分より体の大きな息子が、涙を流している。

長い人生に、殺し続けることしか道を選べなかった修羅のために。

ヤコンはトロアの手を握って、絞り出すように叫んだ。

「ごめん……ごめん、父さん……！　俺……すぐに、出てこれなかった……！　俺は、〝星馳せ(ほしはせ)〟が、恐ろしくて……俺なんかじゃ勝てないと思って……だから、駄目だった……！」

いいんだ。

俺にはこの惨めな結末が似合いだ。

お前は修羅ではない。そう言ってやりたかった。


ヤコンは優しい子供だ。

どうして闇に生きる小人(レプラコーン)が、山人(ドワーフ)の子を育てていたのか。彼の本当の両親が誰によって、どんな末路を辿(たど)ったのか。彼はとっくに分かっているのだろう。トロアもそれを知っていた。

それでも父さんと呼んでくれたのだ。

この世は不平等だ。

おぞましきトロアは重ねた罪を償いきることも、相応しい罰を受けきることもできなかった。

血塗(ちまみ)れの理想に心をすり減らした男には、笑えるほど贅沢過ぎる人生だった。

「父さん……！　父さん！　俺がやる！　俺が、光の魔剣を取り返す！　父さんの跡を継ぐ！　全部、大丈夫だから……！　父さん！」

（……ヤコン）

聖域(せいいき)のヤコン。

一人の息子だけが、無慈悲なワイテの死神に一つだけ残った聖域だった。

ありがとうと伝えたかった。

一日たりとて休まず鍛えたお前の力と技は、老いた俺などとっくに越えている。だから魔剣士などを目指すなと、自分のようにはなるなと伝えておきたかった。

だけど。ああ。それなら、どうして――

ならばどうして、トロアは彼の鍛錬を止めてやろうとしなかったのだろう。

魔剣士に憧れる彼を、本気で引き止めることができなかったのだろう。

――父さんのやってきたことが、間違いだなんて。

(……俺の道が、間違った道だったとしても……)

憧れてくれたことが嬉しかった。愛する息子が人生を肯定してくれた。

ただ、それだけで。

「父さん……！」

おぞましきトロアが死んだ。

伝説は誰も無敵ではない。

◆

（……星馳せアルス）

無数の魔剣を帯びて、その男は山中を征く。

おぞましきトロアが持て余したはずの魔剣の重量を、彼はゆうに十を越えて携えている。

決して弛まず鍛錬を重ねた体は、伝説の魔剣士よりも遥かに大きく、屈強である。

（俺は、貴様から取り返しに行くぞ。もう何も奪わせない。何も俺は奪わない）

このワイテの山の奥に、永遠に魔剣を眠らせておこう。父の望み通りに。そして父の願った通りに、死神として人を殺すこともせずに生きよう。

いつかそんな魔剣士になるのだと、生きた父に誓いたかった。

魔剣を狙う簒奪者達が、父の墓標へと押し寄せてくる。魔剣は争いを生む。

彼は魔剣を抜く。


――彼は自らの人生を捨てた。

おぞましきトロアの成すべき仕事がまだこの世に残っている。

「ネル・ツェウの炎の魔剣」

盗賊の一団を斬って、彼は低く呟く。爆轟が断末魔をかき消す。

〝叢雲（むらくも）〟。剣閃（けんせん）とともに放たれる熱量を、斬りつけた敵の内に留めて放つ。父の技だ。この魔剣の使い手の技。何度もそれを見ている。

誰からも奪わせない。だからあるべきものを、あるべき場所へと。

光の魔剣を取り戻すまで、彼の人生は彼自身のものではない。

彼は魔剣を振るう。魔剣士であるから。

彼は人を殺す。死神であるから。

「神剣ケテルク」

魔剣の名を確かめる。遠方の一人をそれで突き刺す。

不可視の延長斬撃を一点に絞ることで超遠隔を穿つ、その技を〝啄（ついば）み〟と呼ぶ。

「ギダイメルの分針」

また一人を切断している。斬撃の発動を遅らせる技は、おぞましきトロアのみに可能な絶技だ。

自分にも出来ることを確かめるだけの一斬であった。〝換羽（かんう）〟。

「ファイマの護槍（ごそう）。音鳴絶（おんめいぜつ）。ムスハインの風の魔剣。凶剣セルフェスク」

ざくり。ざくり。

無数の魔剣を、歩みとともに振るっていく。

彼に魔剣を使う才能はない。

優しすぎる気質が魔剣の想念を受け取って、彼自身の技を邪魔しているのだという。それは正しかった。何もかも、魔剣士である父の見立てた通りであった。

——なら、次は。

「バージギールの毒と霜の魔剣。瞬雨の針。天劫糾殺。インレーテの安息の鎌」

全ての魔剣から、彼は想念を読み取っている。

——その想念を捨てればいいってことだ。

彼は想念を捨てた。魔剣ではなく、自分自身の想念を。だから今は魔剣の意志が突き動かすままに、それを最も上手く扱った者の——父の技を振るうことができる。

幼い頃より幾度も脳裏に焼きつけてきた技を。

彼に魔剣を使う才能はない。

魔剣に使われる才能があった。


「お……おぞましき、トロア……！」

最後に残った頭目が、彼の名を呻く。

そうだ。それが今の自分だ。

「さあ。どの魔剣が望みだ」


それはかつての怪談に等しい技量を持ちながら、それを遥かに上回る膂力を持つ。

それは長き時代の全てよりかき集めた、無数の魔剣を所有している。

それは本来の自我すら越えて、全ての魔剣の奥義を操ることができる。
冥府の底よりなお蘇る、呪いの運命を取り立てる死神である。
魔剣士。山人。
おぞましきトロア。

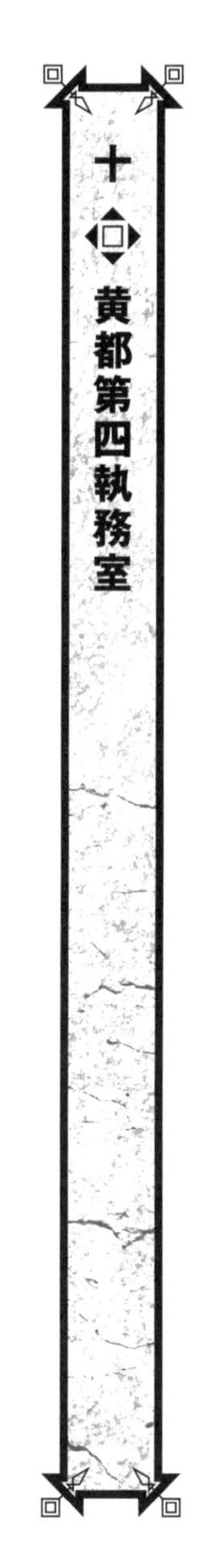

十　黄都第四執務室

夕暮れは、黄都の町並みを黄色く照らし出す。その光景を見下ろす黄都第四卿の執務室は、黄都の中にあって際立って地価の高い一角に存在している。

赤いドレス姿の美女が入室し、軽く一礼をした。第十七卿、赤い紙箋のエレアは部屋の主に呼び出され、一連の調査結果の報告に訪れている。

「――お久しぶりでございます。第四卿」

「久しいのは、貴様がイータのような片田舎の調査に現を抜かしていたからだろう」

刺すような第一声とともに、その男は机越しにエレアを睨んだ。精悍な顔立ちであるが、その眼光は猛禽めいて酷薄だ。名を第四卿、円卓のケイテという。

エレア同様の文官でありながら、屈指の武力と権力をも有する男だ。黄都最強の第二将、絶対なるロスクレイの派閥に対抗し得る唯一の勢力であるとも市井では噂されている。

「その上、本分たる調査報告もロクにできていないと来ている。例の微塵嵐の会議、貴様の報告よりも俺の兵から伝わる情報の方が早かったぞ」

エレアは頭を下げた。調査報告など、本来は情報部門の長である彼女自身が行うような仕事ではない。それでも、極めて苛烈な気質である円卓のケイテに対してはそうせざるを得ない。

黄都二十九官には年齢や任期による上限関係はなく、個々が独自の裁量権限を認められている。少なくとも名目上は。

「大変申し訳ありません。……緊急の案件だったため、即応可能な者への連絡を優先いたしました。一日遅れとなるものの、第四卿にも本日報告が届く手筈でした」

「だから遅れたと？」

ケイテは嘲るように言った。

「違うな。貴様が無能なのだ。現に貴様は求められた仕事を果たしていない。二十九官に迅速に等しく情報を伝達することが情報部門の仕事だ。――貴様といいハルゲントといい、度し難い無能どもばかりだな。二十九も席は要るまい。そうだろう？」

「……」

あのハルゲントと並べて名を挙げられることは屈辱の極みだったが、エレアは無言で次の言葉を待った。卑しい生まれでありながら、先代の第十七卿の座を継いだ立場では、下に見られることにも慣れきっている。

一方のケイテは、特に面白くもなさそうに窓の外に視線を向けた。生まれながらの強者たる彼にとって嗜虐は日常であって、気晴らしや愉悦を目的としたものですらない。

「まあいい。報告をしろ」

「――はい。三日前、破城のギルネス率いる旧王国主義者がトギエ市の市会を掌握。市全体を戒厳下に置きました。ギルネスは以前から多数の志願者を募っており、中央王国時代の兵やリチア新公国から合流した兵をはじめ、参画者は三万名近くになると思われます」

「それは聞いている。中央王国の亡者如きが、数ばかりを揃えたか」

「無論、ここまでは想定の範疇です。もしも彼らが一斉蜂起したとしても、現在トギエ市に睨みを効かせている方面軍のみで十分に対応できる状況にあります。問題は、彼らの決起がこの黄都本国に直接打撃を与える事象を見込んだものであるということです」

「フン。例の微塵嵐とやらか」

「ヤマガ大漠特有の異常気象。仮にこれが黄都本国に直撃すれば、想像を絶する大被害が及ぶことは確実です。保有戦力で圧倒しているといえど、絶大な自然災害に伴う指揮系統の混乱に乗じて旧王国軍に攻め込まれた場合、我々の不利は免れないでしょう」

旧王国主義者の発想は、異形の暴力を有する修羅を制御し戦線に投入しようと試みた新公国とは全く逆だ。制御不能の力を制御不能のままに、自らが利を得ようとしている。

「この気象には最優先で対策を進めております。臨時招集を経て、第二十五将空雷のカヨン及び第二十二将鉄貫羽影のミジアル。両将軍の部隊が事態の対応に向かっている状況です。他の将の派遣はありません。第四卿には両名の穴を埋めるべく、黄都二十九官として本国防衛を願います」

「……滑稽だ。弱者どもめ」

心底から軽蔑する声色で、ケイテは吐き捨てた。

「本国防衛を固めるまでもない。貴様の部隊は情報を掴んでいないのか？　旧王国主義者は後方陣地に壊滅的な打撃を受けた。開戦が可能だとして、戦線を維持できる体力はもはやあるまい。所詮は災害にでも頼らねば勝てん連中だったということだ」

「何故その情報を……」

「舐めるなよ。今の状況で——情報という生命線を貴様の部隊のみに頼る者がどれだけいると思っている？　貴様が用済みになる日も近いぞ」

「……」

ケイテの言葉通りだ。彼をはじめとした二十九官の有力者の視点は、既に旧王国主義者との戦争などに向いてはいない。その先の勇者を決める上覧試合にある。

複数の派閥が互いを出し抜く政争の中では、自分自身の派閥以外から流された情報を信用する者はいない。恐らくはエレアの部隊も少しずつ切り崩され、各派閥へと吸収されていくのだろう。かつての〝黒曜の瞳〟がそのような末路を辿ったように、戦乱の中にあって情報を独占する者は、いずれ疎まれ弱められていく。

「もういい。情報はそれなりに照合できた。俺も忙しいのでな」

自らが呼び出した相手に対して、ケイテは平然とそのように告げた。理不尽にして傍若無人。それが第四卿、円卓のケイテである。

（最初から……私を試すためだったのか）

エレアは唇を噛む。この男がエレアに直接調査報告をさせたのは、情報そのものを欲してのことはなかった。エレアが伝える情報の正確性に偏りがないかどうかを照合し、彼女が既にどこかの派閥に属しているかどうかを確認するためだったのだ。

赤い紙箋のエレアは、裏切りを繰り返して成り上がった情報部門の長だ。娼婦の家系の、疑わしき第十七卿。彼女のような者を心から信頼する味方は一人もいない。

「――柳の剣のソウジロウか？」

扉に手をかけたエレアの背中に、声がかかった。

「何の……ことでしょうか」

「分からんのか？　貴様がこれまでしてきたように成り上がりを狙っているのなら、上覧試合だろう、と言っているのだ。貴様がトギエ市への潜入の折、あの〝客人〟を――〝柳の剣〟を使ったことは承知の上だ。奴を候補に立てる算段でも立てているのかと思ったのでな」

「いいえ。〝柳の剣〟は、単に必要な戦力として借り受けただけです。私は……。私は、彼を擁立するつもりなどございませんよ」

「なるほど？　ま、興味もないが。身を滅ぼしたくなくば、せいぜい野心は隠しておくがいい」

「……痛み入ります」

一礼をして執務室を退出する。美貌の内に全ての感情を押し隠したまま。

（旧王国主義者との戦争は問題ではない。黄都が負ける要素は少ない――）

ケイテの言葉は正しい。本当の問題はその後にこそある。

各地の工作員が掴んでいる情報は極めて複雑で、そして絡み合っている。

（ヤマガ大漠の〝微塵嵐〟が黄都に接近している。銃火器と気象情報を流通させる〝灰髪の子供〟

が、戦争の裏で暗躍している。ワイテ近辺では、死亡したはずのおぞましきトロアが目撃された。そして……魔王。旧王国主義者の陣地を襲撃したのは、魔王自称者。私を置き去りにして、何かが起こっている……)

それらの全てが偶然の事象ではなく、一点へと収束する大きな流れの一部であるとしたなら。あらゆる物事の裏には陰謀がある。あの日に出会った戒心のクウロの天眼であれば、それを漠然とした脅威の予感として予知することもできたのだろうか。

(それでも。もしも全ての陰謀が私を阻むのだとしても)

二十九官の地位にまで成り上がっても、彼女は今なお持たざる者の側にいる。絶対なるロスクレイも、円卓のケイテも、自らが作り出す流れにエレアの存在を含むことはないのだろう。

(上覧試合で最後に勝ち残るのは……私だ)

王族をも越える最大の象徴を擁立できる、ただ一人の勇者を決める試合。

エレアはただ一人で戦っている。彼女のような者を心から信頼する味方は一人もいない。それでも彼女一人だけが、全ての盤面を覆す全能の切り札を持っている。

(私だけが〝世界詞〟を――キアのことを知っているのだから)

災厄の到達まで、四日。

何の罪で、こんな恐ろしい出来事に巻き込まれているのだろう。ミンレには理解できなかった。ガカナ塩田街で慎ましく暮らす、〝本物の魔王〟の時代を生き延びた幸運の他に優れたところもない、一介の主婦のはずであった。生まれて一年になる娘を胸に抱いて、彼女はあの怪物が再び現れないことを祈り続けている。

海は荒れ狂っていて、彼女の背丈よりも切り立った岩礁はまるで迷路のようだ。この日出会ったそれらが、海の果てから彼女の世界を滅ぼしに来たと言われても信じることができた。

二つの異形である。少なくとも、生物ではない。

「発見しています」

冷たい鐘のような声が響く。異形の内一つは、天に浮かんでいる。その姿は、宗教画に描かれた天使の姿そのものだ。だが、きっと違うのだろう。

本物の天使には、金属と歯車で造られた翼は生えてはいない。無慈悲な光を照らして、犠牲者を追い立てたりはしない。

「あなたは行動を起こしていない。しかし、私はあなたを発見しています」

別の方向からは、天使の声をかき消すような轟音があった。

いくつもの金属の軋みが重なり合う音だ。もう一つの異形が動き出したのだ。

「ZZZYYYYAAAAAAA！」

突進で、入り組んだ岩の一つが破壊される。中央で見た汽車にも近い。厚い金属で装甲された節を持つ体は、あの怪物のような乗り物とてもよく似ている。

違うのはそれが意志で動き回る本物の怪物で、胴直径だけでも人間の三倍になる巨体にも関わらず、線路すら必要としないことだ。

姿を隠すにはあまりにも心もとない、ようやく身を収められる岩陰で、ミンレは震えている。

絶望だった。大人しい娘は大きな物音にただ目を白黒させているだけだが、いつ泣き出して、機械の悪魔に気付かれてもおかしくなかった。

何が悪かったのだろう。子供の頃から好きだった海の景色を、娘に見せたがったことだろうか。その帰路で、娘が欲しがった岩場の花を摘むために、少しの寄り道をしたことだろうか。

彼女の人生の中の何が、ここまで恐ろしい罰に値することだったのか。

「ああ、お願いします……詞神様、どうか、私は構いません、どうか娘に加護を。私は……」

――嘘だった。ミンレは死にたくなかった。

才覚にも容姿にも恵まれず、ひなびた街で三十二年の人生を送って、この世に何も残せない者だとしても、死にたくなかった。

幼い娘が育った先に幸福が待っているかもしれない。そんな希望すら許されないのか。

「わ、私の命を捧げても構いません。ですが、娘に私の幸運をお与えください」

必死の祈りを終えて、彼女は俯いていた頭を上げる。

機械の天使の顔が間近にあった。

「熱源は探知の妨げになります。これを解体しますか？」

表情筋のない顔面が、ギチギチと歯車の音を立てながら首を傾げた。

「ひ、ひう……」

天使の言葉に答えるように、汽車めいた機械蟲がぞっとするような駆動音を発した。悲鳴を上げることすらできない。彼女は死ぬのだ。

抗いようもない、理由も分からない、神秘と怪異に満ちるこの地平にありふれた、不条理な死。

天使の機械の翼が開いた。その内からは真鍮色の刃が無数に溢れ――


「はは、はははははははは！」

哄笑する巨体に殴り飛ばされた。

ガシャン、とガラスのような音を立て、細かな部品をキラキラと零しながら、天使は岩礁の陰へと落下していった。

割り込んだ巨体は、人ではなかった。

「ひっ……！　ひ……！　ひい！」

致命の危機を逃れたミンレは、恐怖の悲鳴を遅れて発した。彼女の前に立つ存在も、機械天使と同種の恐怖であることには変わりなかった。

身長は彼女の二倍だ。際限なく大型化した全身甲冑のような、黒青色の金属の人型である。彼女の知るどんな生命体とも異なっていたが、詞術の言葉を発した。

「は、はやい……ぞ！　ぼくの、ほうが、はやくて、つよかった！」

「う、ういう」

抱えていた娘が、ぐずる声を上げた。

機械の巨人はぐるりと頭部を回して、ミンレ達を見た。頭部に相当する構造は球体のようで、紫色の単眼の光が強く目立っていた。

「あ、いき、いきものだあ！　おおきいいきものと、ち、ちいさい、いきもの！」

「ひい……ご、ごめんなさい、殺さないで。お願い。この子は……どうか……！」

「このこ。このこがしぬと、わ、わるいのかな!?　なんで!?」

──間違いなかった。機魔だ。あの天使や、汽車も同じだ。

魔王自称者が効率的な殺戮のためだけに運用する、機械仕掛けの怪物達。

心の紛い物を吹き込まれた、相互理解不能の兵器。

「う、うう……どうか、どうか……」

「な、なんで……ちいさいほうが、しぬと、だ、だめなのかな!?　おおきいほうで、かわりになるのに！」

心底から理解していないのか、機魔は重ねて訊いた。

ミンレは答えを発せなかった。機魔の背後から――岩盤を乗り越えて、汽車の怪物が襲いかかっていたからだ。昆虫めいた顎部が大きく開いて、内には火砲の光が煌いた。

爆ぜる。劈く。

立て続けの砲撃音で、ミンレと娘の耳は壊れたかもしれない。

岩盤が砕けて砂と散った。

「は、はははははは！　き、きかない！」

だが、彼女らの体が砕けることはなかった。

海岸線を照らす爆炎を、巨大な機械鎧はその体を盾にして防いだ。

「ぼくは、さ、さいきょう、だから！」

その発言を一切意に介さず、機械蟲は突進速度のまま、巨大な頭部質量で打撃した。振り下ろされた鋭利な顎を機魔は双腕で受け止めた。

一瞬のうちに幾度も現出した死の光景。それが尽く防がれている。

ミンレは単調な反応しか返すことができない。

「ひい……ば、化物……化物……！」

「ばけもの、じゃ、ない！　こ、こいつは、ネメルヘルガ！　さっきのね、はねの、はえたやつが……レシプト！」

家ほどもある大重量を正面から押さえ込みながら、機魔は叫んだ。

「そして、ぼくは――ははははは！　メステルエクシル！　か、かあさんの、さいきょうの、こども！　こいつらより、つ、つ、つよいんだ！」

「母さん……？」

機魔(ゴーレム)同士が戦っている。汽車のネメルヘルガと、天使のレシプト。その二体を相手にしているのが、このメステルエクシル。

ミンレは知らぬ間に、彼らの戦場の内へと踏み込んでしまっていたというのだろうか。誰も目の当たりにすべきでない、死の嵐の只中に。

「ち、ちいさいのが、しぬのが、だめなら！　は、ははははは！　ぼ、ぼ、ぼくが、まもってあげるよ！　ぼく、ぼくは……つよいからね！」

ギュイン、と金属が擦れる不快な音が続き、拮抗(きっこう)していたネメルヘルガとメステルエクシルが、互いを弾(はじ)き飛(と)ばした。メステルエクシルの膂力は、汽車に匹敵する巨蟲(きょちゅう)を押し返したのだ。

「ZZZYYYYYYYYYYY！」

機械の巨蟲は岩を砕きながらうねり、尾の先端をメステルエクシルへと向ける。

注意を自らに引きつけようとしたのか。メステルエクシルは隠れることもなく飛び出していく。

怪汽車の尾で爆光が弾けた。

「はははははははは！」

メステルエクシルの右腕は根元から千切れた。軌道の先、岩肌には金属の杭(くい)が突き刺さっている。

その結果しか見えない。信じ難い射出速度の兵器であった。

メステルエクシルは損傷を意に介することなく、蹴りの一撃を尾に見舞った。

人族（じんぞく）ならば胴体を切断される衝撃であろう。それでも埒外の巨体には有効打にならない。

「ネ、ネメルヘルガ。ぼくのほうが、つよいぞ。ぼくは、きみと、ちがって、か、かあさんに、つくってもらった！」

彼は尾の先端を摑み、さらなる破壊行為を試みようとした。

だが前触れもなく、その球体の頭部が縦に裂けた。メステルエクシルはよろめいた。

天から降り注ぐ細い熱線が、メステルエクシルの頭部を割っていた。装甲が溶けて、背中までを深く溶断された。天使が熱の光を照射しているのだ。

「【――レシプトよりハレセプトの瞳へ（resipkt io halese）。金に浮かぶ泡（uomort morp）。水路の終わり（byaro woro）。虚ろを満たす。灼け（kuqureit nostamt sindermostek）】」

「ふ、あははははははは！」

頭部が半壊したメステルエクシルは、左腕で光線を受けた。装甲はその熱の大部分を防いだが、関節を焼き切られた。肘から先が地面に落ちて、持続する熱線はさらに胴を焦がし続けた。

「き、きか、きかないぞ！　ぼくは、さいきょうだ！　ははは！　だから、いたくないんだ！　ほんとうだぞ！」

「ZZZGGGYYYYYYYYYYY！」

熱線に耐え続ける必要があった。だから頭上から降るネメルヘルガの質量を、メステルエクシルは今度こそ受け止める事が出来ない。体躯を遥か上回る大きさの頭部が直撃する。

加速の勢いを乗せたネメルヘルガの顎が胴を貫いた。メステルエクシルは笑った。

「はははははははははは！」

ネメルヘルガが食い込ませた顎を展開する。

万力のような力で、上半身と下半身がねじ切られた。火花のような熱術(ねつじゅつ)の光が内から飛び散る。

機械蟲は凄まじい機構によって、さらに顎部を回転させた。

バキリ、という音があった。

「目標の破壊を」

胴が、脛(すね)が、足首が四散した。脳漿(のうしょう)とも羊水ともつかぬ生温かな液体が散って、海岸をしとどに濡(ぬ)らした。

断片は見る影もなく歪み、機魔(ゴーレム)としての再生も、もはやあり得ない。

真鍮の天使が無機質に告げる。

「——完了しました。我が父。証明を終了します」

幼い娘が泣き出す。

ミンレは自らの運命を、ただ恐れ続けることしかできなかった。

◆

「勝負ありましたかな。貴女(あなた)の機魔(ゴーレム)も見事な知性でしたが、私の作品も中々のものでしょう」

海岸線を見下ろす崖上。そこには似つかわしくない丸机と椅子が設(しつら)えられており、二人の老人が向かい合わせに座っている。

穏やかな風貌の老紳士が、机上の橙茶に口をつけた。満足げにというよりも、事実を確認するように頷く。

「レシプトの熱術は、オカフ自由都市との取引で入手した魔具を応用しております。威力と持続性はご覧になった程度のものですが」

一方、彼の向かいの席に座るのは、顔に深い皺を刻んだ小柄な老婆だ。

紳士とは全く違った乱雑な身なりで、苛立つようにテーブルを叩く仕草にも落ち着きがない。心底不機嫌そうに言葉を漏らす。

「……ご覧になったも何も、ありゃ元々アタシの考えた仕組みじゃないかい。前の子供だ。どいつもこいつも、アタシのやることを真似しやがる……ケッ！」

「フフフフフ。これは失敬。しかしこの小型化は、相応に有用な改良だと思いませんか」

「威力が全然だ。クソッタレだね」

「……そうですか。しかし貴女の作品を滅ぼす程度の威力はありましたな」

彼らの囲む丸机や椅子はよく見れば岩盤と同じ材質であり、精緻な彫刻も、その場の工術によって形成されたものだと分かる。

長く土地に親しんだ専門の職人であれば可能な芸当であろうが、纏う空気の異質さが示す通りに、彼らは無論、他の地よりの来訪者である。

即ち二人ともが、そのような領域の術士であった。

「ですが、この程度で貴女に勝利したと考えてはおりませんよ。魔王自称者同士、また別の形で競うこともありましょう。今日は久方ぶりに童心に帰り、楽しく遊ぶことができました」

「……別の形だァ～？」

「はい。機魔（ゴーレム）を競わせる形では、こうして今日、決着がつきましたので。何か？」

「よく見ろ。決着なんかしてねェだろうが。ナメてんのか。棺（ひつぎ）の布告（ふこく）のミルージィ」

「ほう」

老紳士は変わらず穏やかな表情のままであるが、僅かに眉を上げた。

「しかし、ここから何ができます？」

かつて、魔王自称者という者達がいた。

組織や詞術（しじゅつ）の力を持ちすぎた個人。新たなる種を確立しようとする変異者達。異端の政治概念を持ち込んだ〝客人（まろうど）〟。ほんの二十五年ほど前まで、その魔王自称者達こそが魔王と呼ばれていた。

〝本物の魔王〟が現れるまで。

だが——自称者へと零落した者達の全てが時代に敗れ去ったわけではなかった。もし一握りでも、この広い世界のどこかで牙を研ぎ続けているのだとしたら。

「勝負はついちゃいないさ。見ていろ。あれはメステルエクシルだ」

崖上から見下ろす岩礁には、破砕されたメステルエクシルの体が散乱している。

それはもはや完全に命を失い、そして健在であったとて、ミルージィの二体の機魔（ゴーレム）に及ぶ力ではなかった。しかし、そうだったとしても……

「――軸（じく）のキヤズナの、無敵の子供なんだからな」

人域の外まで届く工術（こうじゅつ）の才を持ち、〝本物の魔王〟への抵抗の果て、ナガン迷宮市街をただ一人で作り上げた個人がいた。

彼女は牙を研ぎ続けている。魔王自称者。軸（じく）のキヤズナという。

◆

無残な破壊の吹き荒れた岩礁の只中で、ミンレは囁きに気付いた。

それは完全に叩き潰されたはずのメステルエクシルの胴の部位から響いている。

「【――の番う翼は灰燼と消え星殻の肌膚に溢れ満ち模り小さき空の震えと天土の創廃を繋ぎ赤の繊鎖は】」（delme moaoupsyto qmanamy aimasuteaul kowarezordhaimoztyubetaaxofork zora na mero kirms）

淀みなく流れ続ける水のような音声であった。

ミンレは最初、それを詞術（しじゅつ）であるとすら認識できなかった。これまでの人生で聞いてきた詞術（しじゅつ）とは違いすぎたからだ。あまりに奇怪で複雑で、長すぎる詠唱。

「活動を確認しました」

ミルージィの二体の機魔（ゴーレム）も、その囁きを感知している。

レシプトは先程の光線の熱術（ねつじゅつ）を詠唱する。ネメルヘルガは尾の射出機構を爆発させ、過程の認識できぬ速度でメステルエクシルの残骸へ鉄杭（ぐい）を撃ち込んだ。

着弾点は胴の断片からは離れている。

突如として空中に形成された装甲が――杭の軌道を逸らした装甲が、砕けて落ちた。

射出の瞬間まで存在しなかった障壁だ。着弾の寸前に錬成されたものである。

「【レシプトよりハレセプトの瞳へ。金に浮かぶ泡】」

空中から狙いを定めるレシプトの詞術に、メステルエクシルの異様な詠唱が重なっている。

装甲が形成されていく。断片が繋がり、曲面が伸びる。

「【巻かれる自転の纜に掛かり到達の虚の枢を外し光象再び見え】」

「【水路の終わり。虚ろを満たす。灼け】」

熱線の光が降り注いだ。腕がそれを止めた。防いだまま、それは右の足で立った。左の足で体を支えた。散乱していたメステルエクシルの破片は、再び一箇所に集結していた。

「ははははははははは！」

――その詠唱は工術である。滅びたはずのメステルエクシルは、自身の詞術で、自身の命を錬成した。しかも再生した鎧の体は、もはやレシプトの熱線に適応した構造と化している。

装甲表面から剝離した薄層がバラバラと落ちた。

「ぼ、ぼ、ぼくは……さいきょうだ！」

崖上からその戦闘を眺める老紳士は、素直に賞賛の拍手を打ち鳴らした。

「……素晴らしい。完全に破壊された状態から、どのようにして詞術を？」

「それくらい解析してみろや。お前も魔族使いの端くれだろうが」

「いえ……無論、仮定はできます。確かにネメルヘルガは、あの巨体を破壊していました。破壊したものの……あの巨体が単なる外装であって、胴部装甲内に収容し得る、超小型の本体がいたとすれば？　それが工術を扱えたとすれば、辻褄は合うでしょう。ただし……」

「――本体が今の破壊を耐え抜いた方法が分からないかい」

キヤズナは腕を組んで、やはり不機嫌そうにメステルエクシルを眺めている。

眼下のメステルエクシルは、再び愚直にネメルヘルガへと向かっていく。

「第一の機能だ。機魔の再生。自分自身を再構築する工術を、如何なる状況でも使える」

「なるほど。ならば無論、次に私が用いる手も分かっているでしょう」

「……ケッ！　好きにやんな」

ミルージィはラヂオを介して指示を下す。彼のレシプトとネメルヘルガは、詞術の相通ずる心を持たぬ類の魔族だ。極めて高い戦闘性能と引き換えに、大半の戦術判断を外部に依存し、刻み込まれた攻撃用詞術のみを状況に応じて実行する。

「胴部装甲内の実体を破壊します」

「ZZZZZYYYYAAAAAAAAAAA！」

巨人と巨蟲が再び激突する。顎の斬撃はもはやメステルエクシルの装甲に通用していない。

だが……先の状況と異なる点がある。ネメルヘルガは蠍の如く尾を持ち上げ、抑え込んだメステルエクシルを杭の射出軌道へと合わせていた。

パギン、という破裂音が響く。杭は胴部に食い込み、装甲の接合面が歪む。

「ははははははは！　も、も、もう、きかないぞ！　ぼくは──」

横合いからレシプトが飛び込む。翼から生えた真鍮の刃が、工具めいて胴を引き剝がした。すれ違いざま、瞬きにも満たぬ一瞬の連携であった。

「……」

レシプトの翼の先からは血が滴っている。無数の刃の一本に、メステルエクシルの本体が串刺しに突き刺さっていた。

人の頭よりも小さい、胎児のような生命体である。

致命傷を負ったそれは声なく四度震えて、活動を止めた。

「まさか造人(ホムンクルス)が核とは、驚きでしたな。これを以て解答としてよろしいでしょうか」

ミルージィは、淡々と自らの成果を確認する。やはり彼の機魔(ゴーレム)は戦闘性能において、キヤズナの機魔(ゴーレム)を大きく上回っている。

一体ずつが一つの街を滅ぼすことのできる傑作だ。それが二体。

「ほーう。本当にそう思うかい。第二の機能だ」

「……！」

「【六十四の格子を分かち枝の遡行の赤色の合つところ四の符号見えざる光の網目に無明を通し目覚めることの──】」(iuwars 64me oiurenoskraehe moiazz iektkorothaith 4 besteimistenokaivequte hou brantuxe)

本体を失ったはずの機魔(ゴーレム)が詠唱している──

もはや知性を持たぬ虚ろと思われたメステルエクシルが、ネメルヘルガの顎を摑んで引き倒す。岩礁への爆発的な激突が水を散らし、メステルエクシルの異常な膂力を再び示した。しかも本体を失ったはずのそれは、再び言葉すら発した。

「は、はははははは！　かわいそうな、ネメルヘルガ！　ぼくは……ぜったいに、し、しなない！　かあさんが、そ、そう、つくったからね！」

復活の過程を見届けたキヤズナは、不敵な笑みとともに告げた。

「――第二の機能。造人（ホムンクルス）の再生。自分自身を再構築する生術（せいじゅつ）を、如何なる状況でも使える」

「み、見事……！　機魔（ゴーレム）の方にも詞術（しじゅつ）詠唱の機能があるとは……！」

「これで二つのタネは見せた。さァ、他に試すことは？」

メステルエクシルがここまで見せた詞術（しじゅつ）の能力は、あまりにも異常だ。

この世の理（ことわり）に反していると言ってもいい。

魔族（まぞく）は詞術（しじゅつ）によって心を吹き込まれ、稼働する。自然の生命とは異なる、特化した様々な機能を付加することもできる。だがそのような人工生命に、自己複製能力……自分自身をも生み出す詞術（しじゅつ）を扱い得る心を刻むことは可能だろうか？

キヤズナの生んだナガンの迷宮機魔（ダンジョンゴーレム）は、自分自身を工場として単純な構造の機魔（ゴーレム）の兵を作り出すことすらできたという。その時点でも、軸のキヤズナの能力は計り知れぬ魔王の高みにあった。

だがしかし、メステルエクシルの如き複雑な機構までを複製できるともなれば、それは完全な心だ。単なる魔族（まぞく）の域を越えて、独立した新たなる生物種の創造に等しい。

「どうやって貴女は……あそこまでの作品を作り上げたのですか。素晴らしい」

「作品じゃねェって言ってるだろ。全部アタシの子供だ。自分の子供がどんな風に出来上がっているか、お前は説明できンのか」

老婆は橙茶を口に含んだ。優勢であろうと劣勢であろうと、いつも苛立っている。

数十年前から、彼女は何も変わっていない。

「何千回の繰り返しの中で——一つの偶然がある。それは求めていた通りの機能のこともあるし、まったく役に立たねえ機能だったりする。……だが、再現性のない構造がそこにある。そういう奇跡が見えた時にだけ、アタシは本気で子供を造る。一つの機能を基に、ただ一つ、その時にしか生まれてこない子供を」

「メステルエクシルの機能は、つまり……詞術（しじゅつ）を使えることだと？」

「——ンな分かりやすいので奇跡と言えるかよ。簡単に言うなら、共有の呪いだ」

「破壊されない限りは不死となる核を……別の生物に委ねる機能。まさか……？」

共有の呪い。かつて黄都（こうと）を恐れさせた怪物、濫回凌轢（らんかいりょうれき）ニヒロも有していたという機能だ。ミルージィすら、そのような機魔（ゴーレム）の製造に成功したことは一例もない。

（いいや。それだけでは説明のつかないことがある。一体、何があれを生かしている——）

ミルージィの二体の機魔（ゴーレム）は、再び戦闘方針を変更している。

レシプトは射程の届かぬ天空で再び熱術（ねつじゅつ）を唱えはじめた。一方でネメルヘルガは体を奇妙に曲げて、メステルエクシルの側面へと回り込んでいく。

「ネメルヘルガ！　ははははは！　やってこい！　ぼ、ぼくは、ち、ちいさいのを、しなせたり、しないからな！」

　メステルエクシルはやはり、自らの体のみで立ち向かう。

　星のように空が輝き、またしても熱線が降った。メステルエクシルの装甲にはもはや通用しない。熱線を浴びながら、レシプトの方向と歩を進めている。

　崖上のミルージィは、メステルエクシルの防御能力に唸った。

「まさか、ここまで一瞬で対応されるとは……この知性……！　まさしく独立した思考がある！学習している……！　私のレシプトの攻撃を！」

「学習なんて生易しいモンじゃあない。造人（ホムンクルス）は生まれつき全てを知ってるってな……ただの迷信じゃねえって、見せてやるよ」

「是非……！　ただし、既に指令を下してしまっております」

　熱線の攻撃は、光でメステルエクシルの知覚を遮るためだ。ならばその間にネメルヘルガはどのように動いていたのか。

　地上。ネメルヘルガの体節が一斉に開いて、熱術（ねつじゅつ）の推進器が展開した。

　それは青白い爆風で後方地形を砕き、メステルエクシルの横合いから突撃した。

「こい！　ネメルヘルガ――」

メステルエクシルは、爆発的な衝撃をまともに受けた。大地を線路のように抉り続けながら、その体は海岸の際まで押し込まれた。崖縁から僅か三歩の距離で、彼は踏みとどまった。

「ZZZZZZZYYYYYYYYAAAAAA！」

止まらなかった。

ネメルヘルガの節が爆発した。その長大な鉄の体の全体が多段式の射出機構となり、幾度もの衝撃でメステルエクシルを吹き飛ばした。

沖合の彼方へと放逐されて、鉄の巨重は深く沈んだ。

彼は間違いなく不死であろう。しかしそれは永遠に戻ることのない、冷たい水底の暗闇だ。

嵐の過ぎ去った戦場の地には、爆裂したネメルヘルガの残骸だけが残った。天空に飛行するレシプトは、兄弟機の散滅を冷たい眼差(まなざ)しで眺めるのみである。

「再証明の終了となります。我が父。指示を」

「【――の泥中より熱を食み新たな罪業の証となればその双つを結束すること数千――】」(vecomaubhangerrwaiuz peuntwinwor picsu rcs toc tnaferdert)

「……」

……詞術(しじゅつ)が響いている。

岩礁のうちの一点。そこに小さな、胎児のような生命が発生しつつある。

メステルエクシルは、内の造人(ホムンクルス)ごと放逐されたはずだ。無から現出したとしか思えなかった。

レシプトは攻撃の熱術(ねつじゅつ)を詠唱した。

「【――レシプトよりハレセプトの瞳へ。金に浮かぶ泡。水路の終わり。虚ろを満たす。灼け】」(resipktio halese uomort morp byaro woro kuqureit nostamt sindermostek)

空中に形成された機魔(ゴーレム)の装甲が熱線を阻んだ。先程と同じだ。

——もはやこの攻撃を学習している。対応した構造となっている。有効ではない。

「一体、これは……どういう仕組みで……！」

「それくらい簡単だろバカ。メステルはエクシルを造り出すことができる。エクシルはメステルを造り出すことができる。声の届く範囲の、どこにでもだ。どれだけ距離を引き離そうが、どこにでも行けンだよ」

「こ……交互に肉体を生成して、瞬間に陸地に戻ったとでも……そんな想定ができるはずがない……な、なんということを……！」

常軌を絶する離れ業だ。都市そのものが動き出す迷宮機魔(ダンジョンゴーレム)をすら越える最高傑作という触れ込みは、まったく嘘ではなかった。

もしもそれが本当だとしたなら、メステルエクシルの詞術士(しじゅつし)としての能力は、魔王自称者であるミルージィの能力すら超越している。

ましてや彼が生み出した機魔(ゴーレム)の持ち得る手段などでは、永劫(えいごう)これを殺すことができない。

偶然と奇跡の結実たる、あれが真の怪物。

機魔(ゴーレム)が本体なのか。造人(ホムンクルス)が本体なのか。投棄された肉体と、今海岸に立つ肉体の、どちらが真であるのか。

恐らく、どれも正解だ。全てがメステルエクシルだ。僅かな生命細胞の痕跡から自身を造り出すことができる。大地の鉱物から自身を造り出すことができる。

彼の詞術（しじゅつ）が定義する世界では、もはや自己の連続性すら無意味だというのか。

「レシプト。父の敗北だ。この実験を中止して、すぐに」

「第三の」

魔女の言葉が、ミルージィの指示を遮る。

「――機能だ。やれるだろう。メステルエクシル」

全身を形成し終えた怪物の単眼がレシプトを捉える。

単純な暴力のみで戦う彼には、届かない射程の敵であるはずだった。

彼は工術（こうじゅつ）を唱えた。

「【エクシルよりメステルへ（exilio mestel）。潜る破音。群れの終端。回る円錐（rewol qzerd hengren orksap zempst haie）――】」

そしてこの世界の誰も見たことのないものを形成した。


名状しがたい、到底人の手では作り出せぬ形状である。彼の右腕は黒い鉄の管を三本束ねたような構造に変化し、その根本はさらに複雑な機構で動いていた。

熱術（ねつじゅつ）の電流が走り、それは回転した。

「【――穿て（noingod）】。〝GAU-19／B〟」

高速の銃声は悲鳴のようでもあった。金属と火薬の絶叫。

鳥竜（ワイバーン）よりも速く飛行する機械天使は破片と化して散った。

硬貨の山のような音とともに、無数の薬莢（やっきょう）が落ちた。

誰もが見たことのない、それは異世界の兵器であった。

——回転式多銃身機関銃。ガトリングガンという。

「〝客人〟は……〝彼方〟で生まれた体がある限り、決して詞術を使えねえ。だが奴らは〝彼方〟の兵器を知っている。アタシらの知らない、全てを凌駕する知識を」

「……」

「一度は思わなかったかい。そいつらが工術さえ使えたなら……自分の思うように器物を再現する力を持てたなら、そいつが知っている限り、向こうの世界の何もかもが手に入ると」

「……キヤズナ……貴女は……何を……」

ミルージィはキヤズナを見た。同じ魔王自称者だ。だがその思考はあまりにも次元が違う。

今のキヤズナは苛立ったような表情ではない。一つの実験を終えて次の実験を考え続ける学者のような、先にある何かを深く考える目をしていた。

「向こうで学者だった〝客人〟が手に入った。いい素材だと思ったんでね」

悪魔めいた笑みを浮かべていた方が、まだ彼の心は安らいだであろう。

「詞術を使えるようにしてやったのさ」

——造人は、生ける人族を素体にして作成される。

それは素体の知識を潜在的に持つが、紛れもなくこの世界で生まれた一個の生命でもある。

それが、メステルエクシル。

「……完敗です。最後に……一つだけ。どうして、熱線で中の造人が焼けていないのですか？　それをずっと考えていますが、まったく分かりません」

キヤズナは笑った。だが問われずともそれを説明するつもりだったのであろう。まるで子供を自慢する母親が、当然そうするように。

「メステルエクシルは片方がもう片方の命になる。どちらにとってもな。第四の機能。双方向の共有の呪いだ。メステルとエクシルを同時に殺すことはできない」

◆

全てが過ぎ去っていた。

世界を喰らうとも思われた二つの怪物は、どちらも砕けて消えた。ミンレがこの海辺で見たことを話したとして、信じる者など永遠に現れることはないだろう。

「ど、どう、どうだった!?」

残る一つの怪物が迫ってくる。逃げることはできない。

興味深くて仕方がないというように、球体の頭部が忙しなく動き、ミンレの愛する娘を眺めた。

「ぼく、ぼくが、ちいさいのを、ま、まもったぞ！　まもって、たおした！　ははははは！　それでもかてた！　さいきょうだから！」

「こ、来ないで……ごめんなさい……もう、助け……」

「ははははは！　はははははははは！　はは……」

ミンレは、この怪物からせめて娘を守ろうと、固く抱きしめ続けた。

恐ろしい笑いは少しずつ弱まって、そして止まる。

「……はは……」

「うう、あ！」

腕の中で、娘はもぞもぞと動いた。

出ていっては駄目だと叫びたかった。けれど彼女の足も竦(すく)んでいた。

娘は、機械の怪物へと短い腕を伸ばした。

「ああ、あい」

「……こ、これ……はは！　く、く、くれるんだね!?」

怪物の左手が、娘の差し出した花を摘んだ。

人間(ミニア)と比べてあまりに巨大で、破滅に塗れた手。恐ろしい災厄。

娘はそれを知らなかった。

「や、やった……！　へ、へへ……！　ち、ちいさいのが、いきてて、よかった！　き、き、きれいだ！　はははははは！」

その不死身の体とはひどくかけ離れた命を持って、彼はどこかへと消えていった。

それがどこであっても、ミンレの世界の果てより先の、戦闘の地獄であるのだろう。

◆

「は、はな！　はなだ！」

彼は、人間（ミニア）のように表情を持たない。けれど常に笑っている。

復活のたびに彼の知らぬ知識が泡のように浮かび上がり、それでも彼は彼のままだ。

彼の名はメステルエクシル。

二つの生命が融合した、真に無敵であるべくして造り出された存在。

「……上手くやれたかい、メステルエクシル。戦果報告は？」

「か、か、かあさん！」

海岸からの道が平地へと合流する場所に、軸（じく）のキヤズナが立っている。メステルエクシルの生命を創造した母。彼女の望みを叶えることが、彼の望みだ。

「ほら、みて！　はな！　も、も、もらったんだ！　ぼくが！　はははは！」

「あァ!?　花だァ～？　おい、メステルエクシル……そんなモンはなァ」

キヤズナは、彼の持つ花を奪い取った。

鮮やかな黄色をした、小さく愛らしい花であった。

そのままキヤズナは背を向けて歩き出した。

彼女の指先が何かを弾いて、後を追うメステルエクシルの掌中へと収まる。

花を収めた、硝子の小瓶であった。

「――こうして、もっと大事に扱うもんだ。楽しかったか、メステルエクシル！」

「へ、へへ……！　レシプトも、ネメルヘルガも、すごかった！　すごく、た、たのしかった！」

「……フ。そうかい」

彼女は深く笑う。勝利の味も、花の美しさも、全てを味わえばいい。

彼女の機魔（ゴーレム）は作品ではない。誰もが彼女の子供なのだから。

「まだだ！　まだまだ世界はこんなもんじゃないぞォ！　綺麗なモンも汚いモンも、なんでもある！　味わい尽くせ！　全部お前のモンだ！　生きる権利を何もかも楽しめ！」

「ははははははははははははは！」

「よォし、次だメステルエクシル！　こっから、もっと楽しいぞ！」

〝本物の魔王〟の時代は終わった。牙を研ぎ続けてきた魔王自称者が、深淵（しんえん）から目覚める時が来た。

これまでの戦いは性能試験に過ぎない。全ての敵対者との戦いを精算するための。

「つ、つぎ……！　まえの、へいたいさんみたいな!?」

「旧王国の連中を殺るより楽しいことさ」

飛行する。人を殴打で殺害し、焼却し、あるいは銃撃を繰り出すこともできる。人智を絶する修羅の領域において、その程度の所業など戦いにも満たぬ戯れでしかない。

黄都（こうと）には、彼女の迷宮をただ一人で斬った〝客人（まろうど）〟がいるのだという。

魔王自称者たる彼女の国を滅ぼし、長き雌伏を強いた嵐が動いたのだという。

全て、存在を許しておけぬ。彼女は災厄そのものにすら復讐の怒りを燃やしている。

「……〝微塵嵐(みじんあらし)〟」

そして彼女が作り上げたメステルエクシルは、災厄すら滅ぼす無敵の子供だ。


「殺す」


それは自分自身の命すらも形成する、真理の域へと達した詞術(しじゅつ)を使う。

それは死と再生を繰り返すたび、異界の知識を得て無限に成長する。

それは一つが残る一つを再生し、そして二つを同時に殺すことはできない。

必然の論理に無敵を証明された、真に無欠なる戦闘生命である。

生術士(クリエイター)／工術士(アーキテクト)。機魔(ゴーレム)／造人(ホムンクルス)。

窮知(きゅうち)の箱(はこ)のメステルエクシル。

ISHURA

AUTHOR: KEISO
ILLUSTRATION: KURETA

四節

殺界微塵嵐

十二　トギエ市第一街道関

トギエ市は、湿地帯沿いに位置する中規模の都市だ。〝本物の魔王〟の災禍の直撃を免れた住民は未だ多く残っているが、交通の便が悪いこともあり、決して大きな街ではない。

そのトギエ市が旧王国主義者によって封鎖されたのが三日前である。

一年近くの時をかけて市会へと食い込んでいたこの勢力はついにトギエ市の全実権を掌握し、街全体を軍事政権下へと置いた。以前より掴んでいた微塵嵐（みじんあらし）の経路予測と、正体不明の襲撃による後方陣地への大打撃は、旧王国主義者の行動を急がせるに十分なものであった。

「止まれ。どこの者だ」

そうした情勢の渦中である。ワイテより現れたおぞましきトロアが市より遥か手前の検問で見咎められたことも、当然の成り行きといえた。

「ギルネス将軍が兵を募っていると聞いたが。志願に来た。案内を願う」

非常識的な量の刀剣を背負った、長身巨躯（きょく）の山人（ドワーフ）であった。頭巾の暗闇から覗く眼光は地獄の底の如き冷たさを湛（たた）えており、明らかに尋常の存在ではない。

「……その風体で通すと思うか？　誰か仲介の者や、王国軍の紹介印は？」

「む……」

トロアは言葉に詰まった。

「……ない」

「ならば引き返せ！　トギエ市は現在出入り禁止だ！」

生まれてこの方、父とともに山中で過ごし、家事と鍛錬以外の経験がない。街に下りたことすら数えるほどだ。彼にとっては旧王国主義者の存在だけが、野盗から得られた数少ない外の情勢の手がかりであったが。

星馳せアルスは現在、最大の国家である黄都に属しているのだと囁かれている。黄都との戦争が本格化していくのなら、戦場で父の仇と見えることもあるはずだ。

そして、旧王国主義者を率いるギルネス将軍の魔剣——チャリジスヤの爆砕の魔剣は、父が奪わぬままに留めていた魔剣の一つでもある。その手がかりを欲してもいた。

「だが……その、どうにかならないのか。わざわざ来たのだが」

「帰れと言っている。その剣の重みで歩くのが億劫なら、市の鍛冶師を呼んでやっても構わんぞ。売り払えばそこそこの値にはなるかもしれんな」

「……」

トロアは迷った。当然、何も知らぬこの衛兵を切り捨てて進む選択肢はない。

とはいえ返す足で黄都へと乗り込み、星馳せアルスに直接戦いを挑んだとしても、それ以上の無辜の市民を巻き込むことになる結果は想像に難くない。

彼の父は、無関係な目撃者をも殺した。その罪は決して正当化されるものではないが、それでも父はただ魔剣を奪うだけではなく、犠牲を最小限にするべく努力をしていたはずだ。彼にもその努力が可能である限りは、そうしないわけにはいかない。

「どうかしましたか？　揉めているようですが」

やり取りの最中に関に到着した馬車の中から、降車してきた者があった。

兵士は即座に敬礼の姿勢を取った。

「は！　王国軍への入軍志望者とのことですが……まあ、見ての通り不審者です。こうした与太者は決して通しませんので、ご安心ください」

「ああ、その方なら」

その少年の年は、僅か十三ほどだ。白髪混じりの灰色の髪をしている。

「――私の紹介で来てもらっています。参謀補佐殿に直接引き合わせる予定でしたが、到着が少し前後してしまったみたいですね。私のほうが遅刻です。失礼しました」

「そ……そうでございましたか！　いえ、そうとは知らずこちらこそ無礼をいたしました。……あの。仲介の者はないと主張しておりましたが？」

「ははは。肝心の私がいなかったのですから、なかったでしょう。彼も随分困っていたんじゃありませんか？　エリジテ君、申し訳ない」

全くの別人の名を呼びながら、少年はトロアに手を差し出した。

「ワイテの山からその大荷物では疲れたでしょう。少しの距離ですが、市までお送りしますよ」

「……お前は」

少年の微笑みを前にして、トロアは小さく声を潜める。

「なんのつもりだ？　何故俺を助ける」

「いいえ？　助けてもらうのはこちらです。この話の流れであなたに帰られてしまうと、言い訳にとても困りますから。乗っていただけませんか」

「……」

他に打つ手がないのも事実であった。トロアは困惑しつつも、少年の馬車へと同乗する。

荷の検査もそこそこに、馬車はあっさりと検問を通過した。トロアの背負う剣が魔剣であると気付く者もいない。あまりに常識外れな数のために、その考えに至るわけもなかっただろうが。

客車の中で向かい合いながら、トロアは少年を観察した。トロアが背負う魔剣と眼光の圧力は、常人であれば威圧感だけで絶命しかねないものであるが、この子供は平然としている。

「……俺のことを知っていたな。お前はここの将官なのか？」

少年は、先程の会話の中でワイテの山の名を出していた。トロアの事情を知っていると、その単語で密(ひそ)かに合図を送っていたことが分かった。

「残念ながら、違います。旧王国主義者――彼らの言うところの王国軍の軍需物資の取引に多少ばかり関わらせていただいているだけの〝客人(まろうど)〟です。もう一つの質問への答えですが、あなたのことはもちろん知っていました。おぞましきトロア……ですよね？　驚いていないように見えるかもしれませんが、正直言ってすごく驚いていますよ。死んだと聞いていましたが」

「〝星馳せ〟如きに殺される俺ではない。それよりも、こんな手で本当に連中の軍に入れるのか？　市に入る以前の検問であの有様では、また同じような目に遭いそうだ」

「……えー。その件ですが、トロアさん」

少年は、膝の上で両指を組んだ。小さな上半身を乗り出して話す。

「あなたの目的にもよるでしょう。事と次第によっては、旧王国に加わらないほうが却って良い結果になるかもしれません。何故入軍したいのか、事情を聞いても構いませんか？」

トロアは答えに迷った。話したとして、少年は彼の味方だろうか？

だが、どちらにせよ不利益になることはない。おぞましきトロアの名を聞いたことのある者ならば、その目的を知らぬ者はいないだろう。

「……星馳せアルスを討ちたい。黄都との戦争で、光の魔剣を奪還する。俺は……俺は奪われた魔剣を取り返すために来た」

「分かります。なるほど。仲介の話ですが、あなたの名前と力量があれば、実際に入軍まで話を持っていくことも容易いでしょう。お望みならそれは協力できます。――ですが私が懸念しているのは、実際に戦争が始まり、軍が動いた時のことです」

馬車は湿地沿いの石畳をガラガラと進む。少年は人差し指を立てた。

「戦争は、全軍が一塊になって一度にぶつかるような戦いではありません。戦線投入の際には当然部隊分けがされますし、状況次第では黄都とは別方面に差し向けられたり、あるいは拠点防衛に回されるかもしれません。いくら優れた戦士でも、そうした働きこそが軍にとって重要な局面もありますからね。さらに言えば、それは黄都側のアルスにとっても同じ話です」

「必ずしも〝星馳せ〟と戦う機会が巡ってくるわけではない、と言いたいのか」

「……ええ。そして戦乱の中で星馳せアルスが討たれ、光の魔剣だけが散逸してしまう可能性もあるでしょう。少なくともこの目的に限っては、もう少し上手い手段があるということです」

「だが、旧王国の内からでなければ――」

「……チャリジスヤの爆砕の魔剣の所在を探ることができない。そうですね？」

「！」

「ははは、隠し立てする必要はありませんよ。ギルネス将軍の持つ爆砕の魔剣は、よく知られた噂ですからね。実はこれに関しても、この市内には既にありません。実は……」

「待て」

トロアは言葉を遮った。

駆け引きには疎いほうだという自覚はあるが、出会った時から、この少年の話運びに乗せられてしまっている。

「そもそも、何故俺なんかにそこまで教える。俺がおぞましきトロアだと知っていたなら、爆砕の魔剣の話など尚更伝える必要はないはずだ。お前は旧王国主義者の味方じゃないのか？」

「いいえ？　私は旧王国と取引してはいますが、旧王国主義者ではありませんから。それよりもむしろ、あなた個人と協力関係を結びたいと思っています」

「今思えば……検問でちょうどお前の馬車が来たのも都合が良すぎた。最初から俺が来るのを知っていたな。誰がそんな話を……」

ワイテの山深く、誰にもその居場所を気付かれることなく暮らしてきた。おぞましきトロアがこの地を訪れることは勿論、死んだはずのトロアが生きていることすら誰も知らなかったはずだ。

「……野盗か」

結論に辿り着く。あの日襲撃をかけてきた野盗。トロアはそこから旧王国主義者の情報を得た。

「ご明察です。エリジテ君は私の顧客の一人でした。おぞましきトロアの魔剣の回収に成功したなら、入軍の口利きをしてほしいと打診がありましてね。彼らの動向は把握していました」

「あの襲撃は」

おぞましきトロアの指が、魔剣の柄にかかった。

「……お前の差し金か？」

少年は、真剣にトロアを見つめたままだ。護衛もない客車の眼前で、完全な死の間合いにありながら、恐れも動揺も見せぬ。

「魔剣を手土産にするというのはエリジテ君からの提案でした。もっとも、それを知っていた上で止めなかったという点では、私も同罪と言えるかもしれませんけどね――そもそも、おぞましきトロアは死んだものと聞かされていましたから」

街道から外れた湿地の遠くに、蛇竜が地中から頭を出し、再び沈む様子が見えた。

魔剣に手をかけたまま、トロアは動かずにいる。少年も同じだ。

「……話を続けても？」

「……」

「結局、エリジテ君は殺された。それも魔剣によって。星馳せアルスとの戦い以降沈黙を続けていた――死んだと思われていたおぞましきトロアが彼らを殺し、しかもワイテから大きく動いた。彼がもはや人目に触れることを憚らず動いているのだとすれば、最初の狙いは野盗と接点のある旧王国の……チャリジスヤの爆砕の魔剣と見ました」

「……爆砕の魔剣を狙いに来ることを読んで、俺に接触したのか」

おぞましきトロアは、誰にも正体を知られることのない怪談であった。

今やそうではない。

「ええ。私は逆に質問しなければならないかもしれません。何しろ、あなたの目撃情報を辿るのはあまりにも簡単でした。……あなたの体格と武装は目立ちすぎる。これまで、どうやって誰にも知られず魔剣使いを殺してきたのですか？」

「……それは」

「おぞましきトロアの伝説は、本当にたった一人で作られたものだったんでしょうか？」

「……。そうだ……一人だ」

父の作った伝説だ。

今のトロアが魔剣に秘める超絶の奥義を再現できるのだとしても、それだけでは到底及ばない。

本当のおぞましきトロアはただ一人で、戦い以外の全てをも成し遂げてきたのだ。父を遥かに越える体格があっても、今の彼には戦うための技しかない。

「おぞましきトロア。私はあなたのお役に立てる確信があって、協力を申し出ています。魔剣の情報を収集し、あるいは人の目から隠すことも可能でしょう。お手伝いすることはできませんか？」

今のトロアには欠けている力がある。それは、この少年と協力することでしか得られないものであるかもしれない。トロアにはこの先を戦い続ける力はないのかもしれない。

「駄目だ」

それでも、拒絶するべきだと感じた。

「お前は俺を利用しようとしている」

「……」

拒絶を受けた少年は反論するでもなく、トロアの言葉の続きを待った。

「やはり俺の選択は間違っていた。どこかの軍に属して、見知らぬ誰かを斬ってしまえば、それは……それはおぞましきトロア以外の誰かの手に魔剣があるのと同じことだ。俺は、おぞましきトロアとして魔剣を振るわなければ意味がない。最初から気付くべきだった」

父を殺し魔剣を奪った星馳せアルスを討たなければならない。

それが他の何よりも優先すべき使命だと信じている。

だがそのために、魔剣の戦乱を生み出すべきではない。それは父の願いに反することだ。

（……父さんは、チャリジスヤの爆砕の魔剣を奪わなかった）

その存在を知る者が、関わる者が多すぎた魔剣。それを奪うことは新たな戦乱の火種を生むだけのことだと分かっていたからだろう。おぞましきトロアは、ただ無差別に魔剣を奪い尽くすだけの機械ではなかったはずだ。

　トロアは、少年に向かって頭を下げた。

「……協力の申し出には、感謝する」

　少年は屈託なく笑った。

「お力添えができないのは残念ですが、私の話が何かのきっかけになれたのなら幸いです。何しろ、こうした雑談しか能がないもので」

「交渉が決裂した以上、トギエ市に着く前に別れるべきだな。迷惑を重ねてしまうことになる」

「今後の当てはありますか？」

「……〝星馳せ〟を野放しにすることはできない。奴を誘き出す手立てを考える。爆砕の魔剣については無念だがな」

「……チャリジスヤの爆砕の魔剣は強奪されています」

「なんだと？」

「そもそもトギエ市の警戒態勢の強化は、それを受けてのものでもあったんです。襲撃事件を口実として、旧王国が市会を動かしたと……ああ。話題が横道に逸れましたね」

「奪ったのは誰だ」

「軸のキヤズナ。魔王自称者です」

　活動を再開した軸のキヤズナは、自らの最高傑作メステルエクシルを引き連れ、魔王自称者や武装勢力の襲撃を繰り返している。

彼女が旧王国軍の後方陣地を奇襲し、物資を強奪したのが五日前のことだ。襲撃事件の事実を知るのは旧王国主義者の中でも限られた者だけだが、その一件で既に甚大な被害が出ており、微塵嵐の情報を得ていなければ、黄都との開戦に踏み切ることも危うかったはずだ。

「必要ならば彼女の行き先をお教えできます。そして……あなたが星馳せアルスと戦う機会は、必ず来るはずです。他の誰かの介入なく、誰かを巻き込む恐れもなく、一対一で戦える舞台が」

「お前は……」

この少年とは先程出会ったばかりだ。

だが短い会話の中でトロアが抱え込んだ事情を全て洞察して、触れられたくない部分に踏み込むこともなく、ただ一人で戦う彼が持ち合わせていないものを与えようとしている。

危険な敵対者のようにも、善意の助力者のようにも、印象の移ろう男だ。

トロアは、彼の素性や情報の出処以上の根本的な疑問を尋ねることを忘れていた。

「どうして俺にここまでしてくれるんだ？　……俺はお前の味方にはならない。そうして世話を焼いたところで、何もお前に見返りなんてないだろう」

「――さて。どうしてでしょうね。どうにも職業病のようなもので」

〝灰髪の子供〟は、愉快そうに笑った。

「気に入った話し相手には、親切にしてしまうんですよ」

十三 ◇ グマナ交易点

黄都の南方。入り組んだ峡谷が複雑に交差するその地形は、自然に形成されたものではない。先人が切り立った峡谷を通すように地形を切り拓き、王国と南方都市を結ぶ大掛かりな交通路を作り出したのだ。

そうした経緯があり、行き交う隊商の拠点として多数の宿場と市場が設けられたこの一帯は、厳密には都市として扱われていない。グマナ交易点と呼ばれている。

だが今のこの地には、昼夜問わず行き交っていた商人達の姿はない。峡谷を埋め尽くすように駐留しているのは、近く襲来する自然災害の観測と対処を担う黄都軍である。

「微塵嵐ってさあ。僕も聞いたことはあるんだけど」

その中に、将の装いをした僅か十六の少年が交じっているのは奇異な光景だった。

仮設の作戦本部から峡谷の光景を見下ろして、戦術卓に片肘を突いている。

黄都二十九官最年少の男だ。第二十二将、鉄貫羽影のミジアルという。

「台風とか日照りみたいなものでしょ。天気じゃん。こんなに兵隊連れてきたって、意味なんかないでしょ正直。数さえいりゃ止まるってもんじゃないんだからさ」

「今までの説が正しかったらそうなるんでしょうけどね」

答えた男は、隻腕である。第二十五将、空雷のカヨン。最高官僚としては例外的な年少であるミジアルの能力を補って余りある傑物であると評価されている。

「けれど、ヤマガ大漠特有のはずの天候がこの距離を動いて黄都まで迫っているって時点で異常なのよ。実際、ジェルキが言っていた説で考えたほうが筋が通るわ」

「正体が天気じゃなきゃ止められるって？」

「どうかしらね。もしも情報が正しければ、嵐よりまずいものかも」

ミジアルの懸念も、もっともなものだ。仮にヤマガ大漠の微塵嵐そのものが襲来しているのだとしたら——黄都の兵士に可能なことは何一つない。鉄鎧すら猛烈な砂塵の粒子を防ぐことはできず、肌が微塵に削られて死ぬだけだろう。

「でも何もしないまま待つだけなら、それこそ黄都軍は何やってんのって話になるでしょ。最低でも避難誘導と資材の移送支援、あとは復興の補助。微塵嵐の観測以外にもやることは山程あるわ。到達まで時間は全然ないもの」

「それでも人手使いまくりだよなー。旧王国やらオカフの方だって大変だろうに、こんな動員しちゃってていいのかな。それだけ緊急事態ではあるんだろうけどさ」

鉄貫羽影のミジアルは、後方での作戦指揮よりも前線における切り込みで才覚を発揮する類の武官である。この事態に即応可能な二十九官が限られていたためとはいえ、今回の配置には多少の不満があった。

「ってか、実際の指示はほとんどカヨンが出しちゃってるじゃん。僕なんかお飾りだよお飾り。旧王国の方に行きたかったな。あっちはオカフより戦争になりそうな感じするしさ」

「あのね。真面目にやりなさいな。アタシが手を離せない時はアンタが責任者なんだから」

「じゃあ聞くけどさ」

ミジアルは、卓上にべったりと頬をつけた。

「……やっぱ、作戦に対して動いてる兵士が多い気がするんだよね。商人連中を追い出したのって絶対、避難誘導だけじゃないでしょ」

「そうね」

カヨンは当然のように答えた。グマナ交易点への駐留に際しこれだけの人員を投入したのは、それほどの緊急事態であるという印象を使い、住民を動かす効果を狙ったものでもある。大軍が要する水や食料は現地のものを接収し、損失分は黄都(こうと)にて補填する形で円滑に駐留を行うことができた。住民を誰一人残さず、黄都(こうと)軍がこの地点を占拠すること自体が目的であった。

「万が一にもこっちの切り札を見られたらまずいでしょ。少なくともアタシ達が微塵嵐(みじんあらし)に対処しなきゃならないことは、旧王国側も知ってるんだから」

「まあ、言われてみればそっか。行商なんてどの勢力の間諜が混じっててもおかしくないもんなぁ。少なくとも旧王国の問題が片付くまでは慎重に行くってことね」

微塵嵐(みじんあらし)への対応は、単発の災害への対応とは事情が違う。様々な視点が重なり合った情勢を大局的に判断することが求められる、軍事作戦だ。

「ジェルキの持ってる予報では、グマナを越えた直後に微塵嵐は東に逸れるわ。その先のサイン水郷を通過して、山脈を迂回する……それで、黄都到達」

「黄都でもヤバいんだから、サイン水郷なんて田舎町じゃ全滅だよなー」

「つたく、縁起でもないこと言わないの」

いかに多数の兵を動員したとしても、到達予測まで二日未満という状況で避難可能な住民の数には物理的に限度がある。被害の緩衝地帯を作り出すことが可能だったのは、滞在者の大半が移動手段を持つ商人であり、都市規模に満たないここグマナ交易点のみだ。

これ以降の通過都市は全て、市民の人的被害を免れ得ない。

「精々気張りなさいな、ミジアル。助けて感謝される仕事も悪くないわよ」

「……やるけど。感謝とか全然いらないな。面倒くさいし」

◆

陣地の片隅で、まるで影と同化するように座り込んでいる者があった。

兵士達が休みなく動き回っている只中で彼だけが何もしていないように見えるが、その実この場の誰よりも集中し、気力を費やしている。名を戒心のクウロという。

(妙な連中が入り込む隙間はない……今のところは)

人や物資を含めたグマナ交易点のあらゆる存在が入れ替わる今、彼は周囲の全てに気を配り、不審な存在の侵入がないかどうかを警戒していた。

　市場に流れている微塵嵐の情報を黄都が遅れて掴むことは、旧王国主義者も承知の上であるはずだ。ならば黄都がこうして何らかの対応に出ることも、警戒線としてグマナ交易点を選ぶであろうことも、読まれていることを前提で動くべきだ。

「周りは黄都の兵隊さんだけだよ。怪しい人はいないよ」

　翼の両腕を持つ少女が、クウロの頭上を舞う。その小さすぎる体は、遠目にはただの小鳥のようにも見える。彷いのキュネーは、生まれつきそのような異形に造られた造人だ。

「休んだほうがいいよ、クウロ。作戦前は休んでてって言われてるよ。ね」

「……警戒するに越したことはないさ。俺の目は、見えているものしか見えないからな」

　天眼の感覚を失った今のほうが、鋭敏であった頃よりもむしろ情報刺激による疲労が大きい。

　かつては、目を閉じていても周囲の光景が鮮明に見えていた。クウロはずっと、常人の〝目を閉じる〟という感覚を知らなかった。

　才能を失った今は、それがどういうことなのかが分かる。

　見るように努力しなければ何も見えない世界がどれほど恐ろしいものであるのか。瞼を閉じて次に開くまでの出来事を認識できない世界。眠るということが完全な感覚の遮断である世界。

　クウロにとってそれは、休む間もなく繰り返し訪れる死の瞬間そのもののように思える。

「目を離した瞬間に何かが起こったらと思うと、怖くならないか？」

「クウロは真面目すぎるよ。もっと――」

「もっと、何だ」

「……。なんでもないの」

『もっと気を楽にしていい』『逃げてしまってもいい』。そのような慰めを言おうとしたのだろう。それがクウロにとって最も無意味な言葉であることを、キュネーも理解しているのだ。

(無理だ。俺は何もかも見ていないと安心できない)

目に見えない全ては理由もなく変わる。

理由のない才能は何の理由もなく失われて、理由のない戦乱の時代は、理由のないままに終わった。そして彷徨いのキュネーは、理由もなくクウロを信頼している。

戒心のクウロにとって、理由がないことは恐怖に等しい。

「キュネー。俺の作戦は微塵嵐の観測だ」

クウロは、懐のキュネーに呟く。

「黄都は微塵嵐を消すつもりでいる。連中にとっては……〝伝説の天眼〟が観測の切り札で、お前が必要なわけじゃない。ついてくる理由はないんだ」

ラナやジズマ。〝黒曜の瞳〟の多くの者達と同じように、戒心のクウロは常に戦場にあった。その日の命を繋ぐために自らの命を賭さなければならない矛盾。

全てが台無しになる予感があった。きっと微塵嵐こそが、クウロの感じていた災厄そのものだ。キュネーをその惨禍に巻き込んで良いのかどうかを迷い続けてきた。

(死ぬのが怖い。殺すことが怖い。誰だってそのはずだろう)

――あの日、蛇竜（ワーム）を一瞬にして切断した剣士を見た。あまりにも次元の違う、クウロとは異なる存在。今の黄都（こうと）にはそのような力がある。〝黒曜の瞳〟から逃れ、生き延びるために全てから逃げ続けた先で、それ以上逃げられない力が彼を捉えた。

（……誰だってそのはずなのに、逃げていちゃいけなかったのか？）

「わ、わたし、一緒に行くよ。クウロ」

「お前の方はまだ逃げられるだろ」

キュネーは愚かで、それがどれだけ得難い権利であるのかを知らない。

「……あのね。クウロが死んじゃったら、わたしも生きてられないと思うの。だからクウロのこと、絶対に助けるよ。一緒にいようよ。ね。大丈夫だよ、クウロ！」

「薄っぺらいこと言うな。お前がどうやって俺を助けるっていうんだ」

それでも、そんな言葉にクウロは昏（くら）く笑った。

随分長い間、笑えてはいなかったように思う。

「契約は継続だ。報酬は何がいい、キュネー」

「あとでいいよ。ね。今、欲しい物じゃないの」

「……」

きっと、いつものように他愛のないものなのだと分かっている。

クウロがどんな報酬も惜しまないつもりでいても、彼女は安いガラスの玉やどこでも手に入る果物のようなものを喜ぶ。

それを知っていて彼女の愚かさを利用している自分自身に嫌気が差す。彼自身も、結局はキュネーから奪いながら生きている。

彷いのキュネーを利用しなければ、彼は世界の暗闇から逃れることができない。天眼の力を持つ伝説の男が、才覚もなく悪意も持たない、ただの造人の少女を頼らなければならなかった。

だが、今は違う。

(――俺の相手は微塵嵐だ)

乾いた風が吹いている。今はごく弱い風だ。

生存すら許さぬ災厄の嵐の只中では、キュネーを頼ることはできない。自分の目だけで戦わなければならない敵だ。

クウロは空を見上げた。無表情な太陽が黄色い光を放っている。

(どこまでも戦いだ。戦いばかりだ。……お前には何もできないほうが幸せだよ。キュネー)

唯一持ち合わせていた才能すらも、何かを奪うことにしか使えなかった。無限に広がる可能性を見ることができていても、クウロはいつだってその道を選んでしまう。

生きることが彼の望みだ。何一つ奪うことなく生きていきたいと思う。

奪うということは、他の誰かに依存しながら生きていくということだから。

五日前。

近隣の市より派遣された四名の観測隊が、その通過跡へと訪れた。

黄都所属の辺境部隊である。長距離ラヂオにて第三卿ジェルキから命じられた任務は、ヤマガ大漠より移動中とされる微塵嵐の痕跡調査。

普段見ているものと同じ、緩やかな起伏を持つ草原地帯が続いている。街道からは大きく外れ、足場がやや荒れているものの、観測隊の彼らは、この程度の地形ならば日常的に踏破している。

いくつかの蟻塚が短い草の合間から覗く。空の遠くには山脈が青く霞んでいた。

「……本当に大丈夫なんだろうな？」

「何がだ」

「いや例の微塵嵐、普通じゃあり得ない経路で動いてるって話だろ。ってことは俺達が到着した途端、引き返してくるってことはないのかよ」

「ハッ、バカな心配してやがんなオイ」

「こいつの心配性は筋金入りなンだよ」

「辺境の観測手なんてそれくらいじゃなきゃ務まらねェわな…………おい」

四人は下りの斜面の手前で立ち止まった。誰が合図するでもなく、そうした。

坂の下には彼らが見たこともない光景が広がっていた。

「なんだ、こりゃ」

「待て。待て待て待て。その……砂嵐だか台風の一種なんだろう、微塵嵐ってのはよ」

——均質な地形だ。そうとしか表現できない。

全てが根こそぎ消えた地表があったわけではない。逆だった。砂丘のように起伏があって、自然の風によって形成された砂紋の如き跡が見えた。本来の地形を無視して、忽然とそのような光景が現出している。

「…………こんな風になるか、普通」

それだけ、全てが微塵だった。

「おいおい、尋常じゃないぞ。これが向かってるのか？　黄都は大丈夫なのかよ……おあっ」

観測隊の一人が転倒した。足元の斜面が突如として崩れたのだ。彼は柔らかすぎる坂道を転がり落ちて、遙か下方で倒れた。

「おい！　おーい！　大丈夫か!?」

「だ、大丈夫だ……だが何だろうな、この砂は。こうして囲まれてると酷い臭いだぜ。そこまで登るのに取っ掛かりになるものがなさすぎる。綱を取ってきてもらうしかないかもしれん」

「……有機物が腐っているんだろうな」

坂の上にいる一人が、足元の砂を掬いながら言った。

「経路上の生き物が……獣だろうと植物だろうと、骨までバラバラにすり潰されている。きっと巻き込んだ水分や土も一緒くただろう。たった一日でも、微生物がすぐ繁殖する」

「この目で見ても信じられないんだが……自然現象としてあり得るのか？　大洪水で根こそぎにされた街を見たことがあるが、それでもここよりはまだ……なんというか、形が残ってた。砕けた材木やら死んだ小魚やらがごちゃ混ぜになってたが、一つ一つが何かは分かった。意図的にそうでもしない限り、こんなに細かく刻むってのは……」

「……」

先程砂を掬った観測手は、手の中の砂を仔細に掻き分けて観察する。

海岸で見られる貝の欠片のような、ごく小さな白い骨片がある。黒く形を失った葉の断片のようなものがある。砕かれた結晶のようなものがある。何らかの金属らしき破片も。

「誰か一度でもヤマガ大漠に行ったことがあるか？」

「いや、俺はない。なんとなく怖い場所だって印象があったのかな。婆ちゃんの友達が見たっていう、微塵嵐の話を聞かされたもんだよ」

「俺もだ。こういう仕事についていて何だが、イターキまで行ってもその先を見ようとは思わなかったな。そもそも人だって本当に住んでるのかね、あそこ」

「――いつからそう思われているんだろうな」

微塵嵐はヤマガ大漠という閉じた環境のみで起こる現象だった。だからその恐ろしさは伝説になってはいない。だが、それを目の当たりにした者にとっては、何よりも恐るべき死の気象であったはずだ。多くの死をもたらした大洪水や大地震が、数百年語り継がれることがあり得るように。計り知れないほどの長い年月の中で積み重なった証言の恐怖が伝播して、それは直接見たことのない彼らの認識にすら、ごく薄く刻み込まれている。

ヤマガ大漠は危険だ。微塵嵐が吹くのだからと。

「砂漠の気象だから、誰も気付かなかったのか。何もかもを砂に混ぜて消し去ってしまう……だから、本当の異常性が知られずにいた……」

ヤマガ大漠は露出した岩石地形が極端に少ない。六割近くが砂に覆われた土地であるのだという。その原因は不明だ。いつからそのようになっているのかも。

「お、おい」

別の一人が、引きつったような声を上げて後ずさった。

「だ、駄目だ。もうここは離れよう。俺は帰る」

「……いきなり何言ってやがる」

「第三卿からの命令を忘れたのか？　落ちたあいつも引き上げなきゃならないだろ」

「い、いや、でも……おい、気付かないのか!?　耐えられるわけがないだろ！」

彼は地平線の方向を注視していた。

何の変哲もない山脈と湖がある。それを恐れている。

「……はは。や、やっぱりそうだ……。間違いない。そうだろう。台形の山があって、その隣に急な岩山が……で、湖……湖が、見えるってことだろ。おい」

「おい、何なんだ結局！　頭がイカれたならお前も下まで突き落としてやろうか？」

「イカれてるのはそっちの方だよ！　お前ら何年ここで観測手やってるんだ！」

彼は斜面の下へと視線を落とした。斜面。低く落ち窪んだ、広大過ぎる無の地形。

四名は近隣の市の観測隊だった。この付近を何度も哨戒したことがある。

「ここの地形は丘だっただろうが！　何もなくなっちまったんだよ！　本当に……何も！」


災厄の到達まで、一日。

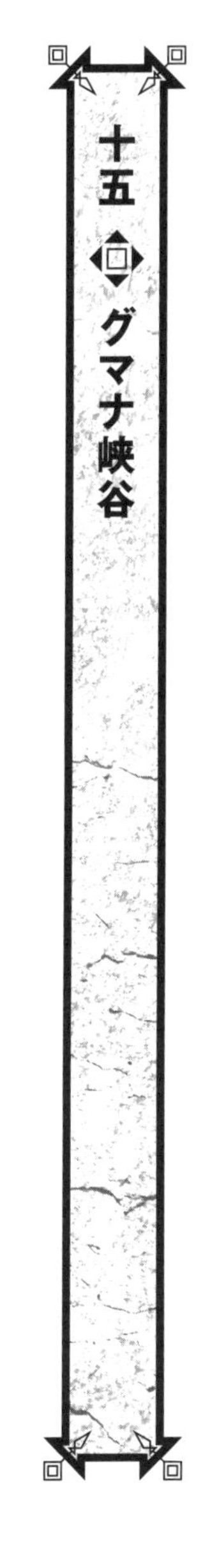

十五　グマナ峡谷

切り立った崖に挟まれた道を、奇妙な鉄の車が走行していた。馬に牽かれず走っているそれは馬車ではない。しかし蒸気を吐き出している様子はなく、黄都で普及しつつある蒸気車でもないことが分かる。

それは世に知られぬ技術の産物である――即ち魔王自称者の業だ。

「何だ、行商連中は皆引き払っちまったのかい。質の良いラヂオ鉱石でも巻き上げられないか期待してたんだがねェ」

異様な車の前部座席に乗る老婆の名を、軸のキヤズナという。

彼女の最高傑作たる窮知の箱のメステルエクシルは屋根のない後部の荷台に座っている。車内には収まらぬ巨体だ。

荷台にはこの機魔だけではなく、大小様々な器具が積み込まれている。彼女らが旧王国主義者を襲撃して奪った物資であった。機魔の材料となり得る魔具および希少金属。

そして先程からメステルエクシルが振り回している剣こそは、旧王国の象徴――チャリジスヤの爆砕の魔剣である。

「はははははは！」

「そいつが気に入ったのか、メステルエクシル！」

「うん！　いわとか、てつとか、ばくはつして、お、おもしろい！」

「旧王国の連中、雑魚どものくせして宝だけは一端(いっぱし)に蓄えてやがったな。見たかメステルエクシル？　どいつもこいつもゴミみたいに吹っ飛びやがって。兵器の使いがいがねェわな」

「は、ははははは！　で、でも、たのしかった！　やねのうえまでとんだ！」

「おう、よく飛んだな。人間(ミニア)ブッ飛ばすのは楽しいよな」

「うん。でも、ぶっとばして……ぶつけると、き、き、きたなくなっちゃう。なんでかな」

「そりゃ内臓が出てくるからだな」

「ないぞうって、なに！」

「……魔族(ゴーレム)以外の連中の腹ン中にも、体を動かす機械が詰まってんのさ。お前と違って、柔らかくて替えの効かねえもんがな。ま、大してありがたいモンでもねェ」

　車が速度を上げる。

「勝てよメステルエクシル！　内臓で動くような連中と違って、お前は不死身だ。造人(ホムンクルス)の寿命限界も、機魔(ゴーレム)の命の刻印もお前にはねェ！　魔剣だろうがなんだろうが、勝った奴には奪う権利がある！　相手が〝微塵嵐(みじんあらし)〟だろうとな！」

「うん！」

　彼は出し抜けに叫んだ。

「あっ！　か、かあさん！　あったよ！　き、き……き」

「気流だな！」

メステルエクシルは、球状の頭部をキョロキョロと回した。

「うん、きりゅう！　こ、こっちから、きてる。ちかくにいる！」

「よし、さっきまでの自然の風とは逆方向……計算通り〝微塵嵐〟はこの近くにいる。海辺の街からでも、アタシの戦車機魔の機動力は〝微塵嵐〟にも十分追いつけるってことが証明されたわけだな。ミルージィの野郎に見せてやりたいもんだ」

「すごい！　ぼくの、きょうだいは、すごいんだなあ！　ははははは！」

二人が乗る奇妙な車は、厳密には車ではない。移動に特化した戦車機魔だ。メステルエクシルのような確固たる心を有する個体ではないが、それでも詞術によって自律的に機動し、この時代の常識を遥かに越える速度で走行することができた。

「……お前にゃ関係のない因縁だがな、メステルエクシル」

常人ならば生涯出会うことのない、辺境の異常気象。彼女にとっては忘れがたい名だ。

「こいつだけじゃない。ずっと昔はお前の兄貴どもが何千といた。ヤマガ大漠を挟んで、イターキの反対側にな。アタシも国を持ってたんだよ。機魔の国だ」

「そ、そうなんだ！　にいさん！　かあさんの、くに！　すごいな！」

「――ヘッ。凄いだろう。だがアタシの国は滅茶苦茶にされて、お前の兄貴どもも皆殺しにされた。

〝微塵嵐〟の野郎が……あのクソが、砂漠から出てきやがったんだ。それまでそんな素振りは全然なかったのに、アタシの国を潰す時だけは動いてきやがった。黄都に向かっているのだってそうなんだろうさ——人の国が力を持つと、〝微塵嵐〟の野郎が潰しに来やがる。アタシの知る限り、最低の腐れ災害だ」

卓越した工術の才を持って生まれたキヤズナの子供時代に、機嫌の良い時など殆どなかった。他の誰かに暴力を振るう時か、機械を扱う時にしか笑わなかった。

いつしか魔王自称者と呼ばれ、人族の大半が敵に回ってすら、キヤズナは同じように不機嫌で、そこに失望も落胆もなかった。自分以外の人族は本質的に彼女を不愉快にさせる存在であって、自分が世界を嫌うのと同じように、世界が自分を嫌うことを受け入れていたからだ。

「ナメやがって。力の何が悪い」

だからこそ、彼女が真の意味で怒りを向ける対象は少ない。

彼女が残したナガン大迷宮に群がった学者が周辺に都市を作り上げた時も、呆れはしても怒りはなく、ただ為されるがままに放置していただけだった。

軸のキヤズナが真に憎悪するのは、子供を殺した者だ。

「技術は不死だ。科学は諦めねェ。相手が〝微塵嵐〟だろうとなんだろうと、誰にも殺されない子供がお前だ。……メステルエクシル。お前は、気に食わねえ野郎どもを何もかもブッ殺せる。どこまでも勝ち続ける、無敵の子供だ！」

「ははははは！　にいさんがいなくたって、だ、だいじょうぶだよ！　ぼ、ぼくはさいきょうだから！　さいきょう！　かあさんのおねがいを、かなえるからね！」

「……ああ。お前自身の願いができるまではそうしな。本当に無敵な奴は、誰の願いを叶えたって有り余るくらい楽勝なのさ。〝微塵嵐（みじんあらし）〟如き、相手にもならねえって思い知らせてやれ！」

軸（じく）のキヤズナは、災害にすら喧嘩を売るつもりでいる。

――敵が人智を絶する殺戮の気象であろうと〝本物の魔王〟であろうと、あらゆる脅威に阻まれることのない自由を。それが軸（じく）のキヤズナの望みだ。

彼女の駆る戦車機魔（チャリオットゴーレム）は峡谷の開けた位置へと出た。微塵嵐（みじんあらし）を待ち受けるに都合の良い地点だ。

だが、その進行方向には……

「おい。どこの馬鹿だ」

大きな人影があった。微塵嵐（みじんあらし）が今まさに峡谷へと迫りつつある状況である。

馬車もなく一人でこの場に立つということは、自殺志願に等しい。

「かあさん！　かあさん！　すごい！　たくさんの、けんだ！　ははははは！」

「……剣だァ？」

キヤズナは目を凝らしてその様子を見ようとした。

戦車機魔（チャリオットゴーレム）の大質量が横転した。

前触れのない斬撃にメステルエクシルは瞬時に反応し、キヤズナを抱えて跳んだ。一直線に切断された六輪の残骸が宙を舞って、落ちた。

「なんだテメェ。ご挨拶なヤロウだな」

「……爆砕の魔剣を渡せ」

獣の如き前傾姿勢を取る、大柄な山人(ドワーフ)である。

荒唐無稽なほどの物量の剣を背負っている。死神の如き眼光がキャヤズナ達を見据えている。

一瞬の内に戦車機魔(チャリオットゴーレム)の車輪を切断した武器は、巨大な鎌部を有する斧槍だ。

魔剣である。

「ははははは！　だれなのかな！　つよそう！　けん！　か、かっこいいなあああ！」

「ブチ殺してやる。名乗りな」

彼は魔剣を持つ者の下に訪れる不可避の運命なのだという。一度死に、地獄に落ちてもなお。

「おぞましきトロア」

そして今、チャリジスヤの爆砕の魔剣の所有者は――

◆

メステルエクシルとトロアの交戦地点より遥かに離れた崖上。この両者にも悟られぬ距離と隠密能力を以て状況を観測する者がいる。

彼の足元には、極めて緻密な格子の線が引かれたグマナ峡谷の地図が広げられていた。

戒心(かいしん)のクウロである。彼はラヂオ越しに、グマナ交易点の本部へと報告を述べた。

「観測状況を報告する。軸(じく)のキャヤズナ及び護衛の機魔(ゴーレム)が、正体不明の剣士と交戦している。……い

や。剣士は拮抗している。少なくとも俺が見る限り……魔剣だ」

機魔の右腕が一瞬にして奇怪な銃身の束と化して、火線の雨を横殴りに流した。

魔剣士が振るった剣はその機魔に届いていないように見えたが、何らかの干渉によって銃身が逸れ、曲げられた銃撃の嵐の隙間を一歩で潜り抜けている。別の剣が触れ、壮絶な火球がその場に生じた。魔剣の能力が機魔を爆破したのだ。

（何が起こってる）

一連の状況は完全にクウロの想定の外だ。

（この戦闘が長引けば、ここに微塵嵐が到達するぞ。あの軸のキヤズナが……最強の工術士が、こんな災害に巻き込まれて死ぬっていうのか？）

さらに正体不明の魔剣士までもがこの場に居合わせている。

キヤズナ製の機魔を圧倒する実力。クウロが確認する限り三種以上の魔剣をただ一人で扱う使い手。そのような例外に当てはまる存在は、クウロの知る限り一人しかいない。

「幽魔かな？　ね、それか屍魔……」

コートに隠れるキュネーでは戦闘の光景を知覚できるはずもないが、それが何者を意味するのかなど、クウロの報告を聞くだけでも理解できることだ。

「……死んだはずの化物が蘇ると思うか？　屍魔や幽魔は、見た目は素体になった奴と同じだ。だが屍魔だって、心臓は動かない」

目を開いてただ一点に集中する限りは、衰えたクウロにもそれが見える。

「奴の心臓は鼓動している」

「じゃあ。ね。偽物かな。トロアが死んだ後で、魔剣をたまたま拾った人かも」

「そうなのかもな。……だが屍魔や偽物だったとしても、意味なんてないかもしれない」

メステルエクシルの背部に噴射炎が灯った。音速に迫る突進をトロアは回避している。両者がすれ違い、超高速で剣の間合いの後方へと出た一瞬、機魔は後ろ手に銃口を向けた。射撃音。銃身が破裂した。暴発。

その銃口は結晶の如き構造で埋まっていた。すれ違うと同時、トロアも銃身を狙って魔剣を投擲していたのだ。剣身が接触した生命へと霜の如き微細な結晶を侵食させ蝕む魔剣の名を、バージギールの毒と霜の魔剣という。その致死性は機魔であろうと例外はない。

トロアは敵に向けて踵を返すと同時に鋼線を手繰り、今しがた投擲した魔剣を瞬時に手元に戻した。背に張り巡らせた無数の線を介して、同時かつ多重の魔剣運用を。悪夢的な技術だ。

「少なくともあそこには……何本もの魔剣を使いこなして、キャズナの機魔と渡り合う化物がいる。おぞましきトロアだ。奴は生きている」

◆

軸のキャズナは戦線からやや離れた位置で、車輪を修復した戦車機魔の動作を確認している。たかが横転した程度で壊れるような耐久性に作ったつもりはないが、微塵嵐を相手取る必要がある以上、想定外の不具合は致命傷に繋がりかねない。

不具合のある部品はすぐさま工術で形成し、交換を施す。初めて訪れる土地の土から複雑な機械部品を構築するキヤズナの工術は、それだけで常人には及びもつかぬ絶技だ。

「やりやがる。ムカつく野郎だ」

舌打ちをする。修羅二名の戦闘は続いていた。メステルエクシルが圧倒されている。

膂力や速力では言うまでもなくメステルエクシルが上であろうが、おぞましきトロアはその戦闘技術と対応力において、メステルエクシルの遥か上を行っている。

「メステルエクシル、結晶だ！　そいつは侵食する魔剣だぞ！」

「わ、う、うで！　ぼくのうでが！」

先程銃身を暴発させた微細結晶は、左腕を伝ってメステルエクシルの胴体にまで遡りつつあった。肩部に炎の線が走り、左腕が地面に落ちる。自ら切り離した。

「うでが！　なくなった！　はははははは！」

「腕で留めるつもりはない」

トロアは別の魔剣を宙で振り抜き、刃を返した。

「命をもらう」

彼の一連の動きは斬撃であったが、それはメステルエクシルに触れてもいない。だが、その装甲の内側を無数に切り刻んでいる。神剣ケテルク。一切の障害を無視する不可視の斬撃延長は、鎧の内を――機魔の弱点である命の刻印を直接切り裂くことすら可能だ。

「ま、まだ、まけないぞお！」

不意の銃撃を避ける。メステルエクシルが活動を停止する様子はない。

（……命の刻印に当たっていないのか？　この機魔(ゴーレム)の核はどの位置にある）

先程直撃させた火球の魔剣――ネル・ツェウの炎の魔剣はこの敵の装甲に対し有効ではない。恐るべき速度で連射される銃弾には、ファイマの護槍による自動の反応防御も役には立たない。

この敵に対応可能な魔剣は、接触部位から結晶体を侵食させる、バージギールの毒と霜の魔剣。不可視の斬撃延長を持つ、神剣ケテルク。

十分だ。

「構わん。爆砕の魔剣を渡すまでお前の全身を刻むだけだ」

「んー……トロアは、だ、だれの、こどもなの？」

「何……？」

予期せぬ質問だった。戦術の組み立てが完了した以上、間髪を入れず斬り掛かることが、本来ならば最適の行動だったのだろうが。

「ぼくは、メステルエクシル！　い、いろんな、まぞくのこどもと、たたかった！　トロアも、ト、トロアのかあさんに、つくられたんだよねえ！　つよいからなあ！」

「……俺はおぞましきトロアだ」

あれ程までに無慈悲で致死的な攻撃を繰り出しながら、この機魔(ゴーレム)には敵意というべき意志がない。戦う理由があるのはトロアの側だ。

「爆砕の魔剣を、渡せ！」

魔剣士は、その莫大な積載量を感じさせぬ速さで踏み込んだ。メステルエクシルが対応手段を持たない左方向から、毒と霜の魔剣で胴体を直接結晶化する狙いであった。

この接近に対しては、先程見せた燃料推進によって距離を離すことも可能だろう。その時には加速の瞬間に合わせて神剣ケテルクの遠隔刺突〝啄み〟を突き込み、平衡を崩して転倒させる。

メステルエクシルは動かずにいる。

（これは）

腰の鎖に吊った自動迎撃魔剣、ファイマの護槍が反応した。下方から飛来物。毒と霜の魔剣でそれを叩き落とす。結晶化が進行したメステルエクシルの左腕であった。

（俺を逆に感染させようとした！　体から切り離された部位も、動かすことができるのか！）

「【エクシルよりメステルへ。水銀の鰭。貪食する鏡。雲海天秤を合つ】」

トロアが左腕を防御した一瞬の内に、あり得ざるほどの複雑工程を詠唱し終えている。

メステルエクシルの右腕の構造が組み変わっていた。後部が長く伸びた砲身じみた筒だ。箱の如き機構と照準器が備わっている。トロアはもう片手の魔剣を振るった。

「【――随え】。〝FIM-92Cスティンガー RMP〟」

「〝啄み〟ッ！」

初撃のガトリングガンを凌いだように、神剣ケテルクの遠隔刺突は兵器の照準をトロアから逸らしている。恐るべき速度の飛翔体は、直上に向かって撃ち出された。

――音速の2.2倍で機動する小型ミサイルである。

それが追跡する熱源は、たった今トロアが防御したメステルエクシルの左腕だ。

胴体部への侵食を切り離し、遠隔の攻撃手段としてトロアの足を止め、工術(こうじゅつ)を詠唱し、そして無数の選択肢を有する魔剣士の対応手段を使い切らせる。

(まずい)

ファイマの護槍(ごそう)の反応より速く、空気を切る音でその接近を認識する。だが、既に遅い。

神剣ケテルクの〝啄(ついば)み〟を繰り出した直後だ。

「おおおおおおっ！　〝高(たか)……鳴(な)き〟！」

ネル・ツエウの炎の魔剣を、上腕に括(くく)りつけたままの状態で振るった。

一瞬の熱波が空を走った。スティンガーミサイルはフレアにも似た異常熱源に動きを乱され、切り立った峡谷の崖面に激突して破砕した。

腕を用いず、上半身の筋力のみで強制的に魔剣奥義を発動する。

トロアの体格でなければ不可能な絶技であった。

空中で軌道を変える以上、燃料による推進であろうと見た一瞬の判断が生死を分けた。結果的には狙ったような燃料への誘爆ではなく、繰り出した熱そのものが有効打となったが。

「【全土劫火の追懐滴る怪彩の至る動脈下焦へと斑なる嘴見えざること(aresot hechat locoysodbroitenent pit abmalsbideklais saiber)――】」

(こいつは)

メステルエクシルは右腕の構造を戻し、失った左腕も土から構成しつつある。

（……決して知性のない機魔（ゴーレム）じゃない。俺の技と速さを見切って、それに対応をしている）
重火器を錬成してからの照準では、出掛かりを〝啄（ついば）み〟に阻止されることを学習している。故に照準を外されても問題のない誘導弾を選択したのだ。

「はは、はははははは！　ぼくは、つよい！　か、かあさんが……だれにもころされないっていったから、ころされないぞ！」

敵意なきままに、しかし機械じみて確実に、最適の戦闘行動を選択することができる。相対してこれほど恐ろしい相手はいないだろう。まさしく、もう一つの鉄の死神だ。

（対応しろ。もっと全てを魔剣に委ねなければ、俺の負けだ）

右腕が直感的に動いた。魔剣が横合いからの銃弾の雨を弾く。

無数の楔（くさび）状の鋲（びょう）で構成されたその剣は、磁力じみた配列を組み替えることで、盾にも剣にも自在に変ずる。凶剣セルフェスクという。

今しがたの攻撃は、メステルエクシルとは別の方向からだった。

「魔剣を奪おうだなんて、バカな真似はやめな」

（……こいつも兵器を使うのか）

軸（じく）のキヤズナである。修復を完了した戦車機魔（チャリオットゴーレム）の屋根へと腰掛けていた。

キヤズナが抱えるサブマシンガンは、言うまでもなくこの世界の技術水準を凌駕した、メステルエクシル以外には生産不可能な兵器である。

「特にアタシの魔剣はな。アタシらは今忙しいんだ。楽に死ぬなら今のうちさね」

「……微塵嵐を追ってきたのか？」

「ああ？」

「お前達は……一体誰から微塵嵐の動向を聞いた？　俺達がここにいるのは偶然なのか？」

「なんだなんだ。少しは面白ェ話もできるんじゃないか。だけど遅いな」

風が激しくなりつつある。自然の風と逆行する存在が接近してきているのだ。

トロアの後方で、峡谷の一部が崩れて落ちた。家屋より巨大な岩石であったが、落下音はない。空中にある内に粉砕されたためであった。

壁がある。天まで届くその壁は、渦を巻く莫大量の砂塵だ――

「〝微塵嵐〟が来ちまったぞ」

おぞましきトロアは、前方の敵から視線を外すことができない。

メステルエクシルの変幻自在の攻撃の前では、刹那の対応の遅れが死を意味する。異常な攻撃力と連射性能を有するキヤズナの銃からも意識を逸らすべきではない。

さらに背後からは、全てを微塵と化す殺戮の嵐。


峡谷が削れ、砂も岩も暴風に漂いはじめる。軸のキヤズナは因縁の敵を見据えた。

「――来たな〝微塵嵐〟。十八年ぶりか？」

彼女は、まるで詞術の相通ずる人格が存在するかのように気象を呼ぶ。

ヤマガ大漠の小さな村がそうしていたように。

「おお……儂(わし)を知る者が、外の世界にもあったか。ならば喜ぶがいい」

事実、その存在には意志があった。

恐るべき砂塵の帳(とばり)の内は見えず、嵐そのものの神が、声を響かせているかのようである。

「貴様にも導きの日が来たのだ」

災厄は到達した。

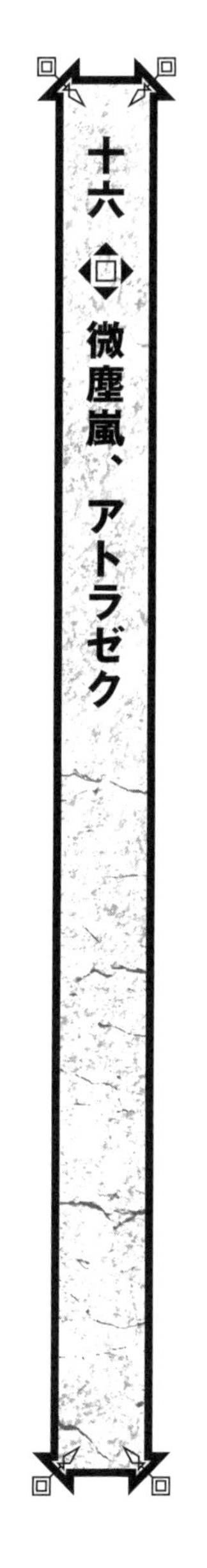

十六　微塵嵐、アトラゼク

微塵嵐（みじんあらし）という存在がヤマガ大漠で語られるようになってから、百六十年の歳月が流れている。怒り狂う神の如き暴風が荒ぶり、世界の何もかもを塞ぐ砂が五感を閉ざす。そして通り過ぎたその後には、何一つ残るものはない。

その正体を突き止めて帰った者はなく、石造りの家でもその気象を防ぐことはできない。前兆なく発生し、跡形もなく消える。

ヤマガ大漠の民にとって、微塵嵐（みじんあらし）は神の如き力ではなかった——神そのものであった。民は信仰を捧げることで神の力から逃れられるのだと信じ、事実その通りになった。

贄（にえ）を捧げることのなかった村は滅んだ。

文明の力で微塵嵐（みじんあらし）を防ごうとした村は滅んだ。

砂漠の内側へ領土を広げつつあった国は滅んだ。

静かに、深く、異様なまでの狂信が蔓延した村のみが生かされた。

近隣の市から馬で三日程度の集落であるのに、その村は文明の光が届かぬ影に孤立していて、故に微塵嵐（みじんあらし）が動き出した滅びの時にも、消失を知られることすらなかった。

災厄が動いたその日。

その日微塵嵐(みじんあらし)に供えられるべきだったアニが、夜の間に消えた。

異変を受け、村の長はただ一人で信仰の塚へと向かった。自らの命を以て微塵嵐(みじんあらし)への贄を埋め合わせるためである。

「ど……どうか、我らをお許しください」

贄となった子供達の血で染まった塚へと向かい、彼は必死で地に頭をこすりつけている。

そこにあるべき骨片も、塚の裏の死者達も、一夜の内に微塵となって消えていた。

「微塵嵐(みじんあらし)様。どうか、どうか。愚かなアニの償いとして、私の血にて、村の者を、どうか」

微塵嵐(みじんあらし)の怒りだ。滅びを司(つかさど)る彼らの神。

彼は両手で、薄汚れた水汲みの桶を差し出していた。

「子供の血がご所望であれば、ここに！　十二に届かぬ男児を六人、今朝……締めて殺しました！　何卒(なにとぞ)、何卒お許しを……！　どうか！」

どう、と風が吹いた。

姿なき風の向こう側から声が響いた。

「――哀れなことを。人間(ミニア)。儂は貴様らを心底哀(かな)しく思う」

「あ、ああ」

村の長は恐れた。彼の世代に、微塵嵐(みじんあらし)の〝声〟を直接聞いた者はいなかった。

「何故……それほどまでに愚かなことをする？　今日の供えのために群れの幼子を殺し、ならば次の年の供えはどうするつもりだ」

「そ、それは」

「これまで通りに、他のどこかから攫ってくるつもりなのか？」

「ひ……違います！　それは、違います！」

神の言葉は真実だった。

「それも全て、み、微塵嵐様への、真実の信仰のため……！」

一つの年ごとに、三十二人の子供の生贄を捧げなければならない。

毎年のように村の母親達に子供を産ませ続け、育った子供を奪い取っても、村を維持するためには到底足りはしない。時には攫ってきた子供で数を補填せざるを得なかった。

〝本物の魔王〟の到来によって周辺の村から人が消え失せた時代には、小さな老人の皮を剝ぎ取って子供の死体に見せかけたこともあった。百年以上も、この村はそうしてきた。

「真実だと？　真実を儂が知らぬと思っているのか。この砂地に生きる者のことは全て知っている。貴様らの群れに生きていた幼子の数も、それが足りぬ年があったことも、全てな」

この砂漠において、水汲みは子供の仕事だ。その子供達が、村と水場を横断する間に微塵嵐に見舞われて消えることがある。

足りなくなるのだ。

「哀しい。儂は何も強要していてはいないのに、貴様らは自ら、そのように愚かな罪を重ねる。同じ人間(ミニア)の間で、親子の間で殺し合い、全く無意味な贄を捧げ続ける。貴様らからすれば長き時であろうに、よくぞ絶え間なく愚行を続けられたものだ。……儂は実に感心していたぞ」

彼らが捧げてきた子供の贄は、喰らわれてすらいない。

月日とともに積み重なる無意味な骸を、彼らは眺めさせられてきた。

無力さと無価値さの象徴を、自分自身で積み上げさせられてきた。

この存在は、神は、それをただ眺めていた。

笑っている。言葉とは裏腹に、何一つ悲しんではいない。

「お、お願いします！　どうか……どうか慈悲を！　し……死にたくない！　皆、死にたくないのです！　どうか、どうか、どうか！」

「幼子を縊(くび)り殺しながら、その言葉を吐くか。そうか。そうか。ああ……哀れだ」

彼らの村が滅ぶかどうかなど、最初からこの存在の気分次第でしかなかった。

信仰は無意味だったのだ。この砂漠では誰もが慈悲に縋(すが)ることしかできずにいる。

それの哀れみの奥底にあるのは、果てしない悪意だ。

決して滅ぼすことなく、ただ楽しみのためにそうしていた。小さき定命の生物が膨大な力を恐れ、自らの選択で無意味な破滅へと駆り立てられる様を眺めているのだ。滅びの恐怖に狂って、より弱き者達へと犠牲の矛先を向けるように苦しめてきた。

その存在が真に奪い続けてきたものは、尊厳だ。

「よい。たとえ無意味であっても、その情愛と信仰は実に心を打つ——ああ、もっとも、少々飽いてしまったがな？　褒美に、貴様にも導きの日を与えるとしよう。導きの日とやらを信じてきたのだろう？　貴様の群れに生きる全ての者にも、勿論与えるとも」

「そ、それは……ああ、それだけは……」

「何故哀しむ。貴様らが望んでいた通りの慈悲だ。どうした？　喜ぶがいい」

巨大な存在が。実体を持つ神ならぬ何かが、大地から頭をもたげている。

長は頭を上げることができずにいる。恐ろしい微塵嵐を見ることができずにいる。

上げられぬままの目から、絶望の涙が溢れた。彼もまた愛する子供を幾度もこの存在に捧げてきた。七歳の息子を。二歳の娘を。五歳の息子を。

全てを微塵に刻む微塵嵐は、天候などではない。

その存在が用いる絶大なる力術の産物であった。

災害そのものの力を備えた、命持つ生物がこの世にあり得るのだとすれば――。

それは真の災害よりも、なお恐ろしい。

「喜べ」

「こ、この上ない……幸いで、ございます。微塵嵐様……！」

「ああ。なるほど、なるほど。このように狂うのか。実に見事な信仰であった。救えぬ愚かさに免じて、貴様の後で群れを滅ぼすのは容赦してもよい――」

そこには悪意が存在し得るからだ。

「貴様よりも先に滅ぼすとしよう」

◆

——そして現在。グマナ峡谷。

自然の地形も人々の都市も区別なく蹂躙しながら進行した微塵嵐は今、人智絶する修羅二名と対峙している。その一名であるメステルエクシルは、まさしく彼の如き災厄を殺すべく創造された究極の兵器であった。

「メステルエクシル！　好きなようにやれッ！」

軸のキヤズナは、戦車機魔の内から叫んだ。爆砕の魔剣をはじめとした資材は、運転席へと持ち込んでいる。ごく僅かに微塵嵐に晒されるだけでも容易に摩損してしまうからだ。

「は、はははは！　【腐液の畔は四。語りの巣穴。深き瞼に紡ぐ——】」

メステルエクシルの詠唱と同時におぞましきトロアが動いた。狙いは魔剣所有者たる軸のキヤズナ。機魔は即座に燃料噴射の機動で対応し、その巨体を以て魔剣を止めた。

「はははははははは！」

「……」

防がれることを読んでいた。故に、トロアが抜いていたのは毒と霜の魔剣だ。メステルエクシルは前傾の姿勢で刃を食い止めている。接触部から、結晶質が胸部を覆っていく。

……だが、その接触の間合い。メステルエクシルの背に負うように形成された細長い箱の如き発射機は、トロア越しに微塵嵐(みじんあらし)を照準していた。

「【――刻め(asbims)】。〝DAGR〟」

次はトロアが身を反らして回避する番だった。仰(の)け反(ぞ)った彼の目の前を横切るように、誘導ロケット弾が連続的に発射された。微塵嵐(みじんあらし)の砂の層へと立て続けに突き刺さる。

くぐもった爆発音が連続した。

その場の全てを睥睨(へいげい)する巨影が、砂塵の向こうに浮かび上がる。

「ふむ。なるほど。なるほど。そのように抵抗することがあるのか」

一発ずつが〝彼方(かなた)〟の戦車装甲をも貫通可能なロケット弾の連射は、微塵嵐(みじんあらし)の帳を吹き飛ばして、内なる神の正体を明らかにした。

「哀れだ」

――蛇竜(ワーム)である。

突然変異じみて強大な力を備えた旧(ふる)き蛇竜(ワーム)が、ヤマガ大漠の意志持つ災厄の正体。

一瞬にして、先程よりもさらに厚い砂塵の帳が再生した。傷一つ与えられていない。

恐るべき運動量と物量で絶え間なく摩擦する砂嵐は、全てを崩壊させる。呼吸器から侵入しただけでも、体内を微塵に切断する。

敵は、悠然と接近を続ける。それ自体が攻撃だ。

「この世の全ては力なき微塵だ。ただ、風の模様で儂の無聊(ぶりょう)を慰める微塵でしかない」

地形そのものの移動にも匹敵する、莫大量の砂礫。

それらの一粒一粒までが、ただ一体の蛇竜(ワーム)の力術(りきじゅつ)の影響下にあるとしたら。

微塵嵐(みじんあらし)は〝彼方(かなた)〟を含めた世界のあらゆる防御を凌駕する不壊の粒子層であり、外からの攻撃に応じて逆方向の指向性で押(お)し止(とど)める反応装甲ですらある。

それらの防御を全て貫いたとして、蛇竜(ワーム)の鱗そのものが城壁の如き防御力を有している。規格外の巨体は、その膂力のみでも遍く地上生物を圧倒している。

蛇竜(ワーム)特有の骨伝導による詞術(しじゅつ)伝達は、怪物的な規模の力術(りきじゅつ)を維持し続けることができる。


「……化物め」

おぞましきトロアにすらそのように見えた。

「さあ。貴様らも微塵になるのだろう？」

彼は正しく災害であった。そして災害として生まれついた者でありながら、その力で生命が死に、狂っていく有様を楽しむことのできる悪虐の精神を持ち合わせていた。

――災害には名がある。アトラゼクという名だ。


他の何者もその名を呼んだことはない。彼は災害であるから。

それはあらゆる間隙に侵入し抉る、防ぎ得ぬ粒子の攻撃を纏う。
それは一切の脆弱(ぜいじゃく)を持ち合わせぬ、攻め得ぬ粒子の防御を纏う。
それは神の如き権能を、無限に尽きることなく行使できる。
破滅の帳そのものを正体と化した、生命を凌駕する災害の具現である。
力術士(ルーラー)。蛇竜(ワーム)。
微塵嵐(みじんあらし)、アトラゼク。

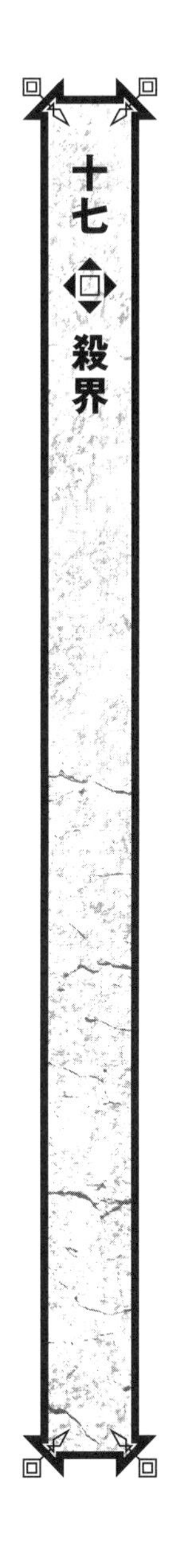

十七　殺界

「魔剣の間合いだぞ。メステルエクシル」

メステルエクシルはアトラゼクへの誘導ロケット弾攻撃を選択した。故に足を止め、近接の距離でトロアと対峙している。おぞましきトロアを、地上最強の魔剣士を、そこまで近づけてしまった。

彼は機体前面の燃料噴射口を開き、

「——無駄だ」

メステルエクシルの装甲内部から炎が噴き上がった。体内で爆発が起こったのだ。

「お、おおおおあぁぁっ!?　ひ……ひ！　ひだ！」

魔剣士は既に両の剣を振り抜き終わっている。

一方はネル・ツェウの炎の魔剣。もう一方はこの戦いで初めて用いる剣であったが——

「……ネル・ツェウの炎の魔剣。ムスハインの風の魔剣」

風の魔剣で生み出した気流に乗せて、炎の魔剣の熱量を叩き込んだ。燃料噴射口から強制的に大気を逆流させ、燃料を巻き込んで内部で爆発させる。キヤズナが叫んだ。

「メステルエクシルッ！」

「自慢の機魔（ゴーレム）は仕留めたぞ、軸（じく）のキャヤズナ。次は貴様だ！」

停止したメステルエクシルの巨体を蹴って、トロアは猛然と跳躍した。神剣ケテルクを抜く。車内のキヤズナを遠隔刺突で殺す。そこに新たな銃口が向いた。戦車機魔（チャリオットゴーレム）の機銃だ。

空中で振り抜かれた神剣ケテルクの遠隔斬撃が銃口を逸らす。火線を越えて、トロアの巨体が戦車機魔（チャリオットゴーレム）の荷台に着地する。

「爆砕の魔剣を！　渡せ！」

「誰が渡すか、ボケ！」

その横合いから、巨大な鉄の指先がトロアに摑みかかった。

トロアは身を沈めて回避し、上腕に括（くく）ったままの毒と霜の魔剣で斬りつけている。

「お、おおおお……かあさんに、ちかづく、なっ！」

メステルエクシルである。噴射口を自己修復し、一瞬で到達したのか。あり得ざる生命力だ。

先程の攻撃で与えている胴体部の結晶化は、体内深部にまで及びはじめているはずだ。この機魔（ゴーレム）の命の核はその位置にはないというのだろうか。だが。

「それは失着だ。この距離――」

メステルエクシルの膝部に展開した銃口の射線を避ける。トロアは再び魔剣で斬りつけている。

機魔（ゴーレム）は左腕で殴りつけると見せかけ、次は首の隠し銃が火を噴く。回避し、容易に次の一撃を加える。予測した通りだ。

「キヤズナを巻き込む派手な銃は使えないだろう」

「う、うお、おううう〜っ！」

　格闘戦に織り交ぜての単発銃の奇襲はこの戦闘で初めて見る戦術であったが、トロアの予想の範疇だ。この機魔は、全身のどの部位でも望む武装に造り変えることができる。

「クソッ！　ンなことしてる場合か！　〝微塵嵐〟が来るぞ！」

　荷台で壮絶な戦闘を続ける両者を積載したまま、戦車機魔は強引に発進した。その後方では経路上の全てを壊滅させながら、嵐が追いすがりつつある。

　土煙を巻き上げながら流れる景色の中、メステルエクシルは焦った。

「あ……みじんあらしを、やっつけなきゃ！　でも、トロアも、たおさなきゃ！　でも……」

　怪物的な膂力と全身の火砲が、キヤズナに猛攻が及ぶことを辛うじて防ぎ続けている。今や肉体の表面積の半分を侵食結晶に覆われていながら、彼にとって最大の優先順位はキヤズナの命だ。

　完全な機能回復は可能だ。機魔部分が結晶に覆い尽くされようと、〝共有の呪い〟がある限りは、その内側の造人までが同時に殺されることはない。だが再構成が完了するまでの一瞬で、おぞましきトロアは軸のキヤズナを殺すことができる――

「恐れることはないぞ。小さき者よ」

　天候そのものの告げる声が、峡谷全体に反響した。

「そうして恐れ逃げ惑う姿は、実に滑稽で哀れだ」

　微塵嵐の帳は、目に見えて加速した。その本体が蛇竜であるとすれば、この世界で最大級の陸上生物だ。そして空中における鳥竜がそうであるように、地上に適応し進化した竜族たる蛇竜も、他の生物種を圧倒する機動力を有している。

敵がその気になれば、戦車機魔(チャリオットゴーレム)の全速力ですら振り切れるかどうか。

「おいトロア！　降りろテメェ！」

結晶に蝕まれたメステルエクシルがついに膝をついた。おぞましきトロアの伝説が語られはじめてから……実在したどれほどの英雄でも、魔剣の間合いの内でおぞましきトロアに勝つことはできていない。無敵の戦闘兵器が押し切られつつある。

忙しなく運転操作を行いながら、キヤズナは叫ぶ。

「速度が出ねえ！　〝微塵嵐(みじんあらし)〟のヤロウに追いつかれるぞ！　どんだけ重いんだテメェはよ！」

「……ッ、爆砕の魔剣を渡せ！　その魔剣に、貴様が心中するほどの価値があるのか！」

「い・や・だ・ね！　クソ野郎の言いなりになるのなんざ、死ぬのと同じさ！」

爆砕の魔剣など、ただの剣だ。それを二人ともが理解している。

「軸(じく)のキヤズナは、誰にも折れねえ！」

鎌じみた魔剣がメステルエクシルの胴体を貫く。微細結晶に蝕まれた装甲は、もはや刃が通るほどに脆(もろ)い。詞術(しじゅつ)を唱える事ができても、肉体がもはや動きに追従しない。

「う……か、かあさん……」

トロアは手首を返し、蝶番(ちょうつがい)の機構で新たな魔剣を取った。

そして、反転して後方を薙(な)いだ。

「……風の……魔剣！」

背後から追いついていた砂塵は、その一薙ぎで戦車機魔(チャリオットゴーレム)を逸れて岩肌を削った。

トロアが風の魔剣で反応しなければ、全滅していた。

微塵嵐(みじんあらし)への接触は死を意味する。キヤズナもトロアも諸共に死ぬ、滅殺の世界だ。

(こんな時に追いつかれるのか！　メステルエクシルを倒したのに……！　いや、違う……)

トロアは次の斬撃を振るった。後方へと向かって。

風の魔剣を絶え間なく繰り出し続け、微塵嵐(みじんあらし)の気流を防がざるを得ない。手を止めれば即死の世界。彼は敵である軸(じく)のキヤズナを、今や倒すために守り続ける必要があった。

(キヤズナは敢(あ)えて速度を緩めた！　敵である俺に、微塵嵐(みじんあらし)を対処させるためにだ！　……そして……俺が風を捌かざるを得ない、この時間で──！)

「【──双天を結う陽渦千尋に集散し楼閣と落花と陰りの渺茫を貫き列石の轉は無疆にして(emfectas neos yactectenaoathal bagneteha usvasvetmotosye ingdorteae)】」

メステルエクシルの超絶なる工術(こうじゅつ)は、自らの肉体すら構成することができる。

だが、彼が作り出しているのは自分自身ではなかった。

「いいぞォメステルエクシル！　そいつが正解だ！」

鉄の指先がトロアの足首を掴もうとした。ファイマの護槍(ごそう)の反応で攻撃を察知し、毒と霜の魔剣で迎撃する。座り込むメステルエクシルに視線を向ける。今の指は違う。メステルエクシルは活動機能を停止したまま動いていない。

「ＯＯＯＯＯＯＯＯＯＯＯＯ──」

「馬鹿な！」

別の機魔(ゴーレム)だ。メステルエクシルとも、彼らが乗る戦車機魔(チャリオットゴーレム)とも全く違う、青銅色をした虚ろな機魔(ゴーレム)だった。風の魔剣を振るう。眼前に迫っていた微塵嵐(みじんあらし)を防御する。

「ROOOOOW」

背後に新たな気配が出現する。炎の魔剣。体内を爆破し、走行中の荷台から叩き落とす。

二体目だ。この荷台にいなかったはずの機魔(ゴーレム)が、増殖している――

「【深青たる空想神殿は水銀に溺れ奇想画に歩き記し未熟なる結晶の識を成す九千の言(harq ickelems senkadidenket mou odasdionrisner fines opponiswem seltegnestia)――】」

「メステルエクシル……こいつ……こいつはッ！」

グマナ峡谷の土が、岩が、次々と工術(こうじゅつ)によって形成され、軍勢を生み出していく。

戦闘行動を停止し、詞術(しじゅつ)行使に集中したメステルエクシルは、そのようなことすらできる。

「……機魔(ゴーレム)を造る機魔(ゴーレム)なのか！」

心なき機魔(ゴーレム)の軍勢は微塵嵐(みじんあらし)の只中へと愚直に突進し、本体たるアトラゼクを押し留めるべく殺到する。

「おお、儂に手向かうか。脆い。酷く脆い身で。……よい。よいぞ。無意味な抗いを、無論許すとも。嘆きを叫ばぬことが僅かに残念だがな」

微塵嵐(みじんあらし)の進行速度が弱まる。鉄が軋む音と、火薬の爆裂音が嵐の中から響く。

機魔(ゴーレム)の複合装甲の耐久力を以て、帰還を前提としないのであれば、微塵嵐(みじんあらし)に突入してなお十分に本体への攻撃が可能だ。

メステルエクシルが下した判断は、自らの再生ではない。この場全ての敵に対処すること。

「……メステルエクシルの機能を講義してやろうか、おぞましきトロア。同時にこの世に存在できる本体は一つだけだ。そうじゃなきゃ、互いを参照する共有の呪いは機能しねえからな。それを逆に考えるとしたらどうだ」

「キヤ……ズナァッ！」

「心のない素体だけなら、無限に生成できるのさ！」

再び加速した戦車機魔(チャリオットゴーレム)は、微塵嵐(みじんあらし)の圏内を一度脱した。

しかしトロアが対処すべき脅威はむしろ増殖していた。荷台に溢れ返った機魔(ゴーレム)がおぞましきトロアへと殺到する。

(どれだけ湧いてくる。もしも無限にこれが続くのなら……！)

神剣ケテルクの斬撃が、装甲の内側の命の刻印を削った。一体の機魔(ゴーレム)がそれで崩れる。それでも、この数の機魔(ゴーレム)全てに対して総当りでこの方法を試すことなどできはしない。

不死性がないとしても、異常な兵器を生成する詞術(しじゅつ)がないとしても、身体能力と装甲はメステルエクシル本体と全く同等だ。

「……いや。やはり」

荷台の端へと追い詰められながら、それでもトロアは勝機を見出していた。

「限界は……あるようだな。軸(じく)のキヤズナ」

「ああ!?」

——ガシャ、という音があった。

アトラゼクの声が告げる。

「ようく確かめるがいい」

嵐の只中から弾き飛ばされた残骸が戦車機魔(チャリオットゴーレム)に激突した音だった。その体積の半分以上を削り取られた機魔(ゴーレム)だ。この気象がかつて軸(じく)のキヤズナの軍勢を滅ぼした時と全く同じだ。

どれほど強固な装甲を誇る機魔(ゴーレム)であっても、本体に到達した時点で死ぬ。嵐を潜り抜けてすら、塞がれた視界の先に蛇竜(ワーム)の強靭(きょうじん)な顎が、尾の質量が待ち構えているのだ。

「貴様ら人間(ミニア)の火や機巧が儂に通ずるかどうかを、その目で見るといい。それさえ確かめられれば満足するというなら、儂はそうしよう」

——微塵嵐(みじんあらし)に追いつかれている。

「チッ、過積載か……！　微塵嵐(みじんあらし)の野郎……」

「さあ、どうする！　機魔(ゴーレム)を無尽蔵に増やし続ければ、走行速度が落ちるのも道理だ。無限に俺を攻め立てることはできない！　俺の体力が尽きるまでやるか、軸(じく)のキヤズナ！」

たとえ機械が相手だろうと、それはおぞましきトロアの望むところだ。

彼は幾度もそれを繰り返してきた。

「俺は、このまま晩まで魔剣を振るい続けることができるぞ！」

「クソが！　増産を止めろメステルエクシル！　つくづくアタシが枷になってやがる……！」

このような状況など想定していない。本来ならば、この戦車機魔(チャリオットゴーレム)もキヤズナだけが戦場から離脱するための準備だったのだ。

彼女が近くにいる限り、メステルエクシルは決してその本領を発揮できない。

（アタシさえメステルエクシルの近くにいなけりゃあ――ＶＸガス、サーモバリック爆弾……何でも試せたっていうのによ！）

トロアはまだ戦い続けている。超高速で疾走する車上、無尽蔵の機魔の軍勢と微塵嵐を相手に、一人で。全貌を把握できぬ異能の武器を保有し、その全てを完全に扱うことができる。

この男がいる限り、メステルエクシルはキヤズナを守らざるを得ない。

（こいつが……この野郎が、想定外だった！）

入り乱れる戦局の中、一見して圧倒的優位を築いているかのように見えるキヤズナ陣営だが、実際にはこの状況に持ち込まれた時点から、おぞましきトロアに命を握られている。

トロアには、この戦車機魔自体を破壊する選択肢があるからだ。微塵嵐からの逃走手段を失ったのならば、少なくとも軸のキヤズナは確実に命を落とすだろう。

最初からそのような戦局判断ができる男であったということだ。この世の誰も見たことのない〝彼方〟の兵器に対しても、既に知っているかのように類似の攻撃と照応して迎撃ができる。声は若い男であっても、まるで生涯を魔剣とともに駆けた修羅の如き対応の力を見せる。

その若さではあり得ない莫大な戦闘経験の記憶を、どこからか獲得している。

「おぞましきトロアァ……！」

「――ッ」

だが、機魔を撃滅し続けていたトロアは、不意に息を呑んだ。

「時間切れだ、軸のキャズナ」

「あァ!?」

「この車の正体は機魔なのだろう！　俺も意図しなかった事態だ……この車は崩壊するぞ！」

「どうしてそうなる！」

「バージギールの毒と霜の魔剣。この剣で与えた結晶質は、生体を食う！　骨だろうと鉄だろうと……心を持たぬ魔族であろうと、命あるものを侵食する！　つまり……」

群がる機魔の軍勢の向こう、トロアは座り込んだまま動かぬメステルエクシルを見た。機能を停止し、機魔の生産に注力している。肉体は完全に微細結晶に覆われ、そしてそれは彼が接する荷台にまで広がりつつあった。

いずれは構造部に、機関部に到達する。キャズナもそれを理解した。

「ヤロウ……！」

「……俺とて貴様と心中するつもりはない！　爆砕の魔剣を渡せ！」

押し寄せる機魔と戦いながら、魔剣士は運転席の方向へ腕を伸ばした。

「誰が渡すか！」

「俺が微塵嵐をやる！」

「……！」

「俺は……俺なら、風の魔剣で奴の嵐を掻き分けて進める！　内の本体にどれだけ強固な装甲があろうとも、爆砕の魔剣ならば殺せる！　俺はおぞましきトロアだからだ！」

おぞましきトロアは敵だ。理不尽な理由でキャズナの宝を狙い、彼女をここまで追い詰めた。

だが、本気だ。それだけは間違いなく言える。

「アタシに……指図、するんじゃねェよッ！」

戦車機魔(チャリオットゴーレム)が大きく揺れた。機関損傷によって走行速度は大きく落ち、死の世界の如き微塵嵐(みじんあらし)が車体へと追いつく。平衡を崩した車上、トロアが風の魔剣を抜こうとする。それを狙い澄ましたかのように、機魔(ゴーレム)の残骸が飛来する。

敵は地上最強の力術士(りきじゅつ)である。群がる鉄の軍勢そのものを砲弾として飛ばした。

「ち……！」

ネル・ツェウの炎の魔剣の爆発で凌ぐ。一手遅れる。僅かに侵入した砂の粒子がトロアの気管を裂いた。もはや微塵嵐(みじんあらし)の圏内だった。

「中々の見物だった。儂の嵐にこれほど抗った者は初めて見たぞ。恐れ、泣き叫んでみせれば、儂とて慈悲の一つも見せただろうに」

トロアは次の魔剣を抜こうとした。

嵐の圏内に立つ者だけが、死の間際にその姿を見る。

天が砂に閉ざされる中、浮かび上がる影。神の如くその首をもたげる、古き蛇竜(ワーム)の輪郭だけを。

「哀れな末路だ」

——その天が円を描いて開いた。

あらゆる攻撃を阻む微塵嵐(みじんあらし)が貫かれて、隕石(いんせき)の如き破壊が大地に突き刺さっていた。

音。

震撼(しんかん)。

鳴動。

大地が爆発して世界を揺らした。

「な——」

アトラゼクの巨体すらその余波で弾き飛ばされ、巨体が切り立った岩壁を砕いた。

圧倒的な破壊は地殻をも割った。貫き続けた。底が見えないほどに。

神は言葉を発することができずにいる。それは、地上の絶対者が初めて知る驚愕(きょうがく)であった。

「……う。……おお」

力術(りきじゅつ)の維持もできぬまま、荒い呼吸を四度繰り返した。

やっと、その一言だけを吐いた。

「——何が」


戦車機魔(チャリオットゴーレム)は横転している。攻撃に伴う衝撃波だけで、それほどの威力があった。

「く……ちく、しょう！　何だ、こいつはッ！　一体何が起こりやがった！」

何が起こったのか。

この場の誰もそれを理解できていなかったが、ただ一人、おぞましきトロアだけが攻撃の正体を見ていた。突如として天から飛来したものは、隕石でも爆弾でもない。

「柱……鉄の、柱だ」

そして最強の魔剣士すらも、真の見立てを誤っている。


その鉄の柱は、矢だ。

サイン水郷。

村の外れに存在する〝針の山〟には、今は幾人もの兵士が詰めていた。黄都の通信兵である。

その全員を見下ろすほどに大きな存在が、ラヂオからの観測報告を聞いている。

〈着弾地点確認。千百十八／三百六十二〉

「ガハハハハ！　言われた通り、ピッタリの狙いだろうが！　どうだ！　微塵嵐は殺ったか！」

〈いいや――直撃ではない。こ……こちらが、目測を誤った。次は当てる〉

ラヂオからの声は、戒心のクウロのものである。

目前で微塵嵐を見る観測手からの通信を、グマナ交易点に設営した中継塔を介して、このサイン水郷にまで届けている。直線距離にして30㎞にもなる、個人の通信手としては驚異的な長距離通信である。人族最大の国家たる黄都の人員と技術あってこそ可能な作戦であった。

そして30㎞の距離を越えて、目視することなく長距離弾道狙撃を実行せしめた者がいる。

「なんだそりゃ。クソ雑魚だな。ま、俺は構わねえけどよぉ」

彼は弓に新たな鉄柱を番えた。

身長にも匹敵する、20ｍの巨大な黒弓だ。

たとえ微塵嵐が全く未知の、破滅をもたらす神の如き災害であったとしても――この世界にはその災害すらも殺し得る者が実在する。

「――当たるまで射てばいいだけの話だ」

巨人の名は、地平咆メレ。

その足元に位置する黄都兵がラヂオへと向かって叫んでいる。

「第二射準備完了！　戒心のクウロ、次の観測情報を求む！」

「おい待てそこのチビ」

弓を構えながら、巨人は黄都兵を呼び止めた。

「は……!?　チビ？　自分のことですか？」

「実際チビだろうがお前ら。隣町までの舗装を直せ。エリグの家の農具も新しくしろよ。全部だ」

「し、しかし自分は通信兵で……」

「なら偉い野郎に通信すりゃいいだろうがよ。わざわざ昼前に起きて働いてやってるんだ。一発射つごとにやってもらうからな」

メレは弓を構えている。普段は戦わず寝転んでばかりで、起き上がることもない男が。

微塵嵐の経路予測は、サイン水郷を通る。生命も、それが暮らす環境そのものも、全てを微塵に破壊する砂だ。その気象がただ接近しただけであっても、彼の愛する豊かな村は取り返しのつかない犠牲を出すだろう。

物理的に地平線の彼方に存在する敵を見据えて、メレは口元を歪めた。

「サイン水郷を狙うなんて、いい度胸だな。微塵嵐」

それは戦士の笑みだ。

「目玉を射ち抜いてやるよ」

——この地平には、絶大な力を持ちながら人とともに在り、神の如く慕われる者がいる。

二つの神が戦う。

◆

「……外した！　くそっ！　み、見えて……見えているだろ……！」

戒心のクウロは、手元のラヂオを壊れんばかりに握った。

外した。地平咆メレの必殺の一射を。

——この尋常ならぬ長距離狙撃が黄都の切り札だ。それが本体を有する何かであれ、真の自然現象であれ、微塵嵐そのものを根本的に消し去るための一手である。

天眼の異能を持つクウロであれば、当てていた。アトラゼクの動きの先までを正確に予見することができたはずだ。少なくとも、かつて〝黒曜の瞳〟であった彼なら。

そうであるべきだと期待されている。彼は無数の命の責任を背負っている。

「ね。クウロ。風が強いよ！　危ないよ。離れようよ」

「……駄目だ。この距離でも当たらない。もっと至近距離で見ないと、今の俺は、駄目だ」

クウロは苦痛を噛みしめるように呟く。

軸（じく）のキヤズナとおぞましきトロアは、戦車機魔（チャリオットゴーレム）の車上にて壮絶な戦闘を繰り広げつつ、微塵嵐（みじんあらし）の圏内から逃げ延び続けた。三つ巴（みつどもえ）の戦線は後退を続けていて、当初は遠距離で観測していたクウロのすぐ近くにまで致死の災厄が差し迫っている。もはやクウロ自身も安全圏ではない。

修羅ならぬ観測手である彼は、微塵嵐（みじんあらし）との交戦を想定して気密を施した戦車機魔（チャリオットゴーレム）も、ましてや風の魔剣とそれを操る絶技も、何も持ち合わせていない。嵐に呑まれたならそれで終わりだ。

「……あいつの正体は蛇竜（ワーム）だ。力術（りきじゅつ）か何かで微塵嵐（みじんあらし）を纏っている。黄都（こうと）側も最初からそれは分かっていた。こいつには意志があって、だから文明を、人里を狙っている……」

先の一射で垣間見えた本体は、既に厚い砂塵に覆い隠されている。

大地そのものに等しい密度と、雷鳴じみて鳴り響き続ける轟音。クウロの知覚は、地平線の彼方までを正確に見通すことができる。だが、見えすぎてしまう。聞こえすぎてしまう。

微塵嵐（みじんあらし）はその正体の隠匿においても、難攻不落の要塞だ。莫大すぎる情報が、集中をかき乱す。

「目標は常に嵐の中心部にいるわけじゃない。力術（りきじゅつ）の影響範囲は奴の意志で動かせるはずだ。中心部からの砂の反響で、周囲を知覚している。俺もその感覚を……いや。推測じゃ意味がない。見えないものを信じるな。見ろ、見るんだ――」

「わ、わたしが……ね。いつもみたいに、クウロ。わたしが、見てきてもいいから……！　何か、や、役に立てないかな！　あれが倒せないと台無しになるなら――」

「……ッ、ふざけるな！」

微塵嵐の圏内では、キュネーの小さな体は一瞬で引き裂かれて死ぬ。観測以前の問題だ。

「なんで無意味に死のうとするんだ！　死ぬのが怖くないのか!?」

コートの中で強くキュネーを抱きかかえている。死の世界の目から彼女を隠すように。

「ク、クウロ……」

「本部。観測結果を報告する。千百二十七／三百五十五……！」

蒼穹の奥に光が灯る。弧の弾道の終わりを描いて降る。

恐ろしく離れているのに、観測結果を告げてから僅かの間もない。

そして、天地を貫く。


「また……外れだ……！」

アトラゼクの砂の帳を引き剝がした。だが、それだけだ。

――着弾地点には指示と寸分の狂いもない。狂っているのはクウロの観測だ。

自らの命を天秤にかけているというのに、見えない。

衰え続けているのだ。理由のない天賦の才が失われる以上に……きっと、いずれ、常人以下の感覚にまで衰えてしまう。理由もなくその日は来る。瞼を閉じてしまった時に訪れる死の一瞬は、今この時であるのかもしれない。

失われていく。かつての鮮やかな世界は指の隙間から溢れていく。

(俺は……俺には、見えていたはずなのに)

「クウロ。大丈夫だよ、クウロ」

どこにも根拠のないキュネーの慰めは、あまりに空虚だ。

◆

「か、かあさん!」

大地を揺らす流星の震動で転倒しかけたキヤズナを、メステルエクシルの大きな手が救った。

崩れ果てたはずの四肢は完全に再生しており、無傷同然の状態である。

「ふ、ふっかつした、よ！　はははは！　ぼくは、ふじみだからね！」

「ハッ……！　結晶体を工術で直接変換しやがったか！　さすがアタシの子供だ。相手が魔剣だろうが完ッ全に対応できる！　偉いぞ、メステルエクシル！」

「はははははははははは！」

「——とにかく、まずはおぞましきトロアだ。奴を殺さなきゃ微塵嵐どころじゃねェ。機魔どもを集めろ。一気に囲んで押し潰すぞ」

「……その必要はない」

声は転倒した戦車機魔（チャリオットゴーレム）の付近である。地面に投げ出された資材の中から、トロアはその一本の剣を拾い上げていた。

「爆砕の魔剣はもらった」

「テ、テメエ！」

荒れ狂う戦況の只中で、対処すべき事柄はあまりに多すぎた。最高峰の知識と精神力を兼ね備える魔王自称者といえど、軸（じく）のキヤズナは人間（ミニア）の老婆である。

おぞましきトロアは試し振りで手近な岩を砕き、それが真正の爆砕の魔剣であることを確かめる。……そしてメステルエクシルにではなく、前方遠くに荒れ狂う微塵嵐（みじんあらし）へと向き直った。

「この剣のことは理解した。先程の約束を果たすぞ。軸（じく）のキヤズナ」

「……何言ってやがる」

「微塵嵐（みじんあらし）を倒す」

入り組んだグマナ峡谷には、禍々（まがまが）しい〝道〟が形成されていた。微塵嵐（みじんあらし）の通過した痕が微塵に砕かれて消え、子供が粘土細工に引いたような線が現れているのだ。

さらに地平咆（ちへいほう）メレの矢は地殻深くまでを抉（えぐ）り、底の見えない穴を作り出している。周辺の地形にまで隆起と亀裂が及び、数千年規模で起こるべき地形変動がこの一日で起こった。

この山人（ドワーフ）の魔剣士は、そうした神の領域へ自ら踏み出そうとしている。

「おい……この野郎。ナメくさるんじゃねェぞ。この軸のキヤズナを」

先程までとは違う。メステルエクシルは健在だ。彼は戦闘の只中で、機魔の兵団すら生成した。軸のキヤズナの戦力規模は圧倒的だ。

「あのクソッタレはアタシの獲物だ。メステルエクシル！　まとめて殺せ！」

「わ、わかった！　はははははははは！　どっちも、たおすぞう！　みてて、かあさん！」

「俺は……どちらでも、構わん！」

トロアが駆けていく先、再び光が天から降り注いだ。〝地平咆〟の矢。

地盤へと接触した鉄柱は超絶の運動量のために一瞬にして形状を失い、地形の深部までを貫いて消失する。

「貴様、貴様らッ！」

アトラゼクは負傷に悶え、怒りと苦痛の咆哮を発した。この衝撃余波を受けて絶命していないのは、並外れた巨体と生命力を有する蛇竜であるからだ。

だがこの場に集った運命は、災害以上に不可解で恐るべき、常軌を逸した何かだ。

「何をした……何を呼んだ！」

「ぜ、ぜんぜん、しらない！　はははははははは！」

「知ったことか。貴様は邪魔だ！」

「うるせえんだよ！　死ね〝微塵嵐〟！」

この日世界の一点に、超絶の修羅達がいる。

誰もが互いに殺意を向け、それを成し得る力を有している。
決着は近い。この場に立つ全ての者にとって、宿命と凶兆の交差する殺界が現出する。

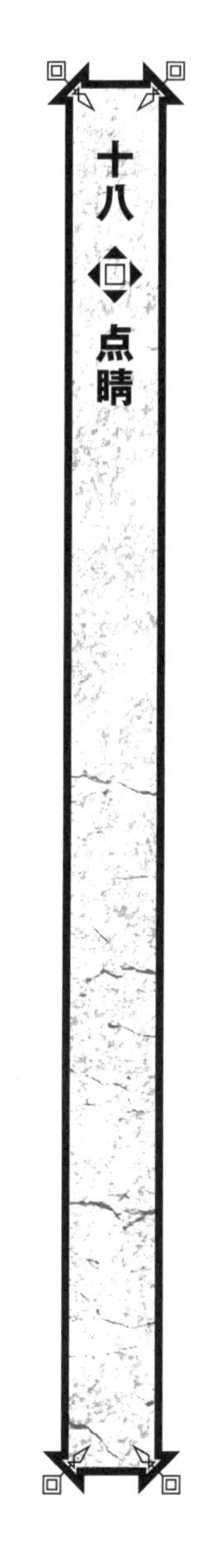

十八　点睛

そびえる壁の如く一切の綻びを持たぬ微塵嵐(みじんあらし)の帳が晴れる一瞬がある。どこからともなく飛来し、そして絶対の防御すら貫通する砲撃の直後だ。

おぞましきトロアはその僅かな時間で敵の存在を見定め、躊躇(ちゅうちょ)なくその中へと飛び込んでいく。

その極限の中で、捨て去っているはずの自分自身の想念がふと、泡のように浮かぶ。

（俺は……何故こんなことをしている？）

軸(じく)のキヤズナは魔剣を手にしていた。おぞましきトロアの姿を目撃した。伝説の通りのおぞましきトロアであろうとするならば、彼女は殺すべき相手で、約束を果たす義理などあろうはずもない。

何故、トロアはまだ戦っているのか。

（俺が弱いからだ。分かっている）

それは、無敵のトロアであることができないからだ。ワイテの山で暮らしていた頃の、弱い自分自身を捨て去り切れていない。魔剣の導く通りの、無慈悲な死神の器のままでいられないことを自覚しているからだ。

それが分かっていても、伝説とは異なる姿だとしても、彼は立ち向かっている。

（それでも父さんなら、そうしたはずなんだ）

おぞましきトロアがそうせずとも、彼の知る父はきっと、約束を破るような人ではなかった。子を信じる母を、母を慕う子を見て、ただ剣を向けるだけのことを望むはずがなかった。

現実の彼の行いがそうではなかったのだとしても、そう信じたかった。

「哀れな。……貴様は、哀れだ。何も知らずに……」

蛇竜（ワーム）の頭蓋から響く振動が、再び砂を嵐と変えていく。砂が大地を削り、微塵と化した大地を新たなる砂として纏う。無限の気象。悪意持つ災厄。

「――貴様は知らぬだろう。この世は微塵だ。ただの微塵が形を成し、動き、言葉のようなものを話すのだ。恐れの様を儂に見せよ。貴様も」

「〝渡（わた）り〟！」

風の魔剣が、爆発的な気流を生んだ。剣を振り終わってなお持続する風は、彼の突き進む道を拓く。敵は微塵嵐（みじんあらし）。膨大な砂の一粒までを自在に操る、地上最強の力術（りきじゅつ）だとしても。

（それでもこの空間に限っては、魔剣の間合いの内側では）

「これこそが、遍く者にその真実を与える権能よ。哀れみを乞うがいい。貴様も！」

「貴様の権能など」

筋肉が軋む。莫大な筋力で無理矢理に肉体を動かし、奥義を絶え間なく発動し続ける。

「おぞましきトロアには、程遠い――！」

進む。巨大な岩石が砂に紛れて飛来する。深く身を沈め、転がるように躱（かわ）す。再び風の魔剣。地面からの振動で、蛇竜本体が動いたことを知る。凶剣セルフェスク。無数の鋲で構成された魔剣を、前方へと扇状に射出する。

鋲の一つが敵に食い込んだ。手元の柄から伝わる磁力じみた力は、群にして一の魔剣の手応えを返してくれる。

「逃げられると思うな。〝微塵嵐〟！　この死神から！　おぞましきトロアから！」

「逃げるだと」

蛇竜は激高し、山人へと顎を向けた。

「儂が、逃げるだと！　哀れだ！　ああ、心底貴様らが哀れだぞ！　くだらぬ微塵め！」

吹き荒れる死の気象を踏み越えて、トロアはついに到達していた。誰も触れ得なかったアトラゼクの下へと。破滅の神の下へと。おぞましきトロアを阻める気象は存在しない。

彼は地獄を越えて来た死神であるから。

「貴様も……貴様も！　微塵に吹き荒れよ！」

彼は踏み込み、魔剣に指をかけた。魔剣の想念を、その奥義を感じている。

一斬で殺滅する。それができる。

「チャリジスヤの爆砕の――」

天が空気を引き裂いた。

音速突破の衝撃が光景を破壊し、咄嗟に振るった風の魔剣の障壁すら貫いて頭蓋を揺らした。

決死で詰めた距離は余波の風圧で一瞬にして押し戻され、岩壁へと叩きつけられた。トロアは破れた胃からの血を吐いた。

――地平咆メレの狙撃であった。

「……くそ。こんな、時に」

今しがたのメレの狙撃は、むしろ大きく外れている。トロアから見れば、アトラゼクを挟んだ反対側への着弾だった。

それでもなお人の尺度の何もかもを覆して余りある、天災じみた威力。

「貴、様」

同じく多大な衝撃を受けたアトラゼクが、トロアを射程に捉えた。微塵嵐は解けていない。

眼前には蛇竜の長大な尾が迫っている。トロアも立ち上がろうとする。風の魔剣では物理的な大質量を防ぐことは不可能だろう。トロアは確実に死ぬ。

あの光の魔剣さえあれば。炎の魔剣。音鳴絶。今残された手段は……

しかし対処を講ずることもできず、トロアは膝を折った。呻きが漏れた。

「……!? ぐ、う！」

突如として全身に走った苦痛のためであった。

皮下が沸騰するが如き、言語に絶する感覚。

「オ、オオオオオッ……！」

今まさにトロアを叩き潰さんとしていたアトラゼクも、動作を停止している。

彼にも同様の苦痛が襲っているのだ。実体もなく対処すら不能な、異常な攻撃が。

◆

「――戦車砲対装甲弾（APFSDS）。ナパーム弾。色々と手段は考えたがな」

微塵嵐（みじんあらし）の外、車内にて呟く魔王の名は、軸（じく）のキヤズナである。

「微塵嵐（みじんあらし）はいわば何千層の空間装甲だ。徹甲弾じゃあ貫通はしねェだろ。砂と風を力術（りきじゅつ）で操れるってンなら、ナパーム剤の炎を浴びせたって無駄だろうさ」

その傍らに位置する鉄の巨体は言うまでもなく、彼女の最高傑作たる窮知（きゅうち）の箱（はこ）のメステルエクシルだ。今の彼は、両肩から八角形の金属板を展開していた。

「だからこいつだ――指向性エネルギー兵器（ADS）。さすがの微塵嵐（みじんあらし）様も、マイクロ波の皮下誘導加熱ばかりは防げねェよなァ……！」

「な、なんでも、つくるぞ！　みじんあらし！　ぼくは……かあさんのやくに、たつんだ！」

苦痛の正体は、表皮下の直接加熱だ。

マイクロ波は空気中の水分で減衰する反面、乾燥した砂塵を容易に透過する。構造こそ〝彼方（かなた）〟に存在するミリ波兵器に酷似しているが、この兵器の目的は暴徒鎮圧ではなく、アトラゼク及びトロアの直接殺傷である。

メステルエクシルが可能とするのは〝彼方（かなた）〟の兵器の再現のみではない――敵の性質に合わせ、その性能をさらに致死的に強化することもできる。

「悶えて死ね！　子供を殺された親の恨みを……思い知って死にな、〝微塵嵐〟ッ！」

「はは、はははは！　はははははははははははははは！」

「オオオオオオオオオオッ！」

絶叫とともに、微塵嵐を構成していた砂塵が落ちる。

まるでメレの矢が直撃した瞬間のように、砂塵が力術の作用を失ったのだ。

「はははははははははははははは！」

「よし、効いて……あァ？」

キヤズナは違和感を覚えた。苦痛のために意識を失ったのだとしても、早すぎる。

照射を続ければいずれ絶命させることも可能であろうが——

「……チッ！」

微塵嵐が晴れた後のその光景を見て、キヤズナは舌打ちした。


満身創痍のおぞましきトロアが膝を突いていた。だが、彼女の仇の姿がない。

削り取られた峡谷の崖面には巨大な穴が開いている。蛇竜の本来の生態がそれであることは当然織り込み済みだ——故に行動不能に留めるための攻撃を選んだのだ。

「どうして動ける……！　まともな意識もブッ飛ぶほどの激痛だったはずだ！」

自らの強大さに驕り、増長した竜族であるほど、通常ならばそのような手段を取ることはない。

だが、それは可能なのだ。

「あの蛇竜（ワーム）、逃げやがった！」

それを用いねばならぬ状況がなかっただけだ。

一撃必殺の権能を持つ微塵嵐（みじんあらし）は、地中を潜行しての離脱と奇襲ができる。

◆

「クウロ。もう」

懐から聞こえるキュネーの声は、泣きそうな子供のようだ。泣いているのだろう。

「もう、逃げよう」

「けほっ」

クウロは喀血（かっけつ）した。微塵嵐（みじんあらし）の粒子を吸ってしまった。恐らく数粒の砂を。戦車機魔（チャリオットゴーレム）内に位置する軸（じく）のキヤズナの方がまだ安全な状況にあるだろう——入り乱れる戦場を崖上から見下ろすこの位置は、もはやそれほどに近い。

そうであるのに、満足な観測もできない。先程の射撃指示の精度はひどいものだった。

見えるはずであったのに、仕留められるはずであったのに、地平砲（ちへいほう）メレという英雄の力を借りてもなお、何一つ成せずにいる。

「俺は、何をやってるんだ……は、ははは」

点々と血を吐きながら、クウロは土を掴んだ。

「何も見えない。見えないんだ。暗闇だ」

想像を絶する、地上究極の修羅を目の当たりにしている。クウロからは喪われた、真実の領域の力。それを目の当たりにするほどに、惨めさと無力さを自覚するばかりだ。

「ね。クウロは大丈夫だよ。だから逃げよう」

「黙れ」

口の端を拭う。生きたいのならば逃げればいい。それは分かっている。

けれどそれは、彼がもはや世界を見ることができないと証明することに等しかった。クウロにとって、暗闇は死と同義でしかない。

誰にも必要とされない。クウロに求められていたのは、いつでも天眼の才能であるから。

「黙っていてくれ……！　ちくしょう……！」

キュネーのことがひどく羨ましくなることがある。

彼女はいつでも楽しげにしていた。才能を求められることもなく、何かを奪うこともなく生きている。寿命の短い造人であるのに、彼女は未来を恐れずにいられる。

「大丈夫だよ」

キュネーは再びそれを言った。

眼下の砂が再び動きはじめる。アトラゼクは地中を潜っている。

だが再び地上に現れれば、再び殺戮の気象が形成されるだろう。

次はその嵐がクウロを直撃するかもしれない。絶対に外してはならない。

だが、きっと当たらない。

もはや当てる未来を想像することができないのだ。それはクウロには決して見通すことのできない、死の暗闇だ。

「キュネー。どんな……どんな奴だって、衰えて死ぬ時が来る。誰も無敵じゃない」

クウロは項垂れたまま言った。

どちらにせよ微塵嵐は討伐されるだろう。予報の通りにそれが動くのならば、次に到達するのはサイン水郷だ。クウロの観測がなくとも、地平咆メレが自らの目で見て、微塵嵐に矢を直撃させるに違いない。それで終わりだ。

ここでクウロが足掻いたとしても、サイン水郷の何人かの命を救う程度のことでしかない。

「……それでも、逃げようだなんて言わないでくれ。俺の目を否定しないでくれ……頼む……」

「否定なんてしてない！　クウロは今も見えるよ！　ねえ！」

「……え」

愚かな造人の少女は、信じ難いことを叫んだ。

「ずっと見えてたから、当てなかったの！」

本当に見えるのならば、当てることができたはずだ。彼に微塵嵐を倒せる力があったのなら、この場から逃げる必要などなかった。キュネーの言葉は支離滅裂で、矛盾している。

彼の目には見えていない。そうであるはずだった。

「クウロ……クウロには、ずっと見えてるよ。わたしには分かるの。ね。だって、全部が見える天眼を持ってるんだから。クウロが見えないってことは——見ないほうがいいって思ってるってことなんだよ。攻撃を当てていないのは、クウロなの！」

「違う。俺は、けほっ、作戦の通りに——」

本当にそうだっただろうか。

彼の力であった天眼は、常人の可視域や可聴域を超えた感覚を捉える力だ。五感を越えた直感を、熱知覚や磁気覚を、共感覚を、同時に感じ取る力だった。

もしもその感覚が真に喪われていないというのならば、最初から知っていたのではないか。


——この狙撃を当ててはならないということを。

「俺は。ああ……ああ、くそ」

クウロは目を覆った。

常に暗闇を恐れ続けた彼なら、決してしなかった動作だ。

キュネーは、彼の感覚が失われていないと言う。それと同じ口で、彼にこの場を逃げろという。

それは矛盾しているようで、一切矛盾していない。

「……そうか。そうだったのか」

意識を集中した存在しか見ることができない。その通りだ。彼はそう信じていた。観測当初の彼には、おぞましきトロアの心臓の鼓動すらも見えていたはずだ。

微塵嵐（みじんあらし）を、地上究極の修羅達の戦いを前にして、それ以外の方向に意識を向ける余裕はなかった。

だから、見えていないことになっていたのだ。

(最初から、俺だけじゃなかった)

激しい高低差に入り組んだ、観測に適した地形だ。それは彼以外にとっても。

――観測手が観測されていないとは限らない。

クウロと同じように、この峡谷で戦闘を観測する者がいる。

旧王国主義者ではない。そうであるなら、狙撃支援を担うクウロをすぐさま射殺していたはずだ。

狙撃の成功を確認した後、用済みになった彼を始末する役割の者がいる。

(もしも最初から……黄都（こうと）が、俺を使い捨てるつもりだったのなら)

全ての辻褄が合う。リチア新公国。旧王国主義者。オカフ自由都市。新たなる時代を前にして、彼らは王国を脅かす全ての脅威を整理しようとしている。

遍く秘密を暴き出す、戒心（かいしん）のクウロの天眼も例外ではなかったのだとしたら。

生き延びるために彼の本能が選択した行動が、天眼が失われたことの証明であるとしたら。

(俺が奪う側にならなくてもいいなら)

全てを知覚する天眼が、そこから起こり得る未来をも観測できるのなら。

彼の目はその世界を見ていたのだ。

(どれだけ素晴らしいんだろう)


クウロは目を閉じた。

その間に死が訪れるかもしれない、世界を閉ざす暗闇。

常人が当たり前のように受け入れるその行為を、初めて自ら望んだ。

感覚を閉ざす。世界と戦い続けた感覚の全てを眠らせていく。

死に体を浸す。避け続けてきた恐怖がそこにある。

そして、瞼を開く。


色があった。

荒廃した峡谷には、土の青が、岩盤の紫が、空の緑が、水の橙があった。深く入り混じった鮮やかな色は波紋のように広がっていて、揺らめいていた。どこかで花が揺れる。風に撫でられた水面が大きさの違う飛沫（ひまつ）を上げる。どこかから流された鳥の羽が舞っている。

遠く、円のように地平線がある。

クウロは星の上にいて、彼を中心にどこまでも世界が広がっている。

空の続く限り、知覚が全てを満たしていく。

最初からそれが見えていたことを知った。

「――ああ」

クウロは初めて心から笑った。

今ならば、はっきりと見える。右後方82ｍに一人。左後方上26ｍに一人。右方下31ｍに一人。

奪う人生から逃げ続けたクウロに、もはや逃げ場はない。任務を完遂すればその命を奪われ、逃亡すれば黄都での居場所を失うだろう。

それでも、そんな未来がはっきりと見えていたとしても――喜びに満ちていた。

「俺の世界は、失われてなんかいなかったんだ……」

「クウロ！」

キュネーが叫んでいる。何故彼女をコートの中に隠していたのか、今ならばはっきりと分かる。

他の誰にも彼女は見えていない。彼女だけは生きていてほしい。

見返りも理由もなく、今ならばそう願うことができる。

「キュネー。俺には願いがあったんだ。……馬鹿みたいな願いだ」

誰かを踏みにじり、奪い続けなければいけない人生に、クウロは摩耗していた。

人の死を見たくない。人の悲鳴を聞きたくない。

彼自身が最初から答えを知っていた。

自分が生きるためよりも、誰かに利用されて奪われてしまうのだとしても、何一つ奪いたくないと思う。今、心からそう望んだ。

あの頃とは違って、見知らぬ誰かを救うことができる。

「馬鹿みたいでも、ずっとそうしたかった」

「だめ！」

「メレ！　位置を伝える！　最後だ、これで……！　千三百六十／六百二十八！」

ラヂオへと叫ぶ。流星の如き矢が降って、それが地表に現れる瞬間に、微塵嵐を貫く。

嵐が晴れた。災厄たる蛇竜（ワーム）の胴体が貫かれたのを見る。

——その瞬間、三方から射掛けられた矢がクウロを貫いた。

キュネーの悲鳴が聞こえる。

「——これでいい」

クウロは笑っていた。生まれながらに与えられた天眼は、真に彼自身のものだった。

彼は勝った。世界が見える。

「願いは、叶った」


それは生物種の限界を超えた知覚によって、遍く世界を認識することができる。

それは対象の五感までを見通し、致死の一点を認識し穿つ精度を備えている。

それは万度の経験を凌駕する直感で、自身すら知らぬ最善を選ぶ能力を持つ。

全知の中にありながら自らの意志にて未来を選ぶ、天眼の担い手である。


予見者（シアー）。小人（レプラコーン）。

戒心（かいしん）のクウロ。

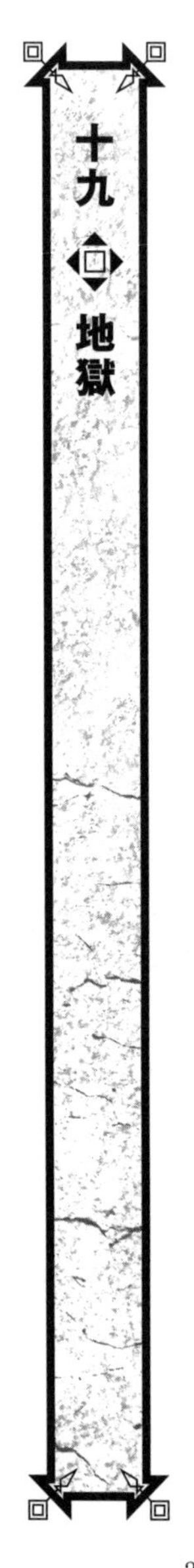

十九　地獄

グマナ峡谷に吹き荒れた殺界はついに晴れて、微塵嵐（みじんあらし）のアトラゼクは潰えた。
致命傷を負った災害は地中へと没し、恐らくは、地上に再び現れることはない。多くの蛇竜（ワーム）はそのようにして死ぬ。

「クソがッ！　ちくしょう！　もう少しだったんだッ！」

「か、かあさん」

視界の果てまでが微塵に抉れ、所々に大穴を穿たれた光景の只中である。

撒き散らされたアトラゼクの臓器を前にして、軸（じく）のキヤズナは地団太を踏んだ。

「あの砲撃の化物だ……！　あれさえなきゃあ、アタシとメステルエクシルの完全勝利だった！
獲物を横取りしやがって……探し出してブチ殺してやる……！」

その激闘の痕跡に佇む二名の名は、魔王自称者、軸（じく）のキヤズナ。そして彼女の最高傑作たる機魔（ゴーレム）、窮知（きゅうち）の箱（はこ）のメステルエクシル。

「——テメエもだ、おぞましきトロア。ここできっちり潰す」

「いいや」

この場に立つ者はもう一人いる。

全身に無数の魔剣を積載した、死せざる魔剣士。おぞましきトロアという名だ。

「もうこの場に用はない。爆砕の魔剣は回収した。俺の勝ちだ」

「これから死ぬヤロウが何抜かしてやがる。それとも魔剣もあの世まで持っていくか？」

「お前こそ何を言う――知らないのか？」

地平咆の狙撃の着弾衝撃に巻き込まれ、メステルエクシルによるADSの痛撃を受けたその体は、満身創痍という言葉でも生ぬるいだろう。それでも魔剣の一本すら手放さずに、彼は立っている。

「俺は不死身だ。地獄から蘇った、おぞましきトロアだ」

メステルエクシルとキヤズナの二名を相手取りながら、爆砕の魔剣を奪う。降り注ぐ地平咆の矢の渦中に飛び込み、微塵嵐へと自らの体で挑む。この場の誰もが命を削る激戦の中にあって、おぞましきトロアは最も過酷な条件で戦い続けていた。

たかが魔剣だ。本当は命を懸ける価値などないのだと、彼自身が誰よりも知っている。

だからそのような無価値なものに、何も知らぬ誰かの命が振り回されることなどあってはならない。人は魔剣に使われてはならない。

たかが魔剣のために戦い続けるのはトロアだけでいい。

「……ブチ殺す前に聞いておくぞ。おぞましきトロア」

老婆は不愉快そうに表情をしかめた。

「どうして約束を守った」

「さあ。どうしてだろうな」

魔剣のために、どこまでも戦えると信じたかった。それを確かめるための戦いだったのかもしれない。自分を捨てて、完全なおぞましきトロアであれるのだと。

それはきっと一面では正しく、一面では間違っていた。

彼はたかが一本の魔剣のために、どこまでも戦うことができるだろう。

これからも戦い続けていける。しかし。

「トロア！　あ、ありがとう」

「……何故お前が礼を言う」

「ぼくは……ころされたけど！　でも、しってる！　トロアは、かあさんを、こ、こ、ころさなかった！　ははははは！　いいやつだ！　トロア！」

「違う。微塵嵐（みじんあらし）に追いつかれないために、キヤズナを殺すわけにいかなかった」

戦車機魔（チャリオットゴーレム）の荷台で戦闘していた時、トロアにはいくらでもキヤズナを殺傷する手段があった。メステルエクシルはそれを知っていたのだろうか。自身では動けなかったあの時にも。

「……。じゃあ、なんだ。砲撃の……砲撃の野郎はテメェの差し金か？」

「馬鹿を言え。そんなわけがないと分かっているだろう」

「チッ」

「……戦いの最中、俺達を見ていた者がいる」

交戦当初の地点ならばともかく、この距離にまで近づけばトロアにも察知できた。観測手の存在は、メステルエクシルも同様に気付いているはずだ。

「わ、わ、わかる！　でんぱ？　が……ええと、はねかえって、みえてる、から！」

「何だオイ、レーダー反応があったなら早く言え！　一連の砲撃の着弾地点を観測していやがったとして……黄都（こうと）の連中か？　どっちみち、そいつに聞けばいい話だ！　最初にやることァ分かってるな、メステルエクシル！」

「はははははははは！　ぼ、ぼくが……ぼくが、かつ！　トロア！」

メステルエクシルが笑い、拳を打ち鳴らす。

トロアは大地を踏みしめて魔剣を抜いた。

キヤズナは、やはり不機嫌なままで銃口を向けた。

――そして。

「ねえ、誰か！」

「……っ」

戦闘が再び始まろうとした瞬間、叫びがあった。

「誰か、誰か、来て。お願い。ク、クウロが、死んじゃう」

空から落ちてきた者はまるで小鳥のようだったが、違う。

一触即発の三者の間に飛び込んだのは、翼の両腕を持つ造人（ホムンクルス）の少女だ。

「とりだ！　ちいさいとりが、きた！　かあさん！」

「そいつに触んなメステルエクシル。空人（ハーピー）……いや、造人（ホムンクルス）か。わざわざ空人（ハーピー）に似せて作ってんのか？　随分なゲテモノ趣味の魔王だな」

「待て」

トロアは剣を収め、少女の方へと歩んだ。キャズナは舌打ちとともに銃口を下ろす。

メステルエクシルも造人（ホムンクルス）に駆け寄っていったからだ。

興を削（そ）がれ剣を下ろされてまで、この敵を殺すのも腹立たしかった。

「ど、どうしたの！　クウロって、なに！　クウロが、しぬと、こまるのかな！」

「この先に、こ、黄都（こうと）の陣地があるの！　ねえ、クウロを運んで……！　クウロは、みんなを助けるために……助けて。助けてよう……」

造人（ホムンクルス）の言葉はまったく要領を得なかったが、それでもトロアは気付いた。

「観測手だ」

「あァ？」

「俺達を見ていた観測手が、負傷しているんじゃあないのか」

少女が現れた方向の崖上を見る。さらに高所のどこかから滑落したのか、戒心（かいしん）のクウロは彼らの目が届く地点に横たわっていた。とめどなく流れる血は、恐らく腹部からのものであろう。致命傷の可能性は高いように見えた。

「だったらどうした。勝手に死なせとけや。アタシらに関係あんのか」

「……微塵嵐（みじんあらし）を討った砲撃は、あの男の手柄だろう。お前も砲撃手の正体を知りたいんじゃなかったのか？　生かす価値はあると思う」

自分達の他にも戦っている者がいたことをトロアは思う。

あの嵐の中には、無数の思惑が入り乱れていた。

トロアは魔剣のために戦っていた。メステルエクシルは母のために戦っていた。

ならば彼は何のために戦っていたのか。

「災厄に身を晒して、人里を守る戦いをしたんだ。救われる権利がある」

「へえ……！　す、すごいなあ！　えらいんだなあ！」

「あァ～!?　んなもんアタシが知るか！」

「怒らないで！　お願い、怒らないで……あの、ね。クウロは、大事なの。わ、わたしにとっては、一番大事なの。だから……助けて……」

小さな造人(ホムンクルス)の目から、ポロポロと涙が落ちた。

彼女の翼の腕はクウロを運ぶこともできない。

「俺が背負っていく」

トロアは答えた。

彼らは背負い続けてきた。誰からも奪わせない。だからあるべきものを、あるべき場所へと。

奪わずに済む戦いがあるのならば、彼はそうしたかった。

「黄都(こうと)の陣地はどれくらい先にあるんだ？」

「案内する！　わ、わたし……案内する。宿場のあるとこ……わたし、おぼえているの」

「夜までかかるぞ」

キヤズナが断言した。最も近い宿場まで、ここから10㎞以上の距離がある。

「どっちにしろ失血死さね」

「……いいや。手段は思いついた。俺の考えにしては、いい手だ」

魔剣士は、クウロの元へと歩きながら言った。

「お前の車を使えばいい。キヤズナ」

「あァ!?」

事もあろうに人命救助のために戦車機魔（チャリオットゴーレム）を使う。邪悪なる魔王自称者キヤズナに対して、それは信じ難い提案であった。

「アタシがンなクソ話を呑むと思ってンのか！　叩き殺すぞ！」

「分かっている。ただとは言わない」

トロアは足を止めて、一本の魔剣を大地へと突き刺した。

戦いの最中にも有り余る重量を背負い続け、一つとして魔剣を手放さなかった男が。

「——爆砕の魔剣と引き換えだ」

「……お前」

当然のようにそう言った。

彼はこの日、その一本の魔剣のためだけに命を削り、死線を潜った。他に何の報酬もなく、ただ、おぞましきトロアであるために。

「お前は」

キヤズナは言葉を続けようとして、できなかった。

この敵には譲れぬものがあったのであろう。彼女もそれを理解している。誇りのための戦いであったはずだ。他の誰にも屈しないことが軸のキヤズナの誇りであったのと同じように。

「か、かあさん……」

「メステルエクシル。軸のキヤズナは誰にも折れねえ」

あらゆる脅威に阻まれることのない自由を。それが軸のキヤズナの望みだった。

それでも――誇りを通すための戦いをしたのは、常に誇るべき己であるためだからだ。

「……戦車機魔はくれてやる。勝手に乗りな」

◆

おぞましきトロア達を見送った後で、キヤズナは再びその場所へと戻った。

荒野に影を伸ばす一本の剣の名は、チャリジスヤの爆砕の魔剣。

「さあて、行くぞメステルエクシル。爆砕の魔剣はお前のモンだ」

「うん」

無垢な鉄の巨人は、爆砕の魔剣へと歩みを進めて……そして、止まった。

「ね、ねえ。かあさん」

「なんだい」

「お、おいていって、いいかな!? これ!」

「……置いていくってオイ。お前のお気に入りだろうが。なんでだ」

キャズナは目を丸くして問い返した。彼女達が奪った財宝の中でも、メステルエクシルが一番の愛着を抱き、戦車機魔(チャリオットゴーレム)の荷台でまで振り回していたほどの品だ。

メステルエクシル自らがそのような事を言い出すとは思わなかった。

「トロアに、かってないから」

——勝った奴には奪う権利がある。

「か、かてば、なんでも、てにはいるんだよね!? じゃあ、ぼく……トロアにかってから、ほしい。また、たたかいたい! で、できるかな!?」

「そうか……」

キャズナは僅かの間言葉を失って、自らの子供を見た。

「そうか……そうか! ヒッ……ヒヒヒヒヒヒヒ! やっとお前の望みができたか! 勝ってブッ倒したいヤロウをこの世界に見つけたか、メステルエクシル!」

笑っていた。魔王は心底愉快そうだった。

自らの子の成長が、彼自身の意志と望みが嬉しかった。

「そうさね、メステルエクシル! たかが魔剣をよォ……素直に渡すのはごめんだが、素直に渡されるのはもっとごめんだね! 立派にカッコつけられるじゃねェか、メステルエクシル! さすが、アタシの自慢の子供だ!」

「はは、は！　はははははは！」

「ヒッヒヒヒヒヒヒヒヒヒ！」

夕日の影を伸ばす魔剣を前にして、母と子はしばらく笑った。

◆

彼らはやがて、再び旅を始めた。

黄都(こうと)を目指す。次に倒すべき敵がそこにいるのだ。迷宮機魔(ダンジョンゴーレム)を殺した、柳の剣(やなぎのつるぎ)のソウジロウ。

夜闇の道をメステルエクシルの単眼の光が照らして、キヤズナはその肩に腰掛けている。

「で、でも、よかったの？　かあさんも、あのけん、だいじだったんじゃないかな!?　す、すごいけんなんだよね！　つ、つ、つよかったのかなあ！」

「あァ？　バカ言え。どこのマヌケが魔剣なんぞのために必死になるかよ。アタシがあれを渡したくなかったのはな。魔剣だからじゃあねえ――」

彼女もまた、譲れないもののために魔剣争奪の死闘を演じた。

魔剣に触れた何もかもを皆殺しにする怪談の存在――あのおぞましきトロアに、軸(じく)のキヤズナは意地を通そうとした。それを考えるだけで笑えてくる。

「――自分の子供の、お気に入りのオモチャだからさ！」

日の沈みゆく峡谷を、鉄の車が走っていく。

キヤズナの指令によって自動的に黄都陣地まで辿り着くよう設定されたその車両は、魔王自称者の最新の技術が投じられた戦車機魔だ。

荷台には、いくつもの魔剣を背負った怪談の存在が座り込んでいる。

おぞましきトロアであった。あるいはそれが彼の死を看取る死神になるだろうか。

クウロは運転席に横たわって、傍らで落涙するキュネーを見ている。

「……キュネー。どうして……俺を……」

「助けるよ！　クウロのことが大事なの！　何度も言ってるのに！　何度も、何度も！　信じてくれなくたって、嫌われたって、わ、わたしは、そうするの！」

キュネーの信頼や好意には、何の理由もない。

クウロがどんな報酬も惜しまないつもりでいても、彼女は安いガラスの玉やどこでも手に入る果物のようなものを喜ぶ。

戒心のクウロは、理由のないものを何一つ信じることなく生きてきた。

「……なんで……」

「うん。うん」

「………なんで……俺なんだ……」

「なんで、って」

小さな少女は、胸が締めつけられるような表情だった。

「造人（ホムンクルス）が恋をしちゃいけないの？」

信じられなかった。

笑えるのならば、笑ってしまいたかった。

あまりにもくだらなくて、ありふれた――理由のない話。

「……お前、には……」

「何も。いつも言ってた報酬なんて、何もいらないの」

瀕死（ひんし）のクウロの言葉を少女は継いだ。

まるで彼のことを、彼自身よりも理解しているかのようだった。

「何かをくれるから、好きになるんじゃないんだよ」

ああ。彼女の言う通りだ。愛というのはそういうものであるらしい。

いつでも楽しげにしていた。才能を求められることもなく、何かを奪うこともなく。

「ね。あとで――わたしが、あとで欲しかったのは」

あの時言わなかった報酬の話だと分かった。柔らかな翼がクウロの頬を撫でている。

クウロは真面目すぎるよ。もっと――

「もっと、クウロに笑ってほしかったの」

きっと、いつものように他愛のない報酬ばかりを。

「笑ったさ」

――お前のお陰で笑えた。

キュネーの姿を見る。

泣き出しそうなその顔を、美しいと思った。

クウロの天眼には、他の誰の目よりも彼女の瞳が見えるのだ。

謝ろうと思った。

礼を告げようと思った。

あるいは、他の何かを――

◆

声が聞こえる。

いくつもの影が、闇に囁き合うような声だ。

「爆砕の魔剣は回収したぞ。どうする」

「――トギエ市の旧王国主義者に渡す。戒心（かいしん）のクウロを始末した観測手は、旧王国主義者であったことにする。現場から回収された魔剣は、黄都（こうと）の立場からすれば動かぬ証拠になるからな」

「アッヒャヒャヒャヒャ！　それにしても〝地平咆（ちへいほう）〟が出てくるとは思いませんでしたねェ！　驚きすぎて、元から大きな顎が外れるかと思いましたとも！」

「仮に都市部で迎撃させていたら、現場に残った内臓も焼却できなかったな。お嬢様は慧眼だ」

「こ、黄都もそれだけ手強い……ってことですよ。〝微塵嵐〟程度じゃ駄目ってことなんでしょうね……せ、せめて星馳せアルスくらいは引きずり出せないと」

「なるほど、なるほど。単純な個の脅威で黄都を攻め落とすことはできないと見ましょう。それが分かっただけでも、十分な収穫でございますねぇ。ええ」

「今回の情報を踏まえて黄都を落とすのならば、冬のルクノカでも動かさなければな」

「冗談はよせ。ヤマガ大漠を行くのもお嬢様のお体には負担だったのだ。無理はさせられまい」

「やはり王城試合か」

「ああ。王城試合だ」


微塵嵐のアトラゼクは、深い昏睡から目覚めた。

今しがたまで会話を交わしていたはずの影はどこにも存在しない。

日の光を遮るような、鬱蒼とした緑の森林である。

「……おお。何故だ。あり得ぬ」

彼の胴体は半ばから千切れかけている。地平咆の矢が直撃した、致命の傷であった。

理不尽な災害として人に無意味な死をもたらし続けてきた古竜は、彼自身には理由も正体も分からぬ理不尽な天災に見舞われて、死を迎えようとしている。

「全てが……微塵。微塵であるのに。こんなはずがない。た、たかが微塵に、負け……」

身じろぎもできず、頭が横倒しに転倒する。

水しぶきが散って、そこが森の只中の湖であることが分かった。

もはや死を待つのみとなった彼の目の前で、清浄な露が葉から滴った。

「貴様は。お、お……」

湖の畔。鮮やかな緑の木漏れ日の中に、少女がいた。


「――思い出す必要はございませんよ」

黒いスカートを両指に摘んで、少女はまるで踊るように回る。

白く綺麗な裸足(はだし)が、浅い水面に輝きを描いた。

「お願いした通りに、最後にここまで辿り着かれたのですね――アトラゼクさま」

「何故。何故、名前を」

誰もが彼を微塵嵐(みじんあらし)と呼んだ。人格を持たぬ殺戮の気象として扱う。

誰一人として知らぬはずの名。

少女は両指を合わせて微笑む。

「それは、貴方がお教えくださったからです」

そうだ。初めて出会った少女ではない。

知っているはずだ。彼女に何かを命じられたはずなのに、**思い出してはならない**。

「……アトラゼクさまが無事にここまで戻られて、本当によかった。貴方が黄都(こうと)の近くで〝地平(ちへい)咆(ほう)〟に負けてしまえば――死骸を調べられてしまいますもの」

戒心のクウロを監視していた者は、アトラゼクへの攻撃が成功するのを待ってクウロを討った。

地平咆メレが攻撃を開始した時点で、それ以上微塵嵐を進めてはならなかったから。

そして……地平最強を極める修羅が戦ったその時、彼らの有する手の内と戦力がどれほどのものであるのか、その調査を終えていたから。

「こ、黄都に。儂は。黄都に、向かわなければ――」

「いいえ。もう向かう必要はございません」

〝灰髪の子供〟は、微塵嵐の経路予測を気象予報という形で両勢力に売り渡した。

旧王国主義者はその情報を基にして、黄都への攻撃準備を開始した。

黄都は地平咆メレを動かし、大規模な迎撃作戦を実行した。

窮知の箱のメステルエクシルとおぞましきトロアは、グマナ峡谷の一点で衝突した。

彼らの動きには根本的な前提がある。

何故、微塵嵐は黄都へと向かっていたのか。

「どこにも、向かう必要はございませんよ」

ヤマガ大漠の神は、あの恐るべき殺界から死力を尽くして逃げた。メステルエクシルのマイクロ波兵器に神経を苛まれながら、〝地平咆〟の射撃に体を貫かれながら――あたかも本能を越えた指令に従っているかのように、限界を超えた力を発揮していた。

「〝地平咆〟が〝微塵嵐〟を討った。それを誰もが確信しております。誰も貴方を探すことはございません。死体すらも」

地平の誰にも知られることなく、影の中で全てを操作し、陰謀を巡らせる者がいる。

「そして全ては秘密の裡に。――お休みなさいませ」

少女は、目前に静かに佇んでいる。たおやかな細い指がアトラゼクの顎先を撫でる。

美しく、白い花のように微笑んでいる。

傷口から苦痛が滲む。

砂だ。

僅かに付着したヤマガ大漠の砂が、アトラゼクの肉と鱗を削っているのだ。

「お、おお。そんな、何者だ。な、何が」

そうだ。ひどく微小であっても、彼の体を削り続けるその力は、微塵嵐に他ならなかった。

ヤマガ大漠の砂にそのような詞術を使える者などいない。いないはずだ――彼自身以外には。

「オ、オオオォォォッ！　た、助け、助けてくれ！　み、微塵に、微塵になる！　儂がッ！」

恐ろしい。

彼は自分自身を微塵嵐で削っている。この無力な少女を殺すことができない。永遠に。

「アニさまを……生贄の娘を、あなたは微塵にして喰らいましたね」

彼がまるで塵のように殺した、たかが人間の娘の名だった。

「それが感染源です」

……血が。臓腑が。

切断された胴の断面から、とめどなく死が流れていく。湖が赤く染まっていく。その死体はどこにも残ることはない。アトラゼクが存在した痕跡は残らない。

「た、助けてくれ。許してくれ」

アトラゼクは真に恐れた。微塵嵐たる彼を、遥かに凌駕する怪物。

神たる彼を逆らえぬ傀儡と化した、あり得ざる血鬼の実在を。

「いいえ。もっと見せてくださいませ。いつか村の皆に――」

黒曜リナリスは立ち去っていく。死にゆく彼に背を向けている。

死を見るのは彼女ではなかった。

「楽しいことを、いいことを見せて、あげると約束しましたもの」

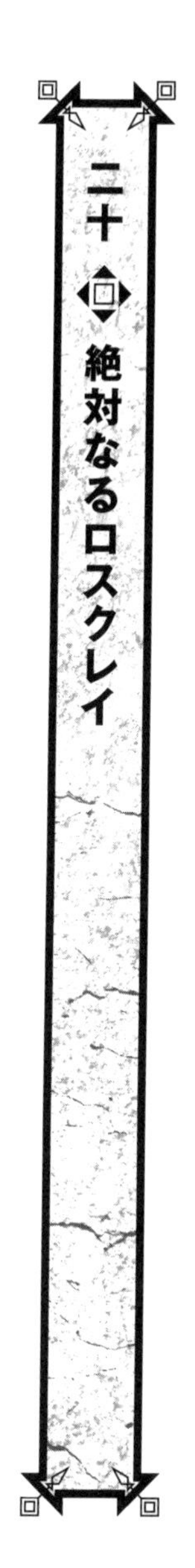

——絶対(ぜったい)なるロスクレイ。武勇の頂。真なる騎士。

黄都(こうと)の市民に、この地上で最強の英雄を聞いてみるがいい。

様々な答えが返るかもしれない。無数の迷宮をただ一羽で踏破した異形の鳥竜(ワイバーン)、星馳(ほしは)せアルスか。

あるいは誰もが見たことのない伝説の竜(ドラゴン)、冬(ふゆ)のルクノカか。

それでも彼らの脳裏にあるのは、常にロスクレイの名だ。その伝説と輝きを知る者ならば、最強の二文字を、絶対(ぜったい)なるロスクレイと比較せずにはいられない。

正々堂々たる騎士、ロスクレイ。人間(ミニア)の中で唯一単独で竜(ドラゴン)を討ち果たした伝説を持つ、竜殺しの英雄。如何なる敵が現れようと、その白銀の鎧に汚れ一つ付けることはない。

もしかしたら破城(はじょう)のギルネスも、民と同じ憧れを心のどこかに抱いていたのかもしれない。

湿った地下牢(ろう)に繋がれ処刑を待つ、国を恨んだ反乱首謀者であっても。

旧王国主義者は無残に敗北した。微塵嵐(みじんあらし)という主力の策が潰え、トギエ市に集結させた兵力による陽動は無意味なものとなった。黄都と敵対関係と見られたオカフ自由都市が、秘密裏に黄都と協定を結び戦線に介入したことも、彼らの大きな敗因となった。

……そしてこれが、軍勢を率いたギルネスの末路だ。

「俺と絶対なるロスクレイとを、決闘させるというのか」

暗闇に座り込んだまま、彼は格子の向こうに立つ男へと問い返した。

「そうだ。破城のギルネス。貴様の行いに大義はない。いたずらに民を脅かし、人命を奪っただけのことに過ぎない。断じて許せぬ平和への裏切りだ」

黄都第三卿、速き墨ジェルキ。黄都の政務を牛耳る最高官僚の一人だ。

このまま鎖を引きちぎり、千切れた鎖で格子の隙間を通し、ジェルキの顔面を縦に割る——それが可能であっても、光景を脳裏に浮かべるのみだ。この男を殺せば終わる戦いではない。

ギルネスは、これは民のための戦いだと信じている。彼だけではなく民が立ち上がらねばならない。栄光ある中央王国の王国軍が、いつしか旧王国主義者と呼ばれるようになっても、ギルネスはその強固な信念の下に戦ってきた。

「だが貴様はかつての名将、破城のギルネスであろう。今でも貴様を慕う民の数も少なくはない。ならば貴様の取るに足らぬ主張を聞き届けぬまま処刑する事も、女王陛下の正義を損なう行いだ。故に機会を与える。これは正義を懸けた、真業の決闘になる」

真業。今では滅多に行われないことだが、王国の古い伝統に則った決闘形式をそう呼ぶ。

仮初の武器も用いず、詞術を制約することもない。

技も力も、対戦する両者が個人の持ち得る全てを懸ける。無論、その中には命も含まれる。

「貴様らはそれで構わんのか？」

それを知らされてなお、破城のギルネスが動揺することはなかった。

戦に敗れ処刑を待つのみの彼にとっては、真業はむしろ破格の条件ですらある。

「俺がロスクレイを殺し、潔白を示す。……俺は、その場で民に二十九官体制の欺瞞を告発するぞ。試合の場でそれを止められる者はいまい」

「分かりやすく言おう。これは提案ではない。決定だ。貴様に拒否権はない。全力を尽くし戦え」

第三卿の表情は、冷たい眼鏡の輝きと同じく、無機質で、冷徹だ。

黄都がこの試合を開催する意図は無論、この先に控える王城試合である。

英雄同士が持ち得る全てを尽くして、命を奪い合う。真業の決闘こそが、この先の時代に突出した怪物を誰一人残さぬための必要不可欠の取り決めになる。

英雄同士の真業がどの程度民に受け入れられるか、彼らの熱狂をどれだけ煽ることができるか――絶対なるロスクレイと破城のギルネスという両英雄の戦いは、その度合いを事前に把握すべく行う模擬演習である。

黄都の礎となった中央王国時代、猛将として民を守った破城のギルネスならば、ロスクレイの相手としてそれ以上の適任者はないだろう。

「真業と言ったな。全力を尽くし戦えと」

幽閉のうちに伸びた髭面に、獣じみた笑みを浮かべる。

あのロスクレイとの決闘。願ってもない。

「試合のその日まで、俺を閉じ込めておくつもりか？　剣を握らせることも、全盛の動きを取り戻させることもなく。それで全力を尽くしたと、貴様らは納得するのであろう。民はどう見る。貴様らの思うような愚かな者ばかりか？」

「無論、貴様はそのように主張するだろうな」

軽い金属音が鳴る。ジェルキの目配せに応じて、看守が牢の鍵を開けたのだった。

そのまま、ギルネスの枷までもが外されていく。

「決闘のその日まで、監視の上で貴様を釈放とする。決闘の日取りは布告している。貴様の合意を条件として保釈を認めることは、黄都の民も周知の話だ」

「……何を企む」

「何も。黄都第二将の力を恐れるのならば、精々見苦しい言い訳を並べ立てて逃げるが良い。幸いこちらには、そのように惨めな敗北者を追う暇もない。民からの人望を引き換えにして、貴様一人で生き延びることも、あるいは可能かもしれんな」

破城のギルネスが釈放された姿を現に民へと見せることで、女王の寛大と正当性を示す——そのような意図が含まれた処遇であるのかもしれない。

鎖で繋ぐ必要もないのだろう。かつてあった王権の正当性を拠り所とするギルネスにとっては、自らの正義と中央王国の民からの期待の視線こそが、何よりの鎖となるのだから。小二ヶ月後の決闘から逃れる道は封じられている。

「俺が再び、議会や兵舎を襲撃するとは考えないか」

「構わん。貴様は女王陛下の慈悲を無下にした恥知らずとして、今度こそ討伐の名分が立つ。その時貴様に誅を下すのは当然、絶対なるロスクレイだ。どのように足掻こうが、貴様はロスクレイと戦闘する運命からは逃れられないと思え」

「……いいだろう。どの道そうであるなら、民の前にて正義を示すべきだろうな」

つまり、試合場における真業でロスクレイを討つ。

元より、ロスクレイを恐れる心はない。ギルネスの決意は最初から決まっている。

彼が守り続けた中央王国は、西連合王国の血族の女王セフィトのものでは断じてない。黄都と呼ばれる謂れもない。

〝本物の魔王〟の脅威を前に種族分け隔てなく呼びかけ、民を集め、今の黄都の礎を作った主、アウル王の国家だ。セフィトはただ〝正なる王〟の中で唯一生き延び、その血統だけを理由にこの国を簒奪した侵略者に過ぎない。

王とギルネスが守った中央王国は、他の二王国の民の流入に無残に歪められた。

女王を許すことはできない。彼女の手足として民を支配する、黄都二十九官も。

〝本物の魔王〟との対話などという愚劣の極みに滅んだ王国の娘が、女王など。

ギルネスの胸中を満たしているのは、無限に燃える怒りだ。

彼らの愛した民を、この正当なる復讐に目覚めさせねばならぬ。

◆

ギルネスが歩く街路の所々では、常に黄都の兵が彼を見ている。

それでも、監視の目が及ばぬ場は必ずある。風呂や寝室の中。あるいは告解室や娼館。

その時のための武器を、破城のギルネスは懐に忍ばせている。

兵士に取り上げられる類の武器ではない――市民に見せたところで、用途を理解できる者は殆どいないだろう。手に収まる程度の空洞の木の軸から、中央で割れた三角形の金属板が伸びている。

万年筆、という道具だ。

〝灰髪の子供〟との取引でもたらされた技術である。多くの者が〝教団〟で学ぶ以上の識字の能力を持たず、貴族や王族ですら家系や王国に伝わる独自の文字言語を用いるこの世界にあって、ギルネスの精鋭部隊は彼ら自身の文字を定め、一兵卒に至るまで徹底的にその教育を施している。

市街の各所へと残した布片に残された液墨の染みが意味する文章を、監視の兵程度が理解できるはずもない。

（全力を尽くせと言ったな）

彼は全力の鍛錬を続け、日々の営みを行い、試合を心待ちにする市民に笑顔で接し、あるいは支持せぬ者からの白眼視を受け流した。

ギルネスを監視する兵が、そう報告するように。

黄都議会が把握しない情報網によって、破城のギルネスのかつての部下が集まりつつある。互いに接触することはない。それでも各地に残した伝言で、作戦の進捗を共有している。

動ける人員は百名。尽くが、試合の日へと向けた計画を進行している。

(後悔にはもはや遅いぞ。第三卿ジェルキ)

◆

「ギルネス様、試合の日取り、もう大二ヶ月後になりましたか!」

「……ええ。この店の紅果も、そろそろ食べ納めになるやもしれませぬなあ」

「いえいえ、ギルネス様も大したものです。あのロスクレイ様と、真っ向勝負! 他の誰にもできることではありませんや。息子も楽しみにしておりましてねえ」

準備と鍛錬の期間は過ぎ、小二ヶ月あった猶予は、残すところ大二ヶ月に迫っていた。

大月が一度巡るのに要する日数は六日。十二日後である。この十二日で、各地に散らばっていた配下もこの黄都に集う。試合の日、観客が勝利の興奮状態にある中で告発を行い……その時こそ、全ての軍勢は民を巻き込んで同時に決起するのだ。

「真実のための戦いです。無論、正面から受けて立ちますとも。中央王国は今は亡きアウル王の築いた国家であって、セフィト女王や、まして議会のものではありません」

「はあ。俺は学がないもんでよく分からんですが、言われてみれば確かに、今の議会は少しおかしいのかもしれませんなあ。うちの息子はロスクレイ様を応援していますがね、もちろん私は、ギルネス様のことも贔屓していますよ！」

この青果店の店主も、大二ヶ月後に行われる試合が真実殺し合いであることを、心の底からは実感していないのだろう。

呑気に両者を応援しているということは、そういうことだ。彼らの甘い認識が現実を思い知った時、その心はどのように変わるだろうか。それとも〝本物の魔王〟の時代にすら辺境において奴隷闘士の真業を競う闘技場が隆盛を誇ったことを思えば、あるいは今でも民の本質は変わらないのかもしれない。

「ありがたいことです。正義の示されるその時を、是非、息子さん共々見届けていただきたい」

ギルネスが店主と話している間、果物の並ぶ棚を見定めていた客が、立てかけていたギルネスの剣を取った。監視の兵の位置からは、それは観葉樹に阻まれる死角だ。

その客は代わりに、鞘と柄が全く同じ造りの剣を置いている。

ギルネスは口髭を撫でて了解の意を示す。

「……それでこそ、戦いの中で犠牲になった者達が浮かばれるというものです」

「いやあ本当に。兵士の皆さんが今の平和を守ってくださったんですからなあ」

さりげない風を装って、ギルネスは取り替えられた剣を手元へと寄せる。

剣身の重量は、今まで用いていた数打の両手剣とは全く異なっていた。

（──チャリジスヤの爆砕の魔剣。まだ残っていたか）

これまで、鍛錬の際に実剣を抜いたことは数えるほどしかない。

これから大二ヶ月をかけて、この剣身が元からその形であったかのように、監視の者達の目に慣れさせていく。試合当日に、すり替えに気付くことのできる者がいないように。

絶対なるロスクレイは、この魔剣に触れたその時に死ぬ。

◆

四日後。破城のギルネスは郊外の住宅を訪れている。

釈放以来懇意にしている酒場の主人の使い、という形を取っている。人気の少ない土地のためか、監視の兵は特段に姿を隠す様子もなくギルネスの後方の樹木に寄りかかっている。

ギルネスは呼び鈴を鳴らした。部下を用いて集めた情報が正しければ、今はこの隠れ家に、目的の人物がいるはずである。

呼び鈴の音と同時に、重い音が後方で倒れた。

振り向くと先程まで立っていた監視は地面に倒れ伏していて、その代わり、ひょろ長い初老の男がうっそりと佇んでいる。

「……ロムゾ先生」

「おや、これはギルネス将軍。お久しぶり。少々邪魔になりそうな者がいたのでね。ふむ。こうして眠らせてしまった」

学者然とした丸い眼鏡で、倒れた兵を他人事のように見下ろしている。

彼の体術の凄まじさは、かつてアウル王が健在だった頃となんら変わるところはない。

「木に寄りかからせておこう。よいしょ。本人は眠ったことにも気付かないだろうがね、代わりに眠りも長くは持たない」

「分かっております。話は手早く済ませてしまいましょう」

──釈放の交渉。黄都に集う百名の部下。チャリジスヤの爆砕の魔剣。彼が最後の切り札である。

星図のロムゾ。〝最初の一行〟の一人として知られる男だ。

この世で初めて〝本物の魔王〟へと立ち向かった、伝説の七名。彼らは全員がその時代の頂点を極める英雄であった。無敵を誇った彼らも〝本物の魔王〟の前に敗れ去り、ロムゾを含めた僅か二名のみが生き延びたのだと伝えられている。

二名も生き残ったのだ。

数え切れぬ程の英雄が〝本物の魔王〟へと挑んだが、生還の例は皆無に等しい。

その数少ない生き残りの一人が、星図のロムゾ。

彼は現在の黄都のあり方を憂う同胞であり、ギルネス自身と並ぶ最高戦力の一人だ。

「ご存知の通り……四日後の試合の最中に、我々は行動を起こすつもりです。場所は城下劇庭園。周囲を客席が囲んでおり、〝鳥の枝〟の射程で十分到達します。そこでロムゾ先生には、援護を行う兵達を護っていただきたい」

「ふむ。それは容易い。全く容易い……が、それだけではなさそうだね」

「——試合前に〝宿威〟の技を願えますか」

「ふむ」

ロムゾは、ぼんやりと木々を見渡した。葉が茶色になり、落ちていく時期だ。

その間ギルネスは口を噤んで、彼を見つめている。

「それは容易い。分かっているよね」

「無論です。その一戦を勝ちさえすれば、我らが宿願は叶う」

先の兵士を昏倒させた点穴の技は、ただ攻撃に用いるのみが用途ではない。

その本領はむしろ自身や味方が戦闘する際の、肉体限界の解除にある。

〝宿威〟の技はその究極だ。死の代償すら背負いかねぬ技を、ロムゾはそう名付けた。

「……絶対なるロスクレイは、強いぞ。なにしろ、絶対だ」

「重々、理解した上での承諾です」

「うん。それなら、まあいい」

老いた師は悠々と歩き、住宅の扉に手をかける。

そこで振り返った。

「ああ、そこ……最初と同じ位置。私の三歩前くらいの位置に立っていなさい。そこの男、目が覚めた時はちょっとよろめいたくらいの気分でいるから」

「は。ありがとうございます」

彼は深々と礼をして、その場を去る。今、全ての準備は完了した。

客席からの百の援護。爆砕の魔剣。そして生命限界を越えた動き。

何もかも、ギルネスが持ち得る力の全てを尽くした準備だ。

真業。その取り決めをどのように受け取るのかは、個人によって異なるだろう。

清廉にして高潔な騎士たるロスクレイならば、自身の磨き上げた技術一つで戦うことを全力とするのかもしれない。ギルネスはそうではない。

彼はロスクレイのような偶像ではなく、目的を果たすべく戦う軍人である。


——試合の日が来る。

◆

「ロスクレイ！」

「ロスクレイ！　ロスクレイ！」

「ロスクレイ!!」

「ロスクレイ！」

満員の席を埋める群衆の声援は、まるで耳が割れんばかりだ。

白昼の城下劇庭園。広大な草の広場を囲む観客席に、興奮状態の黄都の民がひしめく。この中にはあの青果店の店主もいるのだろうかと、ギルネスはふと思いを馳せている。

ギルネスの対向に進み出た騎士は、まだ若い。

金髪と赤い眼(め)を持つその顔は、はっきりと分かるほどに美しかった。

それも、血鬼(ヴァンパイア)のように怖気をふるう美しさではない。見る者に安心を与えるような、爽やかな容貌の類である。

加えて筋肉の付き方すらも、恐らくは生まれながらの体質が異なるのだろう。大きく太い筋肉を纏ったギルネスの威容と比べれば、細く引き締まった、彫像の如き印象を与える体だ。

――誰もがその顔を知っている。絶対(ぜったい)なるロスクレイ。

(……なるほど。偶像として祭り上げられるだけはある)

こうして相対すれば、どちらが正義であるかは一目瞭然だ。

民を守る将軍として万の軍勢を率いた破城のギルネスも、彼と並べられれば、まるで山賊のように野卑な印象に見えてしまうことだろう。

「ギルネス将軍。貴方の武勇は今なお民の記憶に新しい。此度(こたび)の決闘を光栄に思います。遺恨なき闘争を、存分に見せましょう」

「こちらこそ、光栄だ。こうして申し開きの機会を与えられたということは……我が正義が決して黙殺したままにすべきものではないと、議会にも認められたものと考えている。今、一人の対等の戦士として、貴殿と仕合うとしよう」

ギルネスは、剣の重みを預けた自身の腕が下がっていく動きを認識している。

その腕が髪の毛一本分下がったその時、止める。動かす。髪の毛一本で止める。

一連の動作で軸が揺らぐことすらない。

傍から見れば、ただ滑らかに剣を下ろしているようにしか見えぬだろう。


この僅かな時間で、ギルネスは肉体の性能の確認を終えている。

瞬時に、思う位置と速さで肉体を〝止める〟ことができるのだ。

これぞロムゾの〝宿威（しゅくい）〟。ギルネスの全力の剣技に乗せたとすれば、その威力は如何ばかりか。

「ロスクレイ！」

「ロスクレイ！」

「ロスクレイ！」

歓声に混じって、試合開始を告げる号砲が鳴る。両者はその瞬間、間合いを詰めている。

ロスクレイが大上段に振り上げた構えが見える。教練で習う通りの、最も速い打ち下ろしだ。

だが。

（俺には当たらない。今の俺には）

ギルネスは、踏み込みを〝止める〟。

体重を乗せた全力の突進加速の只中であっても、今のギルネスにはそれが可能だ。

よってロスクレイは初撃の間合いを見誤る。それが最悪の失着となる。

「一瞬だ。悪いが――」

――悪いが、百の兵力を用いるまでもない。

剣筋を受ける下段に構えたギルネスの剣は、その先端でロスクレイの剣身を掠った。熱を帯びて爆裂する。ロスクレイの剣が折れる。

チャリジスヤの爆砕の魔剣。

観客の目からは、あまりの膂力に防御も叶わなかった一撃ということになるか。

その軌道のまま、胸に浴びせるように斬る。

「【――よりコウトの風へ。蛍の湖面。土の源。片目より出でよ。閃け】」

戦闘中に詞術が詠唱されていたことを、その時知った。

ギルネスの剣の軌道の前に突如生まれた熱術の電荷が剣身を逆流し、一瞬、逃れ得ぬ生体反応として筋肉を硬直させた。

常人であればそのまま意識を失っていたであろう。耐え、踏みとどまる。

(……なんだ、今のは)

頭を振る。さすがに、眼前の相手が行使する詞術の予兆を見逃すギルネスではなかった。

自らの武器を失いながら、ロスクレイは穏やかな表情を崩すことすらない。

見えぬ詞術の予兆は不可解だったが、少なくともロスクレイは今見せたように、実戦級の速度と威力を有した電流の熱術が可能ということになる。

あの剣戟の速度に合わせせる以上は、相当な研鑽を積まねばなるまい。

(騎士かと思ったが、詞術騎士か。それも良かろう)

この若さで戦闘の詞術（しじゅつ）を修めているのならば、むしろ与し易（やす）い。

――その研鑽に費やした時間だけ、剣の武練を積めてはいないからだ。

詞術（しじゅう）騎士との対戦は決して初めてではない。まして剣の技に限れば、年季にも経験の純度にも勝るギルネスが彼を越えることもできよう。彼が振るうのは接触が死の爆衝をもたらす、チャリジスヤの爆砕の魔剣だ。

次の剣を抜く暇も与えぬ。筋肉の硬直が解けた瞬間に、突進と同時に押し切る。

「……その剣」

ロスクレイは、ふと呟いた。

「中断でも申し立てるか？　もう遅い。俺の一太刀は貴様の口よりも早く届くぞ」

「いいえ。私も、新しい剣が入り用かと思いまして」

その答えを聞くまでもなく、ギルネスは踏み込んでいる。劇庭園の土が舞う。

「【――宝石の亀裂。停止の流水。打て】（vapmarsia wanwao sarpmore bonda ozno）」

ギルネスの横薙ぎの一閃（いっせん）が剣に阻まれていた。ロスクレイの剣――否。

魔剣の力に爆砕したその一本は、地面から生えてギルネスの剣閃を防いでいた。

ロスクレイを囲んで、四本もの剣が大地の鉄質より形成されつつある。

「馬鹿な、これは……！」

ギルネスは剣を引いた。実戦で、この速度の工術（こうじゅつ）をも用いるのか。

この男は騎士ではなく、正真の詞術（しじゅつ）士だったとでもいうのか。そんなはずはない。

「は……あっ！」

瞬間の動揺を逃さず、裂帛（れっぱく）の気合が土を踏んだ。

ロスクレイの新たな剣は教練通りの、あまりにも正しい軌道を描いた。

ギルネスの剣身を逆に辿って、篭手を割り裂いている。そのまま腕を落とされなかったのは、〝宿威（しゅくい）〟の効用で寸前に腕を引けたからに過ぎない。

「……ッ！」

平時のギルネスならば、この一度の交錯で敗北していたはずだ。

篭手の内布を浸しつつある血が、そのおぞましい予感を思わせた。

「あり得ん」

「【――よりコウトの土へ（io kouto）。形代に映れ（yurowastera）。宝石の亀裂（vapmarsia wanwao）。停止の流水（sarpmore bonda）――】」

「【――蛍の湖面（namfat qumziz）。土の源（ninhortas）。片目より出でよ（wi zio guraeua）――】」

「【――歪む円盤（tortew bijandr）。虹の回廊（ingmoru seipar）。隠れし天地を回せ（wrbandea ziograf）――】」

「【――よりジャウェドの鋼へ（io jadwedo）。軸は第四左指（laeus 4 motbode）。音を突き（temo yamvista）――】」

新たな剣がさらに生まれる。電光が瞬く。宙へと浮かぶ。


――これだけの詞術（しじゅつ）を同時に。いや、あの剣術も含めれば、五種類以上の高等技術だ。

あり得ない。あり得ない。

そもそも異なる詞術（しじゅつ）の同時発動など、あり得るはずがない。

（何が起こっている。そんなことが……絶対なるロスクレイは）

「……これで仕切り直しですね。ギルネス将軍。さあ、正々堂々」

もしかしたら破城のギルネスも、民と同じ憧れを心のどこかに抱いていたのかもしれない。

彼は正しき剣技で敵を打ち倒す、真なる正道の騎士なのだと。

「正しき技で、勝負しましょう」

（何もかもが、違う）

「ロスクレイ！」

「勝ってロスクレイ！」

「ロスクレーイ！」

「ロスクレイ！」

この男の強さは……もっと得体の知れない、何かだ。

◆

白銀の脛当てを纏う脚が大地を踏んだ。

教練通りの動作を極めた、鋭く速い、瞬発の初動。

ギルネスは、敵の踏み込みに合わせて下がる。〝宿威〟の状態にある限りは、相手の動きを見て、自身から仕掛けた動作を即時に切り返すことも容易い。

だが突如展開された詞術の乱発に注意を奪われたギルネスは、剣の間合いを避けても自らが握る魔剣の先端まで意識を行き渡らせることができていない。

ロスクレイはその隙を捉えた。

正眼に構えられたままの魔剣の先端を騎士の剣が絡め、巻き上げる。

力任せに撃ち落とすのではなく側面を押さえるように静かに当て、そして逸らす。極めて正しい王城騎士の技術であった。

（……爆砕の魔剣の特性が）

——見破られている。今、魔剣に触れたロスクレイの剣は爆ぜてはいない。

そして教練通りならば、この後に続く動きは決まっている。剣の峰に沿って滑るように、ロスクレイは距離を詰めた。手がギルネスの篭手を押さえ込み、互いに鍔迫りの形になる。

力と体格ではギルネスが上だ。しかし後退に合わせて押さえ込まれたことで、重心を前に乗せることができていない。それで拮抗している。

闘志を再び奮わせるべく、ギルネスは吼えた。

「ロスクレイ！　貴様が何者だろうが、俺は勝つ……！」

「——速度。斬撃の速度で、固体への接触。その条件で爆砕する」

ぞっと、ギルネスの背に冷や汗が浮かんだ。

間近で見るロスクレイの美貌には……先に観客に見せていたものとは全く違う、冷徹な沈思の表情が浮かんでいた。

眼前にあるギルネスの存在を意に介することもなく、口の中で呟き続けている。

「剣を鞘に収めることができていた。触れるのみが爆砕の発動条件であれば、このように」

ロスクレイは、押し合う両手剣の峰へと片手を添え、さらに力を込める。

必然的にギルネスもそのようにして抵抗せざるを得ない。

「……剣身に手を添えることもできない。剣術の幅も狭まる。そのような武器をこの場で用いるはずがない。よし」

体重差で押し飛ばされた勢いのままロスクレイは後退し、再び距離を取る。

それで悟る。今の鍔迫りは、体格に勝る破城のギルネスを押し切ろうとしたものではない。あるいは最初にギルネスの魔剣がロスクレイの剣を掠ったことすら、偶然の成り行きではなかったのかもしれなかった。

――チャリジスヤの爆砕の魔剣の特性が、完全に看破された。

ロスクレイが後退した位置には、地中より生成された剣の複製が今なお浮遊し続けている。

(俺達は打ち合っていた。その最中、ずっと複数種の詞術を持続できるはずが――)

違う。考えるべきはそれではない。心乱されるべきでないのだ。それは敵の付け込む隙となる。

本体の剣術に限ったとしても、絶対なるロスクレイはギルネスと同等以上の使い手である。

(……もはや、使うべき時だ)

ギルネスは掌中の握りを変え、右手側の手甲を落とす。

事前に備えていた、残る最後の手段の合図である。

それを彼らは、〝鳥の枝〟と呼んでいる。

細く折り畳める形状へと改良された、単発式の弩(いしゆみ)の名だ。

独特の射出音は決して小さくはないが、それは人の声域に掻き消える調整の周波数であり、群衆の怒号や悲鳴の中――あるいはこのような興奮の歓声の中にあっては、その射出点を特定できない仕掛けである。

(撃て)

――彼が指示する攻撃目標は無論、絶対なるロスクレイではない。

客席へと仕込んだ兵に、ギルネス自身の背を射たせる。

矢が目立ち、致命傷にはならず、その後に不正を糾弾する声を張れるように。

第三卿ジェルキの言動から判断する限り、黄都(こうと)はこの試合に伴う風評を勝敗以上に重視している。

そして考え得る手を尽くしてなおロスクレイの力に及ばぬことを、歴戦の将たるギルネスが一切想定していなかったわけではない。

観客席から騎士の背を射る卑劣な手段を用いるのはギルネスではない。ロスクレイの陣営だ。

実力差とは無関係に試合を切り上げるための手立てを、ギルネスは最初から整えていた。

それに続いて客席に紛れた百人の仕込みが、一度に暴動を扇動するはずだ。数の力は、場の空気を動かす局面において最も効果を発揮する。

「……」

敵の動きを見る。策が開始するまでにギルネスが生きていることは大前提の条件だ。

「はあっ！」

宙に浮く剣の一つを、ロスクレイは流れるように振るう。基本に忠実な、袈裟懸けの剣閃。

ギルネスは爆砕の魔剣で受けた。敵の剣が爆ぜ折れ、そして再びギルネスの動きが止まる。

先程ギルネスを硬直させた電流の熱術が、ロスクレイの剣から流されていたことが分かった。斬撃と同時に電流を流していた。

（何故だ）

既に合図は与えたはずだ。客席からの援護射撃が来る気配がない。

「素晴らしい反応です！　ギルネス将軍！」

ロスクレイの周囲には今や六本もの剣が生成され、騎士を中心に旋回している。

観客まで響く朗々とした賞賛とともに、ロスクレイは次なる剣を手に取る。ギルネスの腕は電流の詞術で硬直している。彼には〝宿威〟の効力がある。筋肉を動かすことさえできるならば、無双の技術を発揮するはずであるのに。

剣閃。

反応を。腕を犠牲にしてでも、胴に切り込まれることだけは避けなければ。

〝宿威〟の作用を以て、強引に剣の軌道を左腕で阻む。

しかし銀の軌道は、蛇が巻きつくかのように不自然な曲線でギルネスの左腕を避ける。

「【――軸は第四左指。音を突き。雲より下る。回れ】」

力術。剣を浮かせることができるなら、その軌道を変化させることも――

「ぐうっ!?」

体重を乗せた一撃が、ギルネスの胴を胸当てごと割った。

肋骨が断たれ、内蔵深くにまで達した傷であることが分かった。

何もかもが異形であるロスクレイの戦闘の中にあって、その剣術だけが、完全に正しいままの、王城騎士の剣。

「ロスクレイ!」

「やれるぞロスクレイ!」

「これにて終着です。ギルネス将軍。素晴らしい試合でした」

「ロスクレイ!」

「お前は……何者、だ……」

「ロスクレーイ!」

「ロスクレイ!」

絶対なるロスクレイは、見る者に安心を与える、穏やかな眼差しでギルネスを見下ろしている。

彼は果たして英雄なのか。

誰も気付かないのか。この試合で起こった出来事は、ことごとく異常だ。

「ギルネス将軍。命を奪うつもりはありません。降伏を望むのであれば、私は受け入れましょう」

「……」

「将軍」

ロスクレイは、頭を垂れたギルネスに無慈悲な追撃の剣を下ろすことはない。

しかしその代わり、囁く声で告げた。

「鉄張りの柄はいかがでしたか」

「……！」

末期の思考が走る中で、破城（はじょう）のギルネスはその言葉の意味するところを察した。

チャリジスヤの爆砕の魔剣。剣身のみを取り替え、鞘と柄を同じ造りにあつらえた。

誰もそのすり替えに気付くことのないように、黄都（こうと）に用意された剣のままに。

故に電撃の熱術（ねつじゅつ）は、ギルネスの剣を使い手まで逆流した。

ロスクレイの剣はどうだったか。石から生成した剣だ。柄を絶縁している。

「お前は」

「……そしてもう一つ、お見せするものがあります」

客席に見えぬよう、ロスクレイはマントの内側を見せた。

（……馬鹿な。こんなことが……！）

そこには幾つかの鉱石が輝いている。

一つ一つから針金が伸び――それは通信兵が用いているものと同じ、ラヂオであった。

「【オノペラルよりコウト（ownopellaio kou）の土へ。形代に映れ。宝石の亀裂（yurowastera vapmarsia wanwao）――】」

「【ヴィガよりコウトの凪へ（vigerio kouto）。蛍の湖面。土の源（namfat qumziz ninhortas）――】」

「【エキレージよりロスクレイへ。歪む円盤——】(egirwezi io rosxle tortew bijand)」

詞術(しじゅつ)を用いていたのは、ロスクレイではない。

人の経験の総量には限りがある。

星馳(ほしは)せアルスのような例外を除いて、全てに適正を持つ者などあり得るわけがない。

「ロスクレイーッ！」

「ロスクレイ！」

「ロスクレイがやったぞ！」

「ロスクレイ！」

もしかしたら破城(はじょう)のギルネスも、民と同じ憧れを心のどこかに抱いていたのかもしれない。

彼は正しき剣技で敵を打ち倒す、真なる正道の騎士なのだと。


何もかもが違った。この男の強さは、得体の知れぬ異才ですらなかった。

この小二ヶ月の準備期間で、彼もギルネスと同じことをしていたのだ。

ロスクレイ本人に詞術(しじゅつ)の予兆が見えなかったことすら、至極当然の話だった。


ずっとそうだったのか。人間(ミニア)が単独で竜(ドラゴン)を殺せるはずがない。

彼が真に単独であったと、誰が保証していたのか。その時に彼は、己の剣技のみで戦っていたとでもいうのか。この卑劣こそが黄都(こうと)二十九官の実態、民の信奉する英雄の正体だというのか。

「おお、おおおォォォ――――ッ！」

ギルネスの内に燃え続ける無限の怒りは、その時に弾けた。

それは憤怒(ふんぬ)であり、悔恨であり、何よりも深い失望でもあった。

もはや死に体だったはずの彼の肉体は、精神の激情に任せて剣を振るい――

「――はあっ！」

そして正しい軌道の、剣技の袈裟懸けを受けて倒れる。

先程割った胸当ての間隙を通って、銀閃は生命を停止させた。敗北を認めぬギルネス将軍の足掻きを、正々堂々と返り討ちにしたかのように見えたことだろう。

ロスクレイは深く息を吸った。真摯な表情を作って、観衆へと訴えかける。

その興奮が冷めてしまわないうちに、計算された演出を。

「……諸君が今、目の当たりにした通り。ギルネス将軍は、私の降伏勧告を拒絶し、剣を取りました。そして今、我が剣の前に斃れました！」

「ロスクレイ！」

「ロスクレーイ！」

「ロスクレイ！」

「彼は、自らの理想とともに殉ずる道を選んだ！　旧き時代を終えるべく、その尊い命を差し出したのです！　どうか将軍の勇気に喝采を！　彼の犠牲は……旧王国主義者と我らがともに新たな時代を歩む、その始まりの一歩となるのですから！」

「そうだロスクレイ！」

「ギルネス！　ギルネス！」

「ロスクレイ！」

「ギルネス！」

「真業にて戦いを決着した今、私はギルネス将軍を恨みはしません！　諸君にもそうあって欲しいと願います！　彼らは誰もが平和を築くべく戦った！　その犠牲を背負い、進歩する時です！」

剣の白銀の光を煌めかせて、黄都第二将は語る。

絶対なるロスクレイ。正々堂々たる英雄。

如何なる敵が現れようと、その白銀の鎧に汚れ一つ付けることはない。

「皆様の目の当たりにしたこの戦いこそが、我が真業。来る大試合において、私が修めたこの絶技の全てで敵を討ち果たすことを誓いましょう！」

「ロスクレイ！」

「ロスクレイ！」

「ロスクレイ！」

◆

演説を終えたロスクレイは一人、入退場口へと戻る。

彼は王城試合への出場が決定している。当日に同じ庭園で戦うと決定しているわけではない。この度の決闘がそうであったように、互いに対等の条件とも限らない。

最初から、対等ではなかった。


煉瓦造りの回廊の中で、一つの影がロスクレイを待ち受けている。

それはひょろ長い、朴訥とした雰囲気を纏った男であった。

「ロムゾ様。ありがとうございます」

「——容易い。百人かそこらを眠らせるだけなら、全く容易い。顔も知ってたしね」

〝最初の一行〟の一人。星図のロムゾは、平時の通りに緊張感のない笑顔で答えた。

「ギルネス君は死んでしまったね」

「……ええ。残念なことです。心中、お察しいたします」

「まあ、うん。仕方ないよ。彼のことは好きだったけど、別に私は、裏切ってもいいんだ。自分を高く売れる先があれば、最初からどうでもよかった」

丸眼鏡の奥ではにかむその笑いは、暗がりの中では一転して邪悪に見える。

「とっくに魔王に負けてる、臆病者だからね。その程度は、全く容易い」

多数の兵を動員した戦略も、蟻の一穴に崩れる。

ロスクレイもまた軍団を率いる将であり、ギルネスの取り得る策を読むことができた。彼が戦闘において最初に頼みとするのは、剣ではなくその知略である。

「〝宿威〟の一件も、感謝いたします。聞きしに勝る威力。心胆が冷えました」

「そのことだが、ふむ。分からないな。どうして君はわざわざ、敵を強めるよう言ったのだろうね。私の処置なら……ギルネス君を、そうだね。五歳の子供くらいには弱めることもできた」

「――それでは足りません。来る大試合には、ギルネス将軍や私よりも弱い者はきっと現れないでしょう。その強者に私の剣がどの程度及ぶかを、実際に経験して知らねばならなかった。お陰で、多くの課題を見出すことができました」

「……真面目だね。難しい生き方のようだ」

「恥じ入るばかりです」

自らの手を握り、開き、先の試合の記憶を反芻する。得難い経験である。

いずれ来る日と同様の強者。同様に周囲を囲む観衆。同様に命を懸けた実戦。

現実にこれを味わった上での勝負であるか否かが、未来の生死を分けるかもしれない。その可能性が僅かでもあるのならば、必要なことだ。

「じゃあ、うん。私は失礼するよ。反乱軍ごっこも、もう終わりだ」

「……いずれ、また。星図のロムゾ様」

この日、会場に一同に集った旧王国主義者は、百余名の全てが捕縛された。

指導者である破城のギルネスと顧問である星図のロムゾを同時に失ったことにより、彼らの勢力は急速に衰えていくことになる。

◆

――庭園の試合の夜。


黄都(こうと)辺境の川沿いに、その薄汚れた小屋は存在している。

早くに働き手の父を失い、母親と、体の弱い娘の二人だけで暮らす家であった。

周囲に住宅すらない暗がりの中、橙色のランプが戸口を照らして来客を告げる。

扉を開けた母親が久々の顔を見て、表情を綻ばせる。

「……ああ、お待ちしておりました！　イスカ！　イスカ！　起きてらっしゃい！」

「いいえ。既にお休みのようなら……イスカさんに、無理をさせるようなことは」

男は全身をローブで覆って、慎重に顔と姿を隠している。それでも彼女らにとっては、すぐに判別できるほど見知った姿だ。

寝室から彼を出迎えた少女は男の顔を上目遣いに見て、笑ってみせた。

「もう遅いですよ、第二将様。起きてしまいました」

「……イスカさん」

今年で十六になる娘だ。栗色の髪と、同じ色の瞳。以前よりも少しやつれて見える。

絶対(ぜったい)なるロスクレイは地面に目を落とし、その場で頭を下げた。

この家にいる時のロスクレイは、外の姿とはまるで別人のようである。

「まずは謝罪を。見苦しい戦いを、民に見せてしまいました」

「あらあら。そうなのですか？　困りましたねえ。それは、どのように見苦しかったのでしょう」

村娘は人間（ミニア）の英雄の前に屈んで、いたずらっぽく尋ねる。

「……最初の踏み込み。剣を折られたまま魔剣を浴びせ斬られていれば、私は死んでいました。雷撃の熱術（ねつじゅつ）で止まらなければ……紙一重のところで」

「また、危ない戦いをしていたのね。本当に……本当に、仕方のないひと」

イスカはロスクレイの金髪を撫でて、困ったように笑った。

彼の戦いはいつもそうだ。圧倒的な力で上回っているように見えて、本当は誰よりも命の綱渡りをしている。打てる策の全てを巡らせるのも、日々の鍛錬を怠らぬのも、それは心の底から命を惜しんでいるからだ。

絶対（ぜったい）なるロスクレイ。人間（ミニア）の英雄。彼女がいくら望んだとしても、彼が戦いの螺旋から下りるのは、誰よりも最後の番になるのだろう。

「……ですから、その……お渡しするのは早いほうが良いと思って、来ました」

ロスクレイはまるで年相応の青年のように視線を迷わせて、一つの箱を取り出す。

「これは？」

「市場で買った、珊瑚（さんご）の指輪です。イスカさんに似合うと思います。今までずっと、贈り物の一つもできていませんでしたから」

「ふうん」

少女は箱の中を検めて、小さな銀色のリングを見る。

柔らかな光沢の、赤い珊瑚。ロスクレイの瞳の色のようでもあった。

彼女は笑顔のまま、それを突き返した。

「いりません」

「えっ」

「第二将様？　私が学のない村娘だと思っているんでしょう。〝彼方(かなた)〟では、指輪を贈るのが婚約の印なんですってね？」

イスカの追求の目を逃れるように、ロスクレイは露骨に視線を逸らした。

「い……いいじゃないですか。こんな贈り物、自己満足なんですから」

「こんな重いもの、いりません。いいえ。形に残るようなものなんて、金輪際送ってはだめです。他の誰かに問(と)い質(ただ)されたら、どう言い訳するつもりだったのかしら？」

ロスクレイの眉根が下がる。イスカはあとどれだけ生きられるか分からない。

いつか死んでしまった時に何も残さぬようにしていることを、彼は知っている。

「何もいりません。絶対なるロスクレイさん。あなたが英雄であるだけで、ただの村娘には過ぎた贈り物だと思えないかしら？」

「いえ……私は、英雄でしょうか」

「……あらあら。今日の第二将様は、随分弱っているのねえ」

既に、母親は席を外している。食事の準備もあるだろうがそれ以上に、ロスクレイが来る日にはこうして二人だけで話す時間が必要だと理解しているからだ。

民の英雄ではなく青年として、重すぎる責務から逃れられる時間が。

「ギルネス将軍を殺しました。武勇と知性に秀でた……尊敬に値する人を、卑劣を尽くして殺すしかなかった」

「……ひどい人ね」

ロスクレイは跪いている。数多の戦いで、彼が敵にそうさせてきたように。

……この世でただ一人、彼女だけがそのような彼の姿を見る。

告白を受け入れるように、イスカは彼の頭を両手に包み込んでいる。

「私には剣しかない」

「……ええ、そうね。それしか鍛錬していないのですもの」

「あなたの存在が誰かに知られるだけで、勝つこともできない」

「そうね。本当に、弱い人なんですから」

「本当は……正しく、戦いたい――」

「……知っているわ」

彼がいなければ、彼女も母親も、あの日奴隷として売られるだけだった。

決して口には出さない。けれど絶対なるロスクレイが最初から英雄の資格を持っていることを、彼女だけが知っている。

だからその日はただ、彼の言葉を聞いている。
彼の心の救いになれるなら、イスカはそれで良かった。

――夜が更けて、ロスクレイが王城へと去った頃。
「……馬鹿な人」
暗闇のテーブルに置かれた小箱を取って、イスカは呟いている。
あれだけ言ったのに、結局忘れて帰ってしまっている。
彼女は一人寝室へと戻って、寝台の脇のランプを灯す。
指に摘んだ小さな指輪の輪郭は、黄色の光の中に暖かく滲んでいる。
こんな、形に残るようなものなんて。
「……ふ」
暗闇の寝台に、仰向けに横たわる。
ランプの光へと伸ばした左薬指には、赤く輝く珊瑚の指輪がある。
ロスクレイ。誰よりも強くて、けれど誰よりも弱い、彼女だけの英雄。
病の息苦しさすら、今は忘れられる気がした。

そんな未来があるのなら、それはなんて美しいんだろう。
涙が溢れてくる。だけど同じくらいに嬉しくて、イスカは笑っている。

「……ふふふふっ」

それは個人として、正当にして純粋の剣術を極めた最高峰の高みにある。

それは調略と工作によって、戦闘の以前に決着を導き出す知謀の力を持つ。

それは国家を味方とした、勝利を必然と化すあらゆる支援を授けられている。

地上最強の社会動物が持ち得る全種の力を託された、人工英雄である。

騎士（ナイト）。人間（ミニア）。

絶対（ぜったい）なるロスクレイ。

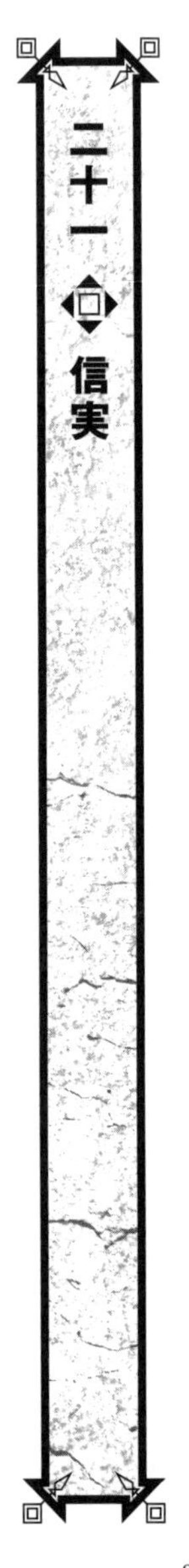

破城のギルネスが試合で討たれた日から、時は遡る。

黄都中枢議事堂の小さな一室で会話を交わすのは二人だ。民の信望厚き第二将、絶対なるロスクレイ。そして微塵嵐の対策会議を招集し、迎撃作戦を成功に導いた立役者である第三卿、速き墨ジェルキ。

「迎撃作戦で確認された戦力の詳細は以上の通り。戒心のクウロは期待通り、仔細に状況報告を行ってくれた。本来の予定にはない乱戦だったが、これはむしろ僥倖だったと考える」

ジェルキは、把握していた戦況報告を全てロスクレイへと伝えた。

――戒心のクウロの観測は、個人の通信手としては異例の長距離中継を介した通信であった。ならばその通信は、空雷のカヨン配下であるサイン水郷の部隊に限り届くものではなかった。黄都本国で、最初からその通信を傍受している者がいた。

第三卿ジェルキは、今回の迎撃作戦の中で起こったことを全て把握している。魔王自称者キヤズナ及び、おぞましきトロアの出現。そして両者がどのような戦術を用い、どのように戦闘を運んだのかすら、作戦指揮を担ったカヨン以上に。

「おぞましきトロア。そしてメステルエクシル。両者の実力は間違いなく国家を脅かす域にある。いずれ討伐……あるいは王城試合での交戦が必要となる相手だ」

「……仮に彼らが王城試合に名乗りを上げるなら、受け入れることはできますか？」

そして情報を最後に得るのは、対策会議に出席することのなかった絶対なるロスクレイだ。

「試合という制約の中で始末します。全力を発揮させることなく」

「勿論、私も最初からそのつもりでいる……怪物を始末するための王城試合だ」

民からの信望厚き黄都の英雄、ロスクレイ。内政の要たる商業部門の長、ジェルキ。彼らは最初から結託していた。一連の微塵嵐討伐作戦すらも、今後ロスクレイが対峙する可能性を孕む候補者の情報を掴む布石へと利用していた。

「いずれにせよ、この作戦で微塵嵐は消滅。死亡した可能性も高い。今回の作戦について追求されることはないだろう……サイン水郷通過の話はこちらで付け加えたものだという話も」

対策会議は〝灰髪の子供〟の予報が正しいことを前提に推移した。〝灰髪の子供〟は気象観測技術で得られた微塵嵐の経路を基に、微塵嵐の正体が意志持つ生物であること、過去に微塵嵐が滅ぼした国の前例から、突然の移動が黄都襲撃を目的としたものであると予測していた。

——微塵嵐の実際の進行経路を考えれば、可能性の高いことではあった。それでも、アトラゼクがそのように動く未来は、あくまで可能性だ。確実にそうなるという事実ではない。

だがあの会議では、気象予報の確実性が焦点となった。それが信憑性ある情報であると示された時点で、情報に付随していた〝サイン水郷の通過〟までもが正しいことになったのだ。

「……だが、ロスクレイ。〝地平咆(ちへいほう)〟を動かすよう、カヨンに直接指示しなかったのは何故だ？黄都(こうと)防衛という名目であれば、カヨンとて要求に答えざるを得なかったはずだが」

「いいえ。今回の作戦は、地平咆(ちへいほう)メレの擁立者であるカヨンに自ら発案させる必要がありました。私はもちろん、あなたの口からでもなく。誰かがそれを指示すれば、カヨンほどの男であれば……対戦候補を擁立する誰かがメレの情報を探ろうとしていると感づく。ひいては、あなたと私が既に結託していることも察知していたはずです」

微塵嵐(みじんあらし)のサイン水郷通過を知らされた時点で、カヨンは〝地平咆(ちへいほう)〟を動かさざるを得なくなった。メレの故郷であるサイン水郷が壊滅してしまえば、その時点でメレが王城試合に出場する理由はなくなってしまうのだから。

彼は一切の交換条件を引き出すことなく、ただ一言の情報を加えただけで、迅速に対立候補を動かしていた。

「〝地平咆(ちへいほう)〟が動いてくれたおかげで、〝星馳(ほしは)せ〟や〝通(とお)り禍(か)〟を動かす必要もなくなりました。彼らを用いれば、動かす側も危うい。不確定要素は排除するに越したことはありませんから」

――全ては黄都(こうと)を守るためだ。絶対(ぜったい)なるロスクレイが自らの名声を守り続け、手段を尽くして黄(こう)都(と)を死守する理由は、民のために他ならない。

そしてジェルキもその理想は同じだ。〝本物の魔王〟が死んだ今、制御不能な英雄をこの世界から排除し、民が戦乱なく生きていくことのできる国家を。

（勇者を決める王城試合は、まだ全ての参加者が揃ってすらいない。だが）

彼らにとっては違う。

情報を集め、謀略を巡らせ、試合が始まる遥か前に勝利を手にする、知性の怪物達にとっては。

（とっくに始まっている。どれほどの強者だろうと、最初から真業の入口にすら立たせはしない。向かい合って開始の合図で始まるのだと思い込ませることが、我々の仕事だ）

ジェルキは口を開く。知性の怪物は、少なくとももう一人存在する。後回しにしていた脅威だ。

「……ロスクレイ。それに関して、一つ伝えておきたいことが」

「〝灰髪の子供〟の件ですね？」

「そうだ。おぞましきトロア。軸のキヤズナ。そして微塵嵐。あの日、集まるはずではなかった戦力を一箇所に交差させ、王城試合の候補者となり得る者の情報を得ようとした者が我々以外にもいた、と考えている。今後は〝灰髪の子供〟に対処する必要があるだろう」

今回の一件における軸のキヤズナは、間違いなく〝灰髪の子供〟が流した予報を情報源としていた。そして同じ人物が、キヤズナが持つ爆砕の魔剣の情報でおぞましきトロアをも動かしていたとしたら――

「おぞましきトロアと〝灰髪の子供〟が繋がる線はありますか？」

「――トロアが峡谷の微塵嵐に追いついた手段だ。彼の目撃情報はトギエ市まで続いていたが、その先の足取りは途絶えて……あの日峡谷に突然現れている。つまり……」

「馬車などの移動手段を手配して、動かした者がいると」

「それも作為的に、キヤズナと交戦するように。何故黄都の外にいる者が、わざわざ出場者となり得る者の情報を得ようとしている？」

「なるほど」

即ち――絶対なるロスクレイと同じように考える者は、一人ではない。

「既に参加枠を得ているか、これから確実に得る予定がある、と」

ロスクレイは沈思した。旧王国との取引を行っていながら、〝灰髪の子供〟はその実、旧王国主義者の味方などではなかった。彼の行動には明確な目的があったはずだ。

「今回〝灰髪の子供〟が各勢力に売り渡していた微塵嵐の行動予測は、結果的として旧王国側の速やかな壊滅を導いています。……彼らは偽りの勝算を掴まされ、性急すぎた攻撃準備が大敗に繋がった。そして〝灰髪の子供〟が今現在属している勢力は、私の考え通りであれば」

ロスクレイは、卓上の地図の一点に指を置いた。

「――オカフ自由都市です。調べることはできますか？」

「オカフ……旧王国主義者との戦争中にこちらに下ったのは、確かにやや不自然な動きだった。何らかの暗躍があったと見るべきだな」

「彼の行動は我々の計画をむしろ推し進めています。〝灰髪の子供〟の行動の結果、王城試合を妨げる二つの勢力が片付きました。そして彼は今の段階から候補者を調査、選別すらしている……」

「つまり〝灰髪の子供〟も、我々に王城試合を開催させようとしている」

「はい」

自らは敵対せず、直接的な介入すらなく、黄都のさらに外側から政治を操作し、王城試合を動かそうとする者がいる。

そこに狙いがあるとしたら何か。知性の怪物達は、戦いの果てにどのような終着を目指すのか。

「速き墨のジェルキ。あなたの能力を見込んで、私からもお願いします。〝灰髪の子供〟の一連の行動を踏まえ、今後の動向に最大限の注意を払ってください」

「……黄都の敵になると思うか？」

「不明だからこそです」

勇者を決定する、史上最大の王城試合。

それが真に歴史の大局を動かす戦いであるのならば、単なる強者同士の決闘にはなり得ない。

黄都。オカフ自由都市。〝黒曜の瞳〟。

世界すら動かす謀略の修羅達が、深く静かに根を張りつつある——

◆

「——応援を！　軸のキヤズナ発見！　繰り返す、魔王自称者キヤズナと遭遇した！　我が部隊だけでは動向監視以上の対処ができない！　黄都本隊の応援を願う！」

部下の兵が慌ただしく機動し、一定以上の距離を取った物陰からその小さな老婆を囲む。どのような動きにも即応して弓を発射できるよう構え、応援部隊が間に合うよう祈る。

黄都境界付近を哨戒していた小隊長にとって、それは恐るべき遭遇だった。

自宅の庭先を歩いていた子供が、出し抜けに悪意持つ竜（ドラゴン）に出くわしたかのような悪夢。

「くそっ、どうして平然と黄都（こうと）にまで……！　ただの哨戒部隊だぞ、こっちは！」

「ッたく、騒がしいヤロウどもだな」

「はははははは！　じゃ、じゃま!?　かあさん！　し……しってる！　じゃまなら、かたづけたほうがいいんだよねえ！　な、ないぞうは、どうなるかな!?」

魔王自称者キヤズナに随行するその機魔（ゴーレム）は、一見して異形や機能特化のない人型機魔（ゴーレム）のように見える。そう見えるだけだ。

彼女が作り出した兵器である限り、尋常の尺度では対応不可能な真正の異常存在であると考えるべきである。軸（じく）のキヤズナは、一つの都市すら迷宮機魔（ダンジョンゴーレム）として動かした魔王だ。

「まあ大人しくしてな。一応、今ンとこはな」

その場の兵の誰しもにとって意外なことに、苛烈で知られる魔王自称者は先制攻撃の素振りを見せなかった。初撃の性質次第では隊の三割以上は壊滅するものと恐れていたが。

「……まずっ！　固くてまずいなこのパンはよォ。おいメステルエクシル、トースターは作れねェのか。熱術（ねつじゅつ）で焼くんじゃなくて、何が上手い原理の代物あるだろ」

「わかった！　ま、ま、まかせて！　はははははは！」

「あーあー、黒コゲだ。普通に焼けって言ったわけじゃねェよ。まずいパンだからいいけどよ」

黄都（こうと）にとって最大最悪の犯罪者とも言える二者は、兵士に囲まれ無数の鏃（やじり）を向けられている中で道端に腰掛け、小休止の食事すら取りはじめた。キヤズナがもう一度怒鳴る。

「やいテメエら！　上に話は通ってんだ！　アタシを通さねェと昇給に響くぞ！」

「戯言(たわごと)を抜かすな、魔王自称者！」

どこかの方向から若い部下が怒声で返し、部隊長の肝を冷やした。

血の気の多い、正義感の強い兵だ。この状況においてそれは決して正しいとは思わないが。

「貴様の如き無頼の輩を一歩たりとも黄都(こうと)に踏み入れさせはしない！　今日この日が、貴様が殺し踏みにじってきた民達の報いを受ける日であると知れ！」

「へぇー、そうかい。……おうメステルエクシル、教団文字なんてどこで覚えた⁉　ンなもん使ってるとバカになるから〝彼方(かなた)〟の文字の方がいいぞ」

「じ、じめんにかいて、れんしゅう！　まいにち、すると、いいんだって！　ぼくも、あたまよくなる！　かあさんみたいに、ものしりになる！」

「ヒヒヒッ！　まったく可愛(かわい)い奴だ！」

彼女らにとっては牧歌的な日常の光景でも、包囲する兵士にとってはいつ激発するとも知れぬ爆弾を前にしているかのような心持ちである。

一挙一動の何がきっかけで攻撃が開始され、そして最初に犠牲になるのはどの方角の兵か。

「……到着しました、隊長！　援軍が来ています！」

「あれか。いや……一部隊だけか？　軸(じく)のキャズナを相手に？」

視線の先には、確かに黄都(こうと)からの応援部隊が見えた。一部隊だけが。

「何をやっている。貴様ら」

部隊を率いる男は、最も苛烈な武闘派として知られる文官——第四卿、円卓のケイテである。

精悍な顔立ちに酷薄な眼光を浮かべ、彼はまず包囲する黄都兵を責めた。

「報告を入れた者は誰だ。無用な包囲体勢はすぐさま解け、と通達したはずだが」

「し、しかし……！　そのようなこと、現実的にできるはずがありません！」

「今口答えした者は誰だ。斬首が所望なら今そのようにするぞ。通せ」

円卓のケイテの発声は明瞭で、その指示は兵士の全員にはっきりと届いた。

それだけに彼らは意味するところを図りかね、困惑した。

「は……」

「脳の働きが鈍いのか。通せ、と言っている」

長きに渡って世界を脅かした恐るべき魔王自称者を包囲せず、通すように、と。

軸のキヤズナは、ゆらりと立ち上がりながら含み笑いを発した。

「そういうこった。アタシのメステルエクシルはな。勇者候補者なんだぜ」

「そ、そう！　ぼくは、ゆうしゃになる！　ははははははは！　かっこいいぞ！」

「ふ……ふざけるなッ！　魔王自称者の兵が勇者だと!?　妄言も大概にしろ！」

「今騒いだ者は貴様だな。斬首だ」

第四卿は一睨みで兵士を黙らせる。ケイテの威圧感とともに発せられる言葉には、本当に斬首の処分が下されるのではないか、とすら思わせる力がある。

「各地に潜伏した魔王自称者討伐。旧王国主義者後方陣地への破壊工作。大災害、微塵嵐の捕捉と撃退——全ては私の指示した作戦行動だ。逆に問うが、ここにいる貴様らのうち誰か一人でも、このキヤズナとメステルエクシルを越える黄都への貢献を果たした者がいるのか？　答えてみろ」

　ケイテは身を竦ませる兵士達を眺め渡した。

「どうした？　私は答えてみろと言ったぞ」

「ヒャッヒャッヒャッヒャッヒャッヒャ！」

　キヤズナは愉快そうに笑った。平和の大敵たる魔王自称者。彼女が笑う時は、悪事に手を染める時か、自らの子供に関わる時のみであると相場が決まっている。

「安心しなお前ら！　この軸のキヤズナが、これから黄都についてやる！」

　邪悪の徒を引き連れながら、ケイテは踵を返す。窮知の箱のメステルエクシル。それはこの世界の常識を覆すほどの、無敵の切り札だ。

（ロスクレイ。この王城試合、決して貴様のみに主導させはしないぞ）

　ただ一人の勇者。その存在を利用し、権力を盤石に固めようと試みる者がいる。

　あるいはそれを覆そうと目論む者も。

◆

「——目覚めたな。良かった」

死の暗闇から覚めると、寝台の傍らには死神がいた。

ならば死後の地獄かもしれない。彼の目に映る世界がそこにあるなら、それでもいいと思った。

――いや、それだけでは足りない。戒心のクウロは、痛みに耐えながら息を吐いた。

「…………キュネーは……いるのか」

「ずっとお前を心配していた。随分慕われているんだな」

「……何もしていない。むしろ……酷いもんだったよ。出会った頃から……慕われる理由なんか、何もないんだ……笑うよな……」

何か劇的なきっかけがあったわけではなかった。細々とした探偵の仕事を続ける中で偶然出会って、彼女はクウロの目を珍しがった。そして……お互いに一人だっただけだ。

「なあ……おぞましきトロア。お前は地獄から蘇ったんだろ……」

「ああ」

「……造人もいつか死ぬのか？」

トロアは頷く。愚かな質問だと自覚している。クウロは、初めて本当にそれを恐れた。

「俺はキュネーにどうやって報いればいい。あいつは……ずっと俺を助けてくれたんだ……」

「簡単な答えでもいいのか？」

死神は、床を見つめたままで淡々と答えた。

「一緒にいてやればいい。他愛ない会話をして、景色の話や思い出を語り合うだけでいい。……心の聖域がある限り、人はどこまでだって進んでいけるからだ」

「……」

「たとえ地獄の果てでも」

「……俺はキュネーを利用したかった。あいつと一緒にいる理由に納得が欲しかったんだ」

報酬と引き替えに、キュネーが彼を助けていることにしたかった。彼女が愚かだから、クウロを信頼しているのだと思おうとした。

「理由がないのが怖いんだ」

「俺はお前の人生を知らない。……だが、出会った誰もがお前を利用しようとしたわけじゃなかったんじゃないのか」

「……利用するってことは、相手を信じるってことだろ」

少なくともクウロの世界ではそうだった。今でもそう思っている。

「俺を射った奴らだって、俺が微塵嵐(みじんあらし)を止められると信じていたはずだ。だからその時を待つことができたんだろう。相手を本当に信頼していなきゃ、利用だってできないさ……」

――だからこそ、利害を考えないキュネーの信頼を恐れたのだろうか。

「それがお前の考えなら……お前がキュネーを利用する価値はなくなったのかもしれないな。天眼の話は彼女から聞いてる。今のお前は、お前自身の目が一番信じられるだろう」

「……それでも」

クウロは弱々しく呟く。

「それでも一緒にいたいと思うのは、どうしてなんだ？」

「お前のその気持ちが、キュネーにとっての理由だ」

死神の言葉で、ようやくそれが分かった。ずっと、彼女が何を思っていたのかを。

キュネーと一緒にいられるなら、どこに行ったっていいだろう。

もっと、どこまでも世界を見たい。

「もう面倒を見る必要はなさそうだ。俺はもう行く。会うこともないだろう」

「……ありがとう、おぞましきトロア。お前は利用されるなよ」

「俺を誰だと思っている」


不吉な魔剣士は、診療所を後にするべく戸に手をかけた。

椅子の上で休んでいたものが目を覚まして、顔を上げるのを見る。

掌に乗るほど小さい、翼を持つ造人(ホムンクルス)である。

「……トロア?」

「天眼とか言ったか。クウロの力は大したものだな」

扉に手をかけたままで、トロアは呟く。

「あいつは、あの過酷な戦場にお前を連れていって守り抜いた。その理由を考えたことはあるか」

彷(まよ)いのキュネーの力は微塵嵐(みじんあらし)の観測の助けにもなるはずもない。そもそもクウロは、あの場でコートにキュネーを隠したまま、外に出しすらしていなかった。

「それは、わたしがわがままを言ったから……」

「……いいや。奴は……知らず知らずの内に最善の未来を選んでいたんだと俺は思っている。あの場にお前がいなければ、奴が俺達に助けを求める手段はなかった。——お前は立派にクウロの命を助けたんだ」

「えっ……命を、助け……クウロの、命…………」

「その通りだ。クウロが目覚めたぞ」

少しの間があった。少女の瞳からは、涙がポロポロと落ちた。

翼が羽ばたく。名前を呼ぶ。

「クウロ……クウロ！」

おぞましきトロアは、頭巾の下でかすかに笑った。

死神は立ち去る時だ。

◆

その日、サイン水郷の〝針の森〟はいつにない賑わいを見せていた。

「メレーッ！　なあ、お前弓を射ったんだって!?」

「あの弓、置物じゃなかったのかよ！」

「隠しても無駄よ！　星を見たって子が沢山いるんだから！」

「ああもう、うるッせえなあ〜」

地平咆メレはうつ伏せに寝そべったままで緩慢に手を動かし、丘に詰めかける村の子供達を追い払おうとしている。

狙撃の際には黄都軍が人払いをしていたとはいえ、サイン水郷とメレを知る村人達の間には、あっという間に噂が広まっていた。メレが朝に起きて矢を射った。それも、何度も。

「俺が弓を射とうが屁をここうがお前らの知ったことかよ。眠いんだよ」

「もう昼過ぎてんだよオラッ！」

一人の少年がメレの爪先を蹴る。そのように扱われても、村の守護神はただ欠伸をするだけだ。

「ねえねえ、メレは何射ったのかな？」

好奇心の強い少女は、〝針の森〟を眺めながら言った。

「メレ、何本も矢を射ったんでしょ？　そんな獲物なんているのかな」

「鳥竜じゃない？　メレ、たまに食ってるもん」

「きっと黄都軍がでっかい的を用意して当てさせたんだよ！　ロスクレイと戦うんならそれくらいの腕試しができなきゃ駄目なんだぜ！」

サイン水郷に迫っていたという微塵嵐は、戒心のクウロの命を賭した観測によって、到達の遥か手前で撃ち落とされた。村の誰もそれを知らずにいる。

「ねえねえ、メレは何射ったの？」

巨人は寝返りを打った。足をくすぐっていた子供達が、動き出した足裏にきゃあきゃあと笑いながら逃げた。英雄は空を見て笑った。

「……別に、大したモンじゃねぇよ」

いつも楽観的に笑っている。

彼は誰からも奪うことなくそこにいる。

「メレ」

その顔に向かって一人の少年が走ってくる。小さな子供だった。他の子供の誰かに背負われてここまで来たのだろう。

「あげる。あげるね」

とても拙い、メレの睫毛よりも小さな紙細工の剣だった。

手に持つどころか、二本の指で持つことすらできない。

「おいおい、なんだこりゃ。腹の足しにもならねぇよ！」

「ははは！　本当に食うんじゃねえよメレ！」

「何でも食べちゃうんだから！」

「ガハハハハハハ！　うるせえんだよ、どいつもこいつも！」

子供達と軽口を交わしながら、その宝を、大事に両手で包んでいる。

絶技によってサイン水郷を守った神にとって、その一本の剣は十分すぎる報酬だった。

◆

「あっ！　おぞましきトロアじゃん！」

黄都(こうと)は平和な都市だ。無数の剣を背負った彼が歩けば、多くの市民が彼を遠巻きにする。故に、そうして物怖じもなく近づいてくる子供は極めて珍しかった。

「本物だ！　いや、グマナで報告聞いた時からずっと気になっててさ！」

「何の用だ」

「えっ」

十六程度の少年である。衣服こそ上等だが、背も高くはない。

「俺がおぞましきトロアだと分かっているなら、意味もなく近づきはしないだろう」

「ええー……意味か。なんだろうね。カッコいいから」

「カッコいい？」

少年は、彼の背負う魔剣を無遠慮にぺたぺたと触った。

「触るな。触れただけで死ぬ刃もあるんだぞ」

「これ全部魔剣？　すごいなすごいな。やっぱり光の魔剣はないの？　星馳(ほしは)せアルスに取られちゃったって噂だけど」

「……それ以前に。お前は何者だ。名乗れ」

「鉄貫羽影(てっかんうえい)のミジアル」

少年は自信に満ちた笑みを浮かべた。

「黄都(こうと)第二十二将。すごいでしょ!?　この年でだよ」

「黄都の……そうか。お前はグマナ交易点にいた子供か。まさか二十九官の一人とはな」

「――試合に出ない？」

脈絡なく、ミジアルはそんな提案をした。気分のままに発した言葉だった。

「僕がトロアを擁立するからさ。絶対に皆驚くと思うんだよね」

「……勇者を決める、上覧試合か」

――あなたが星馳せアルスと戦う機会は、必ず来るはずです。

他の誰かの介入なく、誰かを巻き込む恐れもなく、一対一で戦える舞台。〝灰髪の子供〟がかつて言った通り、その機会は確かに黄都にあった。

その戦いに出るためには、黄都二十九官の擁立が必要不可欠となる。誰の手にも利用されることのない魔剣であるべきおぞましきトロアが、誰かに利用される戦いをしなければならない。

そのような戦いに出ることはないと決めていた。

「俺は魔剣殺しのおぞましきトロアだ。名誉と誇りを懸けた戦いに、何故俺のような者を選ぶ」

「え？　……なんでだろうな。他の二十九官は色々言うかも知れないけど」

黄都最年少の将は僅かに考えて、独り言のように呟く。

「僕が楽しいから」

「……」

「地獄から蘇った伝説の怪談とか、絶対カッコいいじゃん」

誰にも利用されてはならないと、戒心のクウロに忠告されたばかりだ。

王城試合の裏側では多くの陰謀が張り巡らされ、利用する者と利用される者を生み続けている。

――それでも、呆れるほどに理由のない事柄は、この世界の至るところにありふれているのだ。

「……そんなくだらない理由で、俺が動くと思っているのか」

「あっそ。くだらなくないと思うけどな。別に、やりたくないならいいけど」

ミジアルは両手を背中に回して、あっさりと踵を返した。

「でも、やりたくなったら絶対僕に言ってよね！　擁立は絶対トロアにするって決めてるから！」

少年の背は見る間に小さくなっていって、トロアはそれを見送っている。

誰にともなく、魔剣士は呟く。

「……俺は、誰の思い通りにもならないさ」

この世界にはいつでも、利用する者と利用される者が存在する。

あるいは……決して利用することのできない者も、また。

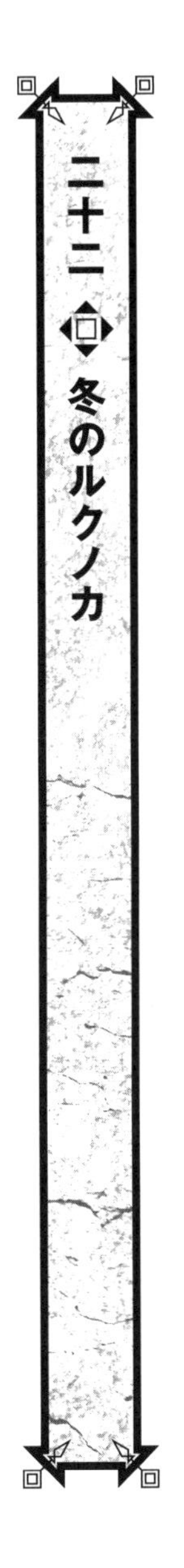

二十二 ◇ 冬のルクノカ

イガニア氷湖の名を知らぬ者はいない。だが現実に氷湖に足を踏み入れた者となると、歴史上の総数を数えたとしても、どれほど限られることになるだろう。

……少なくとも、今は二人がいる。鉄鋲靴の足跡が二つの列を成して、果てしのない大氷海の上に曲がりくねって伸びている。

「フッハハハハハ！　寒い！　これは寒いぞ！　思ったよりも寒い！」

常に先を進んでいるのは、上半身をはだけた筋骨隆々たる大男である。

自らの身長ほどもある巨剣を背負い、二人分の荷物すら抱えながらも、その有り余る気力が衰える気配はまるでなかった。

「——が、負けん！　ロスクレイはこの程度の寒中行軍で音を上げたりしまい！　ならば俺はそれを越えるまで！　そうでしょう、武官殿！」

「はあ……？」

残る一人は、息も絶え絶えの足取りであった。

先行く男の四半量にも満たぬ重量の荷で、全身を幾重もの防寒装備に包みながら、そのような有様である。

「私の……知ったことではないが！　それよりも君、私と第二将を比較するのは、その……配慮が足りなくはないか！　やはり私を軽視しているのではないか!?」

「ふうむ配慮！　しかし武官殿がロスクレイに劣ることは事実でしょう！　その程度のことなら、誰もが知っておりますぞ！」

「ハァ、ハァ……そういうのが……配慮が、ないというのだ！」

巨漢の名を、屠山崩流（とざんほうりゅう）ラグレクスという。

大仰な二つ目の名の通り絶大な功名心と行動力に漲（みなぎ）った、若き剣士であった。

……一方で後に続く者も、絶大な功名心に突き動かされていることは間違いない。

黄都（こうと）第六将、静寂（せいじゃく）なるハルゲントという。

「しかしこのような寒冷の地にも、獣、獣！　よくぞ生きていられるものです。しかも砂漠の獣よりデカい！　先の白銀熊を見ましたか!?」

「……うむ。それはだな、ラグレクス君。体表面積が関係するところだ。すなわち、小さな鼠（ねずみ）などは低温環境下ではすぐに冷えてしまうが――」

「おおっとそこまで！　俺は聞いても分かりませんのでな！　重要なのは、奴の餌も豊富にあるということ！」

イガニア氷湖の名を知らぬ者はいない。正確な意味は、多少異なる。

ただ一柱、イガニア氷湖に存在する竜（ドラゴン）の名を知らぬ者はいない。

「冬のルクノカに、本当に挑む気でいるのか」

「無論！　この地上でただ一つ、ロスクレイに並ぶ相手があるとすれば……それは冬のルクノカをおいて他に非ず！　そして、俺が真にロスクレイであれば」

——俺がロスクレイであれば。この言い回しを、ラグレクスは幾度か用いている。

「勝てぬはずはない。ロスクレイは、ただ一人で竜を討った人間なのだから」

「……それは」

実情を知る者からすれば、あまりにも滑稽な目標と断言できる。

だがどれほど奇天烈で……さらに言えばハルゲントとの性格相性が劣悪な相手であったとしても、この過酷な雪中に案内を任せられる同行者は、このラグレクスをおいて他にはいなかった。

ハルゲントが自らの部隊を失っていなければ、万全の雪中行軍でこの地を進めただろうか。

今はそうではない。ラグレクスの豪剣を頼みにしていなければ、ハルゲントなどはこの氷湖の巨獣に幾度殺されていたかも計り知れない。

加えて言えば、この地上で冬のルクノカに挑もうと夢想する冒険者の内、ラグレクスのように実力と行動の伴う者は極めて希少である。

「ロスクレイはどんな将軍なのでしょうな！　剣を交えたことはありますか！」

「う、うむ？　まあ」

「さぞかし強い当たりだったのでしょう！　最低でも、剣を切り折って胴当てごと両断できる一刀のはずです。さらに加えてその速さたるや、稲光の如く！」

「いや……まったく分からんが、何故君は見たこともないロスクレイの技をそんなに自信満々に語れるんだ……？」

黄都より遠く離れた南方の辺境、ハキィナ小州の出身と聞いている。

ただひたすらに我流の鍛錬を積み、それが冬のルクノカに通ずると信じてここにいる男だ。このイガニア氷湖の過酷さを味わうにつけ、彼の挑戦は度し難い無謀に思える。

行軍の途中では、氷の中から突き出た岩肌を、鈎と縄を使って登攀する必要があった。

ラグレクスは意気軒昂の気力のまま、あろうことか素手で起伏を摑んで、猿のように駆け上がっていった。ハルゲントはそれを唖然として見上げているしかない。

かじかむ指の確かさを願いながら、ラグレクスの下ろした縄を頼りに登る。

「……グッ……待て……これしき……！　グムッ……私とて無数の武功を……第六次鳥竜掃討……第八次鳥竜掃討……あの第二十二次鳥竜掃討に比ぶれば……！」

「鳥竜狩りばかりですな」

「言うなッ！」

「加えて言えば、武官殿は貧弱ですな！」

老いているのだ、と叫びたかったが、それは余計に自身を惨めにするだけだと思い、ハルゲントは言葉を抑えた――その上、今は部下さえも失っている。精鋭の大半が、燻べのヴィケオンの討伐遠征で失われてしまった。

惨憺たる敗北を晒した彼が未だ黄都二十九官を更迭されていないのも、来る王城試合に向けて、新たな第六将の選出会議を開く余裕がないという以上の理由はない。

静寂なるハルゲントは、無能だ。

権力の維持に憂き身を窶す小人物であり、〝羽毟り〟の戯称を受けるほどに、惰性の如き鳥竜狩りの繰り返しのみで功績を主張してきた。表向きは火災とされたリチア新公国の戦いにおいても、彼の無謀な突撃作戦が評価されることは無論なかった。

故に、これが最後の機会であろう。

（確実に勝てる駒――冬のルクノカを、勇者候補に）

この地平における最強種。一柱が災害にも値する竜の中にあって、さらに最強たる個体。世界の最強を競う王城試合と聞いたその時、候補を探す二十九官の誰もが考えたに違いない。

――冬のルクノカを擁すれば、勝てるのではないか。

現実はどうだっただろう。

誰も、黄都から遥か遠くの、イガニア氷湖まで訪れることはなかった。

誰も、本来の政務を放り出してまで、全てを王城試合に懸ける愚行をしなかった。

誰も、姿を見せぬ竜に交渉が通ずると……その代償を支払えると考えなかった。

そして彼らの内の誰も、ラグレクスの如き無謀な男を見つけ出すことはなかった。

歩きながら、ハルゲントは小さく口ずさんでいる。

「……。あめ　あめ　あめが降り／高いオヌマの山のうえ／白い翼がするりとなでて／そのあと降

るのは　とげ　とげ　とげ――」

「おや、武官殿。童謡ですか」

「……うむ。エノズ・ヒム歌章千編。『野凍み畑凍み』。棘、というのは雪のことだ。その当時、イガニアは熱帯だった……誰も、雪に触れたことすらなかった」

「……」

「三百年前から歌われている」

ラグレクスの推測は正しいのだろう。

冬のルクノカは人里を襲うことなく、ただこの広大な氷湖を徘徊し、大型の獣のみを捕食して生き続けている。故にどの国も討伐作戦を立てない。常なる竜の如く、財宝を集め溜め込むこともない。誰もが認める地上最強の存在でありながら、倒して得られる宝は何もない。

少なくともこの百年の内、そうであったと思われている。

「……ラグレクス君。ルクノカと君が相対したとしよう。爪をどう凌ぐ」

「なに。俺を遥か上回る豪剣に対する受け技は、既に想定済みです。竜を相手取る時のため……ああ無論、力ではありませんぞ。こう、斜めに流して逸らす技がありましてな。真横の方向へと押すのが肝要です」

「ならば、空へ逃げられたとしたらどうだ。君の剣では届くまい」

「フッハハハハハ！　仰る通り！　しかし竜とて永遠に飛び続けられるわけでもありますまい！　いずれ疲弊し、羽を休めた時に討てばよし！　基礎の体力鍛錬も怠っておりませんぞ！」

「竜の息の存在を忘れてはいまい。手立てを考えているのだろうな」

「……それは」

氷を踏み進むラグレクスの背中の歩みは、僅かに止まった。

無論、ハルゲントが追いつけぬほどの僅かだった。

「気合です」

「……気合……？」

「然り。気合でかかれば為せぬはずはなし！　ロスクレイならばそうでありましょう、武官殿！　人は竜に勝てる！　確かな事実がそこにある以上、必ず。間違いなく勝機はあるのです！　それは確かなことです！」

到底理解できぬ思考であった。そもそも、人の身で竜に勝利するなどという話を信じていることが愚かである。

確かにラグレクスは強いのだろう。ハルゲントが見上げるほどの巨獣を、瞬きの間の一閃で縦の二つに割ったのを見た。自信もあり、きっと勇気にも満ちているだろう。

（だが、死ぬのだろうな）

肌染む寒さにやや朦朧とした頭で、ハルゲントはそのように考えている。

彼にとってラグレクスが必要なのは、交渉を成立させる往路のみだ。

この無謀な男はそのまま最強の古竜へと挑み、無為に散っていくのであろう。

そして、ハルゲントはその後に……その後。その後はどうなるだろうか。

（……私も、この男と同じような無謀を試みているのか？）

見たこともない伝説の存在と交渉し、王城試合への出場を快諾させ……あまつさえ復路の庇護を受けられるとでも、本当に考えているのか？

二十九官の他の誰も、そのような愚かな試みをしていない。

燻べのヴィケオンに惨敗し、晴天のカーテの最期を目の当たりにして、知らずハルゲント自身も自棄になってはいなかっただろうか。

寒さが思考を鈍らせる。太陽の輝きが反射して、ただ眩しかった。

足には疲労が蓄積するばかりで、前を行くラグレクスは時折待つ必要があった。

——広大な氷湖だ。見る限り果てしのない死の地帯だ。

誰も姿を見たことがない。誰もがイガニア氷湖の名を知るが、誰も踏み入れたことはない。

冬のルクノカ。人と関わらなくなって久しい、伝説の存在。

それは確かに、実在するものだっただろうか——。

「……官殿！　武官殿！」

「……ッ！　どうした、ラグレクス君」

「どうしたはこちらの言い草ですぞ！　倒れてはいけません。武官殿には、生きて俺の戦の証人となってもらわなければ」

「そ、そう……か。倒れていたのか……私は」

あまりに情けない。眼前にはまたも断崖がある。

心が重くなっていた。登る体力は残っているだろうか。幾重にも着込んだ衣服の内に、凍えの気配が忍び寄っている。ここから進んだとて、戻るにはまた同じ道のりを引き返さねばならぬ……

「……ラグレクス君。その、言いにくいが」

「なんですか？」

「冬(ふゆ)のルクノカは、そのう……うむ」

「ふむ」

「実在しないのではないかと思うのだ」

巨漢はその言葉に首をひねり、そして笑った。

「フッハハハハハハハ！　実在せぬなら、それも結構！　非実在の竜(ドラゴン)よりは実在する俺が強いと、無論証言していただけますな。そのことを確かにすべきためにも、満遍なく探してゆかねば！　日はまだまだ高いですぞ！」

「待て……ちょっと……縄を引くんじゃない。私、私が限界なのだッ！」

断崖を前にして、しばし不毛な押し問答が続いた。

この恐ろしく過酷な世界にあって、なお気力と自信を抱き続けられるラグレクスのことを、ハルゲントはまったく理解できなかった。

「観念すべきです、武官殿！　それでもロスクレイと同じ二十九官ですか！」

「やめろ！　そういう、いいか……！　第二将との比較を……やめろというのだ！」

当然の結果としてハルゲントが力負けしている。このまま胴を縄に吊られ、断崖を引きずり上げられるのだろうか。ラグレクスの強引さを思えば、その程度の悪夢は現実化し得るように思えた。

その未来に思いを馳せ、断崖の上を見上げた時。

太陽が見えなかった。

周囲に暗い影が落ちていることに気付く。

「……ラ、ラグレクス君」

「フッハハハハハ！　弱音は後！　行動が先です、第六将殿！」

「違う。上だ……」

ハルゲントは、それ以上の言葉を発することができない。

息を吸うことを忘れるほどの存在だった。

断崖の上。

それは暴威や殺意の欠片もない、ただ冷たい目で見下ろしていた。

燻(ふす)べのヴィケオンとは別種のように異なる——白く滑らかな、輝く竜鱗。

左右対称に広がる翼。流麗な曲線を描く首筋。

精緻な神像よりもなお美しい、最強の古竜であった。

それは実在した。冬(ふゆ)のルクノカ。

「――貴様が」

驚くべきことに、ラグレクスは絶句の隙なく剣を構えた。

敵の全てに集中した彼の殺意の表情を、ハルゲントは初めて横に並んだ位置から見た。

「冬のルクノカだな。我が名は屠山崩流、ラグレクス。今日のこの日に貴様を討ち、英雄となるべくここに来た」

冬のルクノカは、無言であった。

今にもその息を浴びせかけられると思い、ハルゲントは形振り構わず、必死で断崖の陰に這って隠れた。地面に差し掛かる影が大きさを変え、それは飛翔し、降り来たようであった。

誰も見たことのない伝説の竜を、間近で見た。

権力維持に明け暮れるばかりの小物であったハルゲントが、最強の竜を前にしている。

「答えい」

ラグレクスは、油断なく剣を構えていた。

それが何の意味を成すというのか。あの爪を叩きつけられて、人間が振り回せるような剣で何かしらの抵抗ができるというのか。

最強の竜が声を発した。

「――あらあら。まあ。これは遠いところを、ご苦労でしたわねえ」

「……」

透き通った水色の目には、先の邂逅の際ハルゲントが垣間見た冷たさはない。

場違いなほど穏やかに、白き古竜は首を傾げた。

「ご存知の通り、私が冬(ふゆ)のルクノカですよ。ええ。歓迎いたします……といっても、この不毛の地では、もてなしもできないのですが。ウッフフ！」

「た……戯れているのか」

「いいえ？　遠いお客を歓迎するのに、何かおかしなことでもあるかしら？　ご両親はどのように言っていたの？」

「……」

「本当に、人間(ミニア)は久しぶりねえ。外のお話でもしてもらおうかしら？　私、最近の言葉がよく分からないのだけれど。ウッフフフ！」

爪の一撃で打ち殺される方が、まだラグレクスにとって納得できる結末であったかもしれない。

ハルゲントにもそう思えた。

この竜(ドラゴン)は、二人の人間(ミニア)を敵とすら認識していない。

「ま……待て！」

ハルゲントは思わず飛び出していた。爪先が氷に躓(つまず)いて、二度無様に転がった。

「冬(ふゆ)の……冬(ふゆ)のルクノカ！　この男と仕合ってはくれないか！　まさか……貴様は」

その先の言葉を続けることには、多大な勇気を要した。

何故、これほどまでに気の合わない、強引で無謀で愚かな男のために、彼は不必要な勇気を振り絞っているのだろう。

「ただの人間（ミニア）を畏れるのか！　百年の無敵をそのようにして守ったか、ルクノカ！　今は互いに種族の別なく、詞術（しじゅつ）の相通ずる戦士！　ならば結末から目を背けし方を敗者として永劫伝えるが、それで構わぬか！」

白い竜（ドラゴン）は、その哀れな闖入者（ちんにゅうしゃ）を一瞥した。

そして笑いのような吐息を吐いた。

「ええ。構いませんよ？」

「なんだと……」

最強の竜（ドラゴン）がここに実在した。

彼女は人を避けている。誰も、冬（ふゆ）のルクノカに出会ったことはない。

「こんな、耄碌（もうろく）したおばあちゃんの名でよろしいなら。いくらでも誇りなさいな」

「ふ、冬（ふゆ）のルクノカ……貴様は……！」

地平最強の種。その中で最強の存在。

彼女を勇者として擁立できたのならば、勝者はその時に決まるだろう。

「ええ、ええ。認めましょう。あなたの勝ちですよ。屠山崩流（とざんほうりゅう）、ラグレクス」

……だが。

「おめでとう」

◆

「小さい頃、文字を習った。通いたくもない教会に通って……学んだのもまあ、簡単な教団文字だけだったが」

氷の大地に僅かに残された草地を踏んで、その男は告げた。

人間（ミニア）の槍兵（そうへい）だった。名前を覚えている。天穹（てんきゅう）のユシド。

「打ち倒した敵の最後の言葉を刻むためだ。誰もが笑ったが、俺が正しかった」

腰に吊っていた羊皮紙の束を投げ捨てた。この後の戦には不要な重量であったことだろう。

自らの前に立ち、なお怯えを見せぬその佇まいに、ルクノカは歓喜で笑う。

「ウッフフフ！　その細槍で私の竜鱗を突き通せるとでも？　まやかしの勝利に驕った、哀れな人間（ミニア）。遠くかけ離れた天地の差を、赤子でさえ知るというのに」

「言葉を飾るな竜（ドラゴン）。いずれ、最後には別の言葉を吐くことになる」

凶暴な稲妻のように、槍が閃く。その光だけを残して、光景は霞み——。

まるで水面に映る月のように、風景の形は変わっている。

「……ある意味では、貴女と私は友だったのでしょう。冬（ふゆ）のルクノカ」

切り立った断崖の上で、老いた森人（エルフ）が両腕を広げている。

この一人の森人が、どれだけの研鑽の果てにここまで辿り着いたのかを、彼女は知っていた。

惨夢の境のエスウィルダ。忘れるはずもない。

「私が、同じ竜であったなら。そう考えたこともあります。それとも……いっそ人間だったなら。限られた命で、もっと懸命に詞術の道を突き詰められたのでしょうか。今となっては分かりません」

「……エスウィルダ。貴方では私に及ぶことはありません。今だけは、その救えぬ不遜を赦しましょう。生の徒労を知りたくなくば、杖を下ろすことです」

「いいえ、ルクノカ。貴女こそが私の夢だった。死と戦場しか知らぬこの哀れな森人の生の内、一つ灯った星だった。あるいは――私の中で、それだけが惨夢でなかった。始めましょう」

エスウィルダの声が詞術を唱える。眩い熱術の光がいくつも星のように灯る。

ああ。なんと素晴らしい、人の鍛錬の到達点。

彼が生きてきた命の全てを思えば、それが人間の懸命さに劣るなどと誰が嘲笑えるだろう。

彼の覚悟に応えるべきだ。ルクノカは息を吸い込み――。


「……貴様を物語の中の存在だとぬかす連中がいる」

風景は変わっている。鏡のような一面の銀世界の中、巨大な鋼鉄の構造体を背にした小人が笑った。左の枷のアムグサという名の、武器商人だったか。

燃料を用いて雪原を走行する機械というものを、ルクノカはその時に初めて見た。

「酷い話だよな？　だから思い知らせてやるのさ。貴様はこうして現実に生きている。そして、そいつらにも分かる現実の価値――つまりはこの俺の、現実のカネに変わることになる」

「……左(ひだり)の枷(かせ)のアムグサ。愚かな試みはおやめなさい。この大一ヶ月、どれだけ探し続けましたか？　私と矛を交える余力が残っているとでも言うのですか？」

「クックックック。面白い婆さんだ。上品ぶるな。竜(ドラゴン)なんてもっと残酷でいい。そんな程度のもん、俺の兵器の残酷さと比べりゃ子供みたいなもんだ」

世界は進歩している。彼らはこのような機械仕掛けさえ作り出していた。

あるいは彼女がこれまで見たことのないその力になら、可能性の欠片があるだろうか。

アムグサの兵器を見る。火薬の機構でそれが開き、無数の火矢が――。


「見つけたぞ。冬(ふゆ)のルクノカ。母さんも……爺ちゃんも、嘘つきじゃ……なかった。俺だ……やっと俺が見つけたんだ……」

「まあ。ひどい怪我をしているわ。すぐに手当てをなさい。私が氷湖の入口へ帰しましょう」

獣の群生地を越えて現れた少年は、右腕が千切れたばかりだった。

不到(ふとう)の塚(つか)のララキという名だった。彼は傷口から滴る血を拭う一時すら惜しいと言わんばかりに、熱を帯びて叫んだ。

「……違う！　俺は……逃げるためじゃない……俺はお前を倒しに来た……！　爺ちゃんも、曾祖父(ひいじい)ちゃんも届かなかった……その、銀の首！　俺がもらう！」

「なぜ分からないのですか？　無謀な試みです。その傷では白銀熊すら倒せはしませんよ。あなたに輝かしい命があるのなら……一時の熱狂でそれを捨てることのないよう、老骨の頼みを聞き届けてくれないかしら？」

「お前が……ッ、俺の命の何を知る！　父と母から継いだこの体に、願いに、足りぬものなどあるはずがない！　地上最強の誇りを……貴様が汚すな、冬のルクノカ！」

もはやルクノカは、その弱小の戦士を捨て置くこともできた。

事実、そうしようと思った。

少年にはそうした迷いはなかった。彼は残る勇気と片腕のみで白竜へ斬り掛かり――。

◆

「お、おおおお――――ッ！」

雄叫びとともにラグレクスは飛び込み、しかし斬撃は再び宙を斬るだけに終わる。

絶大な自負の源であった剣技の数々は、伝説に一切の有効打を与えていない。

「――あらあら。戯れすぎると疲れてしまうわ。一息を入れたらどうかしら？」

「戯れでは、ないッ！」

鉄鋲靴で氷を踏みしめ、振り向きざまに全力で薙ぐ。ルクノカは僅かに前肢を下げて、それで間合いは届かなくなる。

「勝利も名誉も譲った上で、他に何の不満があるのかしら？　老いて頭が鈍くなってしまったせいかしら――ウッフフ！　とても分かりません」

ラグレクスは全力だ。それが、傍で見ているハルゲントにはよく分かる。

全力なのだ。ルクノカの不意の爪撃に備えて気を張り、息に備えて視線を頭部から外すことなく、足と翼を狙い、動きを止めようとしている。

それがどれだけ滑稽な試みに見えようとも、分かる。

「うううううッ……ぐおおおおッ！」

「……やめろ！　やめろラグレクス君！　君に勝ち目などあるものか！　彼女の言う通りだ！」

自身がどれほどの無謀を為そうとしていたのかも、よく分かった。

本当に彼女が戦うつもりならば、出会い頭の息で二人ともが即死しているはずだった。本物の竜を相手に、会話や交渉など最初から成立するはずがない。

冬のルクノカはいつであろうとそうすることができた。今も。

そんな存在を、どうして矮小な人族如きの戦いに出すことができよう。

この氷湖の外で起こった三王国の盛衰も、もしかすると〝本物の魔王〟の恐怖すら、彼女にはどうでもいいことなのだ。

他者との比較も意味を成さぬ頂点の存在にとっては、その頂点の名誉のそのものすらも……このように容易く投げ捨てることのできる、がらくたに過ぎない。

「わ、私が伝える……！　勝利だけで良いだろう！　恥も負い目もない、君こそが竜殺しの英雄だ！　ラグレクス君！」

「……武官、殿は」

彼は深く息をつき、汗を拭った。

愚かな試みに生涯を捧げ、愚かな夢を抱いて、愚かに死んでいこうとする男。

ハルゲントはこの男のことを、まったく理解できない。

「武官殿は、納得できるのですか。俺の言葉は、ただの無謀な虚言でしたか！」

「……それは、その」

「——俺はこの剣で、竜(ドラゴン)を倒せると信じた。子供の頃から、いつも脳裏に思う敵は、本物の竜(ドラゴン)だった。ほんの四年前です。ロスクレイの武勇を伝え聞いて……俺は、俺の思い続けてきたことが、無意味ではなかったと分かった」

違う。そんなものは存在しない。

そう叫びたかった。黄都(こうと)二十九官以外の誰にも、知らせてはならない真実だ。

「人にどれだけ嘲笑われても。無謀と謗(そし)られても。人は……俺は、竜(ドラゴン)を倒していいのだと」

——俺がロスクレイならば。

その言葉は本気だったのか。本気でそんなものになれると信じていたのか。

この地平の上に、他にどれだけの強者がひしめいていると思っているのか。

（……この男は、死ぬ）

少しでも彼女が本気になったのならば、爪の一撃で散るだろう。

人生そのものを費やした夢想が一切無駄であったのだと、その現実を初めて知って、ラグレクスは無為に死すだけで終わるだろう。

「フッハハハハハ！　――武官殿。俺は嬉しかった！　武官殿の他に、俺の話を信ずる者はいなかった！　武官殿は確かに貧弱で、気難しく、弱音ばかりを吐きますがな！　この戦の介添に武官殿が立ってくれたことは、何よりの喜びでしたぞ！」

当然の因果だ。愚行にはその愚行に相応しき報いがあって然るべきだ。

「……ああ、なるほど。確かに私を殺せると示さねば、貴方の心が納まらないと。それは仕方のないことです。では」

冬のルクノカの爪が動く。極限まで手加減をして、それでも人間は小虫に等しい。

屠山崩流ラグレクスは剣を構えている。自分自身の力を信じている。

ハルゲントの思考は目まぐるしく巡った。自身の命の危機ですらない、ただの愚者の末路であるというのに、そうなっていた。

参謀長ピケが死んだ。彼とは違って有能な参謀だった。容易く竜に殺された。

名誉も勝敗も必要としない、真なる最強種。

人を避けるように隠れ続けて、彼女を討ち果たした者はどこにもいない。

最強の存在は、いつから最強と呼ばれはじめたのか。

最初の遭遇を、ハルゲントだけが見た。崖上から見下ろす、冷たい目――

――そこまでだった。

思考の速度は間に合わず、あらゆる豪剣を凌駕する爪がラグレクスを撫でた。

残虐な破砕の音が響いた。

「ラグレ……！」

「……。あらあら？」

血が滴っている。堅牢（けんろう）なる大剣は半ばから砕け折れて、輝く破片が氷原に散乱していた。

「……その爪。受け、たぞ。冬（ふゆ）の……ルクノカ……！」

ラグレクスは立っていた。

剣を持つ腕はたった一撃で関節が砕けて、力なく垂れ下がっていた。

吹き飛んだ破片の一つが上腕を深く切り裂いて、おびただしい血が流れていた。

それでも彼は最強の一撃を耐えた。

――こう、斜めに流して逸らす技がありましてな。

「……冬（ふゆ）のルクノカッ！」

彼とルクノカの間に立ち塞がるように、ハルゲントは飛び出していた。

脆弱で、老いて、兵の一人すら持たない。そのようなことしか思いつかぬ無能な男だった。

「分かった……。今、分かった……貴様の、恐れることが」

「……。恐れること、ですか？　私に恐れがあるとでも？」

最強の竜（ドラゴン）を前にしている。

長い人生の中で、今の光景を夢想したことすらあっただろうか。

紫色に冷えた唇の震えを、ハルゲントは止めようとした。できなかった。不相応な、小さな力を求め続けてきた男は、ついに夢想を越える程に不相応な存在と相対していた。

「貴様は――失望しているのだな？」

「……」

白い竜は変わらぬ静かな佇まいで、彼の言葉を聞いた。

「……そうだ。そうとしか思えぬ。この百年より昔ならば、貴様は戦っていたのだろう。多くの英雄が功名を求め、貴様に挑んでは散っていったのだろう」

とうに人の前から姿を消した存在が、何故今なお最強と呼ばれ続けているのか。

最強と呼ばれるためには、戦わねばならぬ。

強者とその力を競った時が、他の竜の如く闘争を愉しんだ時が、彼女にもきっとあった。

「だが、貴様は最強すぎた。覚悟持つ者……有望なる者が、泡沫と同じように貴様の前で消えていった。違うのか」

どれだけ輝かしい鍛錬の結実。あるいはどれだけ気高い精神があれば、遥か天上の最強種へと挑めるだろう。弱者である彼には、想像が及ばぬ。

それ以上に……そんな者達が自らに傷一つつけられず潰えていくことを見ることしかできぬ失望があるとしたら、その深さは果たしていかほどであろう。

……最初にハルゲントの見た、冷たい目が。

きっとあれが、冬のルクノカの真実の心だったのだ。

「貴様の心中は、この光景と同じだ。終わらぬ吹雪が吹きすさんでいる……！」

「ウッフフフフ！　……さあ。どうでしょうか」

白い巨竜は最初の出会いと同じように、首を傾げた。

そもそも推測が真実であるのかどうかを、ハルゲント自身が確信できていない。

すぐさま叩き潰されても何ら不思議ではない不遜な言葉だ。

それでも、懸ける他になかった。

二十九官の他の誰も、そのような愚かな試みをしていない。

「――黄都（こうと）には、いる」

「……？」

「貴様の求めた真の英雄が……今、黄都（こうと）に集っている。知っているか。貴様の時代からあった迷宮の内の十二が、既に一羽の鳥竜（ワイバーン）に踏破されていることを」

そうだ。ハルゲントは、彼の伝説ならば全て知っている。

冬（ふゆ）のルクノカを決して失望させぬ、本物の英雄の名を。

「民のことごとくを恐れさせた魔剣士、おぞましきトロアを殺し……！　ヒレンジンゲンの光の魔剣を奪った者の名を知っているか！　その魔剣を以て……燻（ふす）べのヴィケオンを、このハルゲントの眼前で殺した者が……！　今のこの時代に、実在するのだ！　冬（ふゆ）のルクノカ！」

最強の白竜は動きを止めて、弱き老将を覗き込んでいた。

「――愚かな人間（ミニア）」

まるで物語に聞き入る少女のようでもあった。

「貴方のような者を、私は他に見たことがないわ」

「う……私は……わ、私は……私はッ！　黄都第六将！　静寂なるハルゲントだ！」

「ええ。ハルゲント。貴方の名を、心に刻んでおきましょう。……勇敢なる英雄、ラグレクスと同じように」

英雄。最強の竜からその称号を与えられたラグレクスを見た。

彼はとうに倒れていた。意識を失っている。

あれほど長い行軍で音を上げなかった頑強な男が、最大に手加減された爪の一撃を受けて、全ての体力を使い果たしていた。極限状態のハルゲントは、救おうとしたラグレクスのことすら気にかける余裕を持てていなかった。

「ラグレクス君……」

冬のルクノカは、到底信じがたいことを言った。

「その勇気に免じ、帰路を送ります。そして黄都へと向かいましょう。今しがたの言葉……ラグレクスと同じように、偽りではないと信じるわ」

「……」

ハルゲントの体から力が抜けて、両膝が地に接した。

勇者として擁立できたのならば、その時に勝者が決まる、真に最強の存在。

その途方もない成果を現実として受け止めるためには、ハルゲントはあまりにも朦朧としていて、全てを使い果たしていた。

それでも、次の問いには答えることができた。

「その者の名は？」

「…………。星馳せアルス」

越えるべき敵であった。遥か遠い、彼方の夢であった。

同じ彼方の夢を以てして、そのただ一人の友と戦うのだ。

「そう。アルス。強いのね？」

この地平における最強種。竜の中にあって、さらに最強たる個体。

冬のルクノカの前で、誰がその短い答えを返せるだろうか。

ハルゲントにはそれができた。


「――最強だ」

◆

微睡みの内で、いつもそのような夢を見ている。

流れて溶けゆく過去の残影の中で、彼らはいつも、彼女に淡い期待を抱かせる。

無敗の強さがあれば。長き時の研鑽がそこにあれば。

それとも、時代の流れが彼女を越えるのか。そのどれでもない精神の輝きが起こす奇跡であれば、あるいはきっと。

きっと。もしかしたら、戦いになるのだと信じた。


人間（ミニア）の槍兵が、神速の槍を投擲する。

森人（エルフ）の絶大な火球が、焼き尽くすべく迫る。

小人（レプラコーン）の無限の矢は、壁のように全視界を覆う。

あるいは幼い勇士が、その全ての命を懸けて斬り掛かる。

彼女は息（ブレス）を吹きかける。


竜の息（ドラゴンブレス）は、それ自体が世界に対する詞術（しじゅつ）となる。

炎、雷、光。熱術（ねつじゅつ）とはエネルギーを作り出す術だ。

けれど彼女だけが……彼女の息（ブレス）だけが、この世界に生きる全生物の中でただ一つ、全く正反対の、異なる事象を引き起こす。

彼女に挑む誰もがその息（ブレス）を知っていて、その暴威を乗り越えようとしている。

緑を残す平野が、いつかの断崖が、氷に輝く湖が——いくつもの光景が、彼女の目の前にある。

けれど彼女の一息を境にして、光景は同じく変わる。

まずは白。空気すらも凍りついた白が、見渡す限りを覆って。

すぐに、その色彩は黒へと変わる。岩肌や氷すらも世界の急変に歪んで軋み、捻（ねじ）れた黒い結晶のように変わっていく。ありとあらゆる構造が壊れて潰れていく様を、彼女は見ている。

全て死滅する。風もなく、砕けた欠片が宙へと浮かんで——パラパラと落ちる。


彼女の愛する英雄達は、どこにも残っていない。


〝客人(まろうど)〟の来る〝彼方(かなた)〟は、土地ではなく時によって気候の移ろう世界なのだという。

そして一年を四つに分けた内の一つには、そのように名付けられた時節がある。

何もかもが静まり返り、美しい氷に閉ざされて、次の再生の時まで、植物も動物も、世界の全てが一度死ぬ時が来る。


——冬、という。


それは地平の最強種の中にあって数百年、真の最強の名を許されている。

それは地形と気候を変えた、全生命を瞬間に屠る鏖殺(おうさつ)の息(ブレス)を持つ。

それは史上にただ一例しか確認されていない、氷の詞術(しじゅつ)の使い手である。

戦いすらをも許されぬ、それは一つの荒涼の光景である。

凍術士（サイレンサー）。竜（ドラゴン）。

冬（ふゆ）のルクノカ。

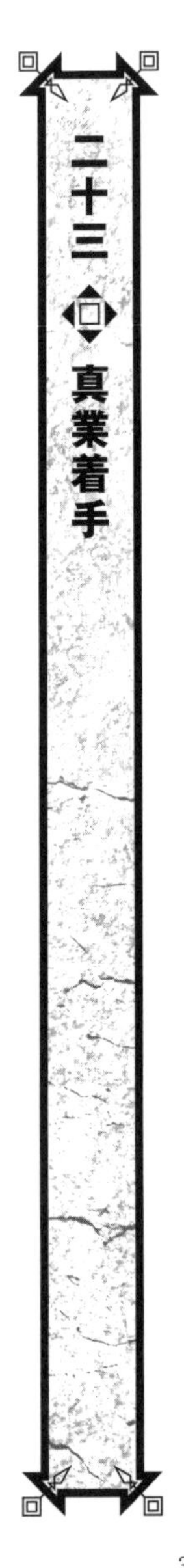

　黄都中枢議事堂内には、通常の政治決定が行われる場である本会議場とは別に、二十九官が〝臨時議場〟と呼ぶ、市民には存在を知られぬ一室がある。壁の隅に一つの暖炉があって、長机を囲むように二十九の椅子が並べられた、ただそれだけの部屋だ。

「全員集まった？　まあ分かってるだろうけど、今日は王城試合の件ってことで、よろしくお願いします」

　会議の始まりを告げるのは通常の議会と同様、黄都第一卿、基図のグラス。壮健なる初老の男である。先の微塵嵐の一件の対策会議を取りまとめた議長でもあった。

「――先日、最後の候補者を受理したんで、一連の試合については無事開催できる運びとなったわけだが。具体的な規定についてはまだ固まっていないことも多い。最初の議題としては、既に決定している分について、前回不在だった第八卿、第十四将、第二十卿に事後報告させてもらう。まずはいいかな」

「ぼくは、改めて聞かなくても大丈夫ですよ。欠席委任もいたしましたし」

「俺はそもそも、出席していても役に立たないからなぁ」

「あー……俺も大まかな話は聞いてるが、やっぱりそこは全員改めて確認した方がいいんじゃねえか？　グラス、頼む」

第二十卿、鎹（かすがい）のヒドウ。二十九官の中では若手に位置しながら、新公国攻略戦においても多大な働きを見せた優秀な男だ。黄都（こうと）二十九官は建前上、年功や数字による上下関係はない。武官と文官すらも同じ立場で席をともにしている。

「じゃ、予定通り行くか。当日の王城試合は、一対一の真業（しんごう）。そこに勝ち残った者同士が再び一対一。要は勝ち残り戦に決まった」

「前々から聞いてた通りだな。一度も負けていない奴を、一人だけ作れる。俺も文句はない。組み合わせはどうだ？」

「それは後日に保留という形になってましたね」

「……ってか、集まった候補者を見てからじゃないと決められないって話っしょ？　もしもロスクレイが緒戦で負ける形になっちゃったらまずいじゃん」

第二将に話題を向けた男は、極めて長身の剣士である。第十六将、憂（うれ）いの風（かぜ）のノーフェルト。勇者候補者として、既に不言（ふごん）のウハクを擁立している。

話題に上がった第二将ロスクレイは慎重に思考を進める。開始以前から、ただ一人運営者にして候補者であるロスクレイの圧倒的優位は約束されていた。

だが他の候補を擁立した者達は、これまでと同じように黄都（こうと）の偶像の勝利のみを助けるだろうか。それはあまりに楽観的な予測だ。

残る擁立者の動向を調査し、勇者候補を含めて対策を立てる時間は必ず必要になる。

「……組み合わせは、やはり最後に決定すべきでしょう。無論私も有利な条件で戦いたいところですが、開催まであと小四ヶ月。どのような不測の事態が起こり、候補者が入れ替わるとも限りません。そのたびに新たな組み合わせを考え直すわけにもいかないかと」

「それなら、組み合わせの件は引き続き保留だ。異議ある者は」

挙手する者がいないことを確認して、第一卿は軽く頷く。

他の擁立者達も準備のための時間を欲している。ロスクレイの側も、それを承知の上での提案であったはずだ。

「……はい、では引き続き前回の決定。この一連の催事について、正式の名称を〝六合上覧(りくごうじょうらん)〟としました。天地と四方を、合わせて六合(りくごう)。今更面倒だろうが、市民の商売のためにも、名前は一つ決めた方がいいってことでね。以後このように呼んでください」

「第一卿。この件に報告を付け加えても？」

「どうぞ、第三卿」

どこか鋭角的な印象を与える眼鏡の男は、第三卿、速き墨(はやきすみ)ジェルキ。

常日頃の冷静さのままで、彼は淡々と報告を告げる。

「この大三ヶ月で、九十八の商店より六合上覧(りくごうじょうらん)を用いた商標の使用申請がありました。主だったところを挙げれば、ハプール羽毛ギルド。アヴォック製菓店。インサ・モゼオ商会。エルプコーザ行商組合。もちろん最低限の審査は行いますが、現状以上に周知を進めるべく、積極的に許可していく方針です。特に活動範囲が辺境に及ぶ、商人連合や大手行商を重点的に。間諜隊を活用した広報とともに、勇者決定を知らない者が残らぬよう計らいます」

「上手く働いているなら、この件についても問題なさそうですね」

「ずっと〝例の試合〟だか〝王城試合〟で通してたから、慣れなきゃあならんな」

元より優秀な男ではあるが、第三卿ジェルキはこの試合の周知にこれまで以上に精力的だ。

彼自身は勇者候補者を立てていないものの、何らしかの狙いがあるのだろう。微塵嵐の一件でも真っ先に情報を掴み対策会議を招集したのはこの男だ。

「報告を終えたところで、今日の本題に入ろうか。試合場について。今日で候補者はおおよそ固まったわけですが、まあ大方の予想通り、人間の数は多くはない。全て人間用の劇庭園でやらせるには、ちと問題がある」

「王城試合と告知して集めている以上は、城下で行うのが当然でしょう。民の集めやすさや交通の利便を考えても、劇庭園がもっとも適切かと」

「ちょっとちょっと。アタシは反対よ。巨人や竜だっているのよ？　あれっぽちの敷地で戦わせて、市民や建物が犠牲になったらどうすんのって話よ」

反論の声を上げた隻腕の男は、第二十五将、空雷のカヨン。

対戦両者の攻撃の射程次第では、対戦の開始距離が即座に勝敗に直結することもあり得る。彼の擁立候補が地平咆メレである以上、これは当然の主張といえた。

「しかし、今更新たな試合場を建造するというのは難しくはないか？」

「ある程度範囲を取り決めておけば、市街の外でも戦わせることはできるだろう」

「候補の誰かに尺度を合わせるなら、ロスクレイでしょ。やっぱり劇庭園が妥当だ」

「実際に公平かどうかではなく、観戦した市民がどう受け取るかだ。人間の10mと、巨人の10mとでは……」

「そもそも真業を競うのなら、戦う場を作る能力も含めてしかるべきなのでは？」

「……一つ」

第一卿グラスは低く呟いて、混迷の兆しを収めた。

黄都二十九官に表向きの上下関係はない。それでも第一の席に座す者には、それだけの理由がある。

「──重要な事柄がある。この六合上覧。こちらでどれだけ厳密な規定を定めたところで、候補にそれを遵守させる手立てがあるか……っと。こういったところだな。だから具体的な試合規定の話は、これまでしてこなかった。意味がない」

「規定を破れば失格。勇者の資格を失い、報奨金を没収。それでは足りませんか？」

発言者は第十七卿だ。赤い紙箋のエレアという。

「こちらが口で言うのは簡単でも、実効力があるかどうかという話になってくる。例えばあの星馳せアルスに処罰を下すとして、誰か奴の財宝を没収できるか。第十七卿、できる？」

「……いいえ。実行は非現実的ですね」

「つまりグラスが言いてえのはこういうことだろ？　試合条件に不満がある奴は、時間も場所も関係なしに勝手に始める。それが最悪の形だ」

　第二十卿ヒドウは、背もたれに深く首を預けながら言った。相変わらず素行は悪い。

　この六合上覧は無論、ある程度の損害は織り込んだ上での計画ではある。制御可能な範囲であれば、建造物や人命の損失も許容はできる。勇者という存在の擁立にはそれだけの価値があることを、この場の全員が理解している。

　その上で、規格外の強者達が及ぼす影響を如何に定めた範囲の内へと収めるか。

「勝手にやらせるしかねえな」

「……それは運営の放棄じゃないですか」

「違う違う。本当に勝手をやらせるわけじゃない。重要なのは、連中に勝手にやっていると思わせることだ……そうだろ？　グラス」

「よっし。じゃあ、詳しく意見を聞こうか。第二十卿」

「……試合場や期間を含めた条件は、試合毎に両者の合意で決めさせる。市民の移動だとか、観戦地点の確保を俺達がやればいい。戦場作りも含めて真業だって、さっき誰かが言ったな？　建前としてはそれで通るだろ」

「……異議は？」

「はーい。第二十二将ミジアル。根本的な解決になってないんじゃないの？　合意を無視して街中で暴れて、市民が犠牲になったらどうするんですかー？」

「いやミジアル。そこんとこだけど、この場合、こっちが不当な規定を押しつけてるわけじゃないだろ？　なのに暴れる。市民を殺す。……ってことは、そいつはもう勇者じゃないよな。魔王自称者だ。要は正当性の確保だな」

「あー。他の候補者に殺らせるってこと？」

「魔王を殺さなきゃ勇者じゃねえだろ。悪質な規定違反の時は、全員で一人を討伐だ。これを基本方針にして、細かい例外は後から詰めてけばいい。他に異議は？」

おずおずと手を挙げた女は、無尽無流のサイアノプを擁する第十将、蝋花のクウェルである。長い前髪の奥に覗く大きな目が、忙しなく瞬く。

「あ……あの。戦場の合意があったとして、その時から市民を動かすには……ど、どうしても、時間かかっちゃいますよね。一日くらいかな。それ、大丈夫でしょうか」

「あァ。何が」

「罠。とか……不意を打ったりとか、できますよね。その時間で。はじめから試合場が決まってるなら、そういう抜け道は、ないかなと思って」

「いーやクウェルちゃん、鈍いな！　それでいいんだよ。抜け道がないとこっちが困る。……そうだろ？　俺らとしては、絶対なるロスクレイに勝ってもらわなきゃいけないんだからさ」

「…………」

第二将は沈黙を保ったままだ。彼の真実の戦い方を、黄都二十九官の誰もが知悉している。そして表向きの立場として、全員が絶対なるロスクレイを支援し勝利させる方針を取ってもいる。

「あっ、ロスクレイさん……そう、ですね。じゃ、私は以上で……」

「他に異議は？　いないか」

グラスが室内を眺め渡し、他に挙手がないことを確認した。

試合条件と罰則に関する策は、第二十卿の提案が大筋で通ったと見てよかった。

（だがな。こいつは、ちと厄介だぞ）

左右非対称の笑みを浮かべつつも、基図のグラスは自らの顎を撫でる。

合意による条件の設定。すなわち、そこにおいても力量が試されることになる。

勇者候補者の——ではない。

彼ら各々を擁立する、黄都二十九官の力量がだ。

（どのようにして、自らの候補に有利な戦場と条件を呑ませるか。戦闘勝利のための策をどれだけ張り巡らせ、配置できるか。さァて、どいつもこいつも、何を企んでいるかね……）

これは、ただ戦闘の技術と異才のみで勝ち進める類の戦いではない。

陣営の力の全てを尽くした、まさに真業。一握りの栄光のために他者を蹴落とす戦争になる。

既に二十九官の幾人かがそのことを悟っていて、行動を開始してすらいるだろう。

新たなる時代に向けた、三王国の民の協調。平和。そのような美辞麗句など、所詮まやかしに過ぎない。人の自然の成り行きとして、国は乱れるものだ。

旧王国主義者をどれだけ駆逐しようが。信仰の象徴となる〝教団〟を破壊しようが。勇者の存在で何かが変わろうが。人の根本の歪みは決して消えぬ。

（——俺は、それでまったく構わんがね）

それを想像するだけで口の片側が吊り上がるのを感じる。彼は会議の意見を取りまとめることはしても、決して自身の内心を表に出す事はない。

基図のグラスの本質は、美しさや気高さのみならず、醜くままならぬ面までも含めた、人の業の全てを愉しむものだ。故に彼は、ここまでの道のりの中で何一つとして苦に感ずることもなく、この第一卿の立ち位置にいる。

ましてや、今回こそは格別だ。

この場にいる者も、少なからずそう考えていることだろう。

――最強と最強の激突。心躍らぬ者はこの世におるまい。


「……ところで、候補者は全員目処が立ったみたいですけど。そこも確認しておきたいです。何名集まったんですか？」

「そうそう。伝えておくのを忘れていたな」

長机に両手を組んで、グラスは笑った。

これから起こる物事が楽しみで仕方ない子供がそうするような……左右非対称の、しかし人懐こい笑みである。

六合上覧。この地平の誰も見たことのない、凄まじき戦いになる。

「十六名」

地平の全てを恐怖させた世界の敵、〝本物の魔王〟を、何者かが倒した。
その一人の勇者は、未だ、その名も実在も知れぬままである。
恐怖の時代が終息した今、その一人を決める必要があった。

――今、修羅の名は十一名。
柳の剣のソウジロウ。
星馳せアルス。
世界詞のキア。
静かに歌うナスティーク。
地平咆、メレ。
黒曜、リナリス。
おぞましきトロア。
窮知の箱のメステルエクシル。
戒心のクウロ。
絶対なるロスクレイ。
冬のルクノカ。

あとがき

「珪素（けいそ）さん。異修羅二巻のあとがきの件なんですが、本は通常、16ページ折りで製本していまして」

「はいはい、それは聞いたことあります」

「本編で書いたページの端数次第で、あとがきに割けるページ数が変わってくるんですよね」

「ははあ、なるほど。この前の一巻ではあとがきに4ページもらえましたけど、これが3ページだったり5ページになったりするかもしれないと。で、今回は何ページいただけるんですか？」

「1ページです」

「1ページ!?」

「端数が1ページしかないので、1ページで次巻予告をするか、あとがきを書くかですね」

「ま……待ってくださいよ担当編集の長堀（ながほり）さん。長堀さんには大変感謝してます。お話を考えるにあたって助けになるご意見を多数頂きましたけど……あとがきでは今回も素晴らしいキャラデザとイラストを仕上げてくださったクレタ先生に感謝の言葉を述べないといけませんし、読者の皆さんへのお礼だって言う必要があります！　そもそもこの小説が色々なファンタジー種族の最強主人公が多数登場する殺伐とした群像劇で、次の三巻ではついにこいつらが十六名出揃ってトーナメントで殺し合うことも伝えないといけないんですよ!?　それを何ページでやれって言うんですか!?」

「1ページです」

「ちくしょー！　やってやりますよ！　『お世話になっております。珪素です。今回は明太子スパ

電撃の新文芸

異修羅Ⅱ
殺界微塵嵐

著者／珪素

イラスト／クレタ

2020年３月17日　初版発行
2023年12月10日　３版発行

発行者／山下直久
発行／株式会社ＫＡＤＯＫＡＷＡ
〒102-8177　東京都千代田区富士見2-13-3
0570-06-4008（ナビダイヤル）
印刷／図書印刷株式会社
製本／図書印刷株式会社

【初出】……………………………………………………………………………………
本書は、カクヨム(https://kakuyomu.jp/)に掲載された『異修羅』を加筆、修正したものです。

ISBN978-4-04-912895-6　C0093　Printed in Japan

ファンレターあて先
〒102-8177
東京都千代田区富士見2-13-3
電撃文庫編集部

「珪素先生」係
「クレタ先生」係